불로문의 진실

다시 만난 기억

불로문의 진실

초판 1쇄 인쇄   2010년 10월 25일
초판 1쇄 발행   2010년 11월 01일

지은이 | 박희선
펴낸이 | 손형국
펴낸곳 | (주)에세이퍼블리싱
출판등록 | 2004.12.1(제315-2008-022호)
주소 | 서울특별시 강서구 방화3동 316-3 한국계량계측회관 102호
홈페이지 | www.book.co.kr
전화번호 | (02)3159-9638~40
팩스 | (02)3159-9637

ISBN 978-89-6023-461-1 03810

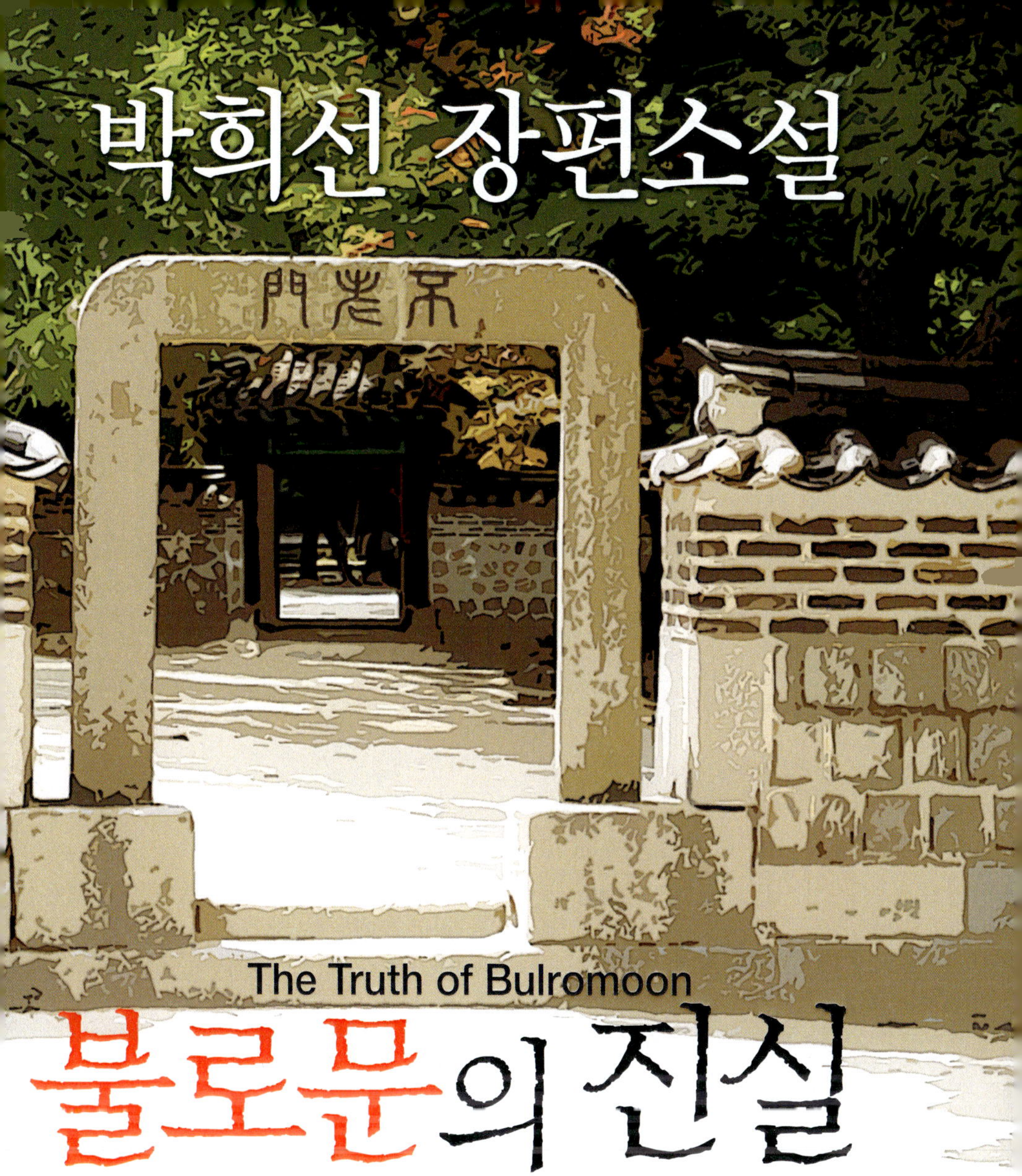

박희선 장편소설

The Truth of Bulromoon

불로문의 진실

다시 만난 기억

ESSAY

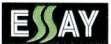

차례

창덕궁 불로문▲▶

▲창덕궁 애련지와 수련

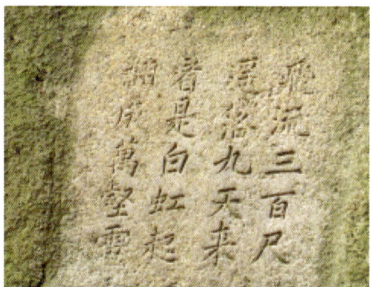

▲창덕궁 옥류천 오언절구

▲창덕궁 청의정

▲창덕궁의 불로초 문양 기와

▲창덕궁 괴석

▲정방폭포 암각(徐福過此)

1. 격랑의 서곡

'염원하는 것이 있다면 그것은 기다릴 것이 아니라 스스로 찾아내야 한다.'

한쪽 귀퉁이가 잘려나가고 누렇게 색이 바랜 흑판 위로 마쓰다 교수가 적어 내려간 일본어 글귀가 선명하게 빛을 발하고 있었다. 백발이 희끗희끗 비치는 노년의 마쓰다 교수는 어떤 강렬한 메시지를 전하기라도 하려는 듯 분필이 든 손에 힘을 주어가며 눌러 쓰고 돌아 서서 사뭇 진지한 표정으로 강의실의 학생들을 주시하기 시작했다. 그러나 코끝에 걸린 마쓰다 교수의 안경 너머로 보이는 학생들의 표정은 시큰둥해 보이기만 할 뿐 전공도 아닌 생물학 강의 수업에 집중을 하지 못하는 몇몇 학생들의 얼굴에선 지루한 빛마저 역력해 보였다.

"원하는 것을 스스로 찾아간다는 건 자강의 법칙과도 통한다고 할 수 있지. 스스로 찾고 만들어 가면서 지혜를 터득하고 강해지는 것! 제군들은 조선과 일본의 최고 영재들로 이루어진 경성제국대학의 학생인 만큼 이 말의 뜻을 마음 깊이 새겨 두어야 하네. 발견은 창조를 위한 단초를 제공해 주긴 하지만 결코 창조를 해내는 것 이상의 것은 만들어낼 수는 없는 법, 그 누구도 발견하지 못한 것들을 찾아내서 새로운 것으로 발전시켜야 하는 걸세."

학생들의 무던한 표정을 읽어낸 노교수는 교단의 한쪽에 놓인 실험용 탁자로 걸어가 탁자 아래에 놓여 있던 작은 유리병 하나를 꺼내 교탁 위에 올려놓았다.

"오늘, 우리가 살펴볼 대상 또한 바로 이런 것들 중 하나라고 할 수 있지."

마쓰다 교수는 감추어 두었던 비밀 장난감을 처음으로 친구들에게 공개하는 아이처럼 다소 상기된 표정으로 학생들을 바라보았다. 무슨 이유에서인지는 몰랐지만 평소와는 다른 마쓰다 교수의 격앙된 얼굴을 통해 학생들은 오늘 그가 무언가 새롭고 놀라운 것을 보여주려 한다는 것을 직감할 수 있었다. 하나 둘씩 자세를 고쳐 잡는 학생들이 마쓰다 교수의 행동에 집중하기 시작했다. 어느새 학생들의 호기심 어린 시선들은 미묘한 긴장감과 함께 마쓰다 교수의 작은 유리병 속으로 빨려 들고 있었다.

때는 1943년 늦은 봄. 조선의 경성.

일제의 강점기이기는 했지만 완연한 봄기운이 무르익어가는 경성의 시내는 그 어느 때보다 분주하고 활기차 보이기만 했다. 거리에선 일제의 순사복을 입은 이들이 간혹 위압적인 자세로 허리에 찬 칼자루를 휘저어 보이기는 했지만 오가는 사람들의 여유로운 표정 속에서 암울한 시대의 그림자를 읽어내기란 쉽지 않아 보였다. 신문물의 유입과 더불어 새로 들어선 신식 건물로 멋들어지게 치장된 도심 속 풍경은 촌스러운 듯하면서도 화려한 물감으로 색을 입힌 극장의 간판, 형형색색의 물건들을 내다파는 잡화 상점들의 모습과 조화를 이루어 세련됨과 구식의 문화가 혼합되어져 가는 과도기의 거리 풍경 그대로였다. 그런 경성의 시내 중심가와 멀리 떨어져 있지 않은 경성제국대학의 한 강의실에서 마쓰다 교수는 그의 제자들에게 알 수 없는 질문을 던지며 호기심의 실타래를 풀어가고 있었다.

"제군들은 이것이 무엇인지 알겠는가?"

학생들의 대답을 기다리다 스스로 부질없는 질문을 했다는 듯 자조 섞인 미소를 보이며 유리병을 쓰다듬는 마쓰다 교수의 표정은 예사롭지 않아 보였다.

"이것은 우리 대일본 제국의 군인들이 필리핀 만다나오 섬에서 가져온 식물의 표본들 중 하나일세."

학생들의 시선이 집중되는 유리병 속에는 잔뿌리가 유독 많이 달린 식물 표본 하나가 알코올에 잠긴 채 담겨 있었다.

"이 식물은 담자균류에 속하는 종으로 여러분들이 보고 있는 모양은 마치 난초과의 뿌리 같아 보이기도 하겠지만 이건 일종의 버섯이라고 할 수 있지. 필리핀 원주민들 말로는 '만다오'라고 하는 식물인데 이 녀석은 주로 필리핀 습지의 아주 깊숙한 곳에서만 자랄 뿐 아니라 그 형태가 눈에 잘 띄지 않아 그간 잘 알려지지 않았던 종의 하나라고 할 수 있네."

마쓰다 교수의 말이 끝나자 일부 학생들은 노교수의 다소 허풍스러웠던 시선 몰이에 실망이라도 한 듯 시선을 돌려버렸다. 하지만 대다수 학생들은 마쓰다가 결코 예사로운 식물 뿌리 하나로 무게를 잡을 사람이 아님을 알고 있었기에 마쓰다가 쏟아 낼 다음의 말들에 귀를 기울이고 있을 뿐이었다. 그 중에는 마쓰다 교수의 생물학 수업을 청강 중인 법학과 학생 시형과 그의 일본인 친구 야마토도 있었다.

"그런데 이 식물은 그 형태나 이름만큼이나 신비롭고 놀라운 작용과 효능을 갖고 있지. 이 식물의 균사체에서는 '알루카신'이라고 명명된 성분이 생성되고 있는데 이는 천연 방부제의 역할로서 타 생물체의 부패를 방지시킬 뿐 아니라 동식물의 세포 활성화에도 기여한다는 사실이 밝혀지고 있네. 고대에는 이 성분을 이용해 다친 사람의 상처를 치료하거나 피부 노화를 방지하는 화장품의 용도로도 활용했던 것으로 알려지고 있지. 한마디로 신비의 약초라고나 할까?"

별다를 것 없이 흔해 보이는 식물 표본 하나가 잘 알려지지 않은 신비의 약초라는 설명에 학생들의 눈빛은 대수롭지 않은 물건에 대한 실망감도 보였지만 마쓰다 교수가 뿌려놓은 최면 가루에 홀리기라도 한 듯 호기심 어린 눈망울로 그를 바라보고 있었다. 학생들의 표정을 훑어보던 마쓰다 교수는 무언가를 결심한 듯 다시 교단 아래 자신의 가방에서 또 다른 작은 유리병 하나를 꺼내 교탁 위의 표본 옆에 나란히 올려놓았다. 학생들은 더욱 붙임성 있는 눈빛으로 유리병을 주시하기 시작했고 그에 호응이라도 하려는 듯 마쓰다 교수의 설명이 이어졌다.

"그리고 이것은 바로 조선의 지리산자락 산간 마을에서

발견된 '고니'라는 식물의 표본이네. 필리핀에서 발견된 녀석과 아주 유사한 모양과 구조를 갖고 있지. 놀라운 일 아닌가? 하지만 더 놀라운 사실은 이 고니라는 식물은 필리핀에서 발견된 만다오보다 약 30배가 넘는 세포 활성화 효능을 갖고 있다는 것일세. 갓 죽은 생쥐를 고니 용액에 넣어 실험한 결과 2년이 지난 후까지 부패되거나 썩지 않았을 뿐 아니라 일부 세포는 새로 살아 성장을 했다는 연구 결과가 나오기도 했지."

학생들은 놀라운 식물 고니에 대한 호기심으로 술렁이기 시작했고 시형과 야마토 역시 평범하기 그지없던 생물학 강의 중 발생한 작은 사건에 고개를 갸우뚱거리며 반응을 보이고 있었다. 문득 다른 학생들의 반응을 의식하기라도 한 듯 장난기가 발동한 야마토가 잠시의 침묵을 깨고 마쓰다 교수에게 질문을 던졌다.

"교수님! 그렇다면 그 식물을 사람이 먹는다면 어떻게 되는 건가요? 살아있는 미라라도 되는 건가요? 썩지도 없어지지도 않는 미라 말입니다."

질문과 함께 미라의 모습을 흉내 내기라도 하듯 두 팔을 굽혀 보이는 야마토의 우스꽝스러운 표정 연기에 주위 학생들은 못 참겠다는 듯 키득키득 작은 웃음소리를 내며 그들의 긴장감을 씻어내려 하고 있었다.

"이론적으로는 불가능한 것도 아니지."

장난스러운 질문에 마쓰다 교수가 사뭇 진지한 대답으로 받아치자 머쓱해진 야마토의 입가에서도 웃음기가 사라졌다.

"이 성분은 사람의 체세포에도 영향을 주는 것으로 알려져 있네. 어떤 방식으로 체내 세포에 전달될지 모르겠지만 적정량이 투여된다면 체세포의 보전도 불가능한 것은 아니라고 할 수 있지. 그렇지만…. 애석하게도 이 고니는 지난 1940년 군락을 이루는 몇 뿌리가 지리산 어귀에서 발견된 이후론 더 이상 발견되지 않고 있다는 게 안타까울 뿐이네. 그 재배 방법 또한 알려지지 않고 있으니 그런 실험을 해 볼 수 없다는 게 아쉬운 일이라고 할 수 있지."

강의가 끝나고 도서관에 머물다 어둑어둑해져서야 집으로 향하는 시형과 야마토의 머릿속에는 비록 장난스럽게 받아들이긴 했지만 강의 시간에 듣고 보았던 신비로운 식물 고니에 대한 호기심과 궁금증들로 가득 차 있었다. 날이 저문 종로의 밤거리는 행인들의 발걸음마저 뜸해지기 시작했고 상점에서 쏟아내는 불빛들만이 간간히 시형과 야마토의 앞길을 비추고 있었다.

"그 고니라는 녀석 말이야. 대량 생산만 가능하다면 정말 다양한 곳에 활용될 수 있을 것 같지 않아?"

생각에 잠겨 걷던 야마토가 먼저 말을 꺼냈다.

"체세포를 썩지 않게 하고 세포를 싱싱한 상태로 보존시킬 수 있다면 천연 방부제가 된다는 말인데 써먹을 수 있는 곳은 정말 무궁무진하겠지."

"그렇지? 난 말이야, 썩지 않는 전투 식량을 만들어서 전쟁 중인 전 일본의 군대에 보급만 할 수 있다면 정말 큰돈을 벌 수 있을 것 같은데."

시형이 동조의 말을 꺼내자 쾌활한 성격의 소유자 야마토는 한껏 들뜬 기분으로 시형에게 주저리주저리 고니의 활용 가능성에 대해 늘어놓기 시작했다.

"흠. 그렇긴 하지만 그 고니라는 녀석이 동물과 같이 암수 생식을 하기 때문에 다른 성별의 종을 찾기 전엔 지금 발견된 개체만으론 어떤 번식조차 불가능하단 얘기 못 들었어? 활용을 위해서는 먼저 번식 방법이 연구되어야겠지."

시형과 야마토가 대화를 나누며 어둑한 시내 길을 걷고 있는 가운데 그들 옆으로 빠른 속도의 인력거 하나가 스쳐 지나고 있었다. 인력거에 탄 사람은 무언가 급한 일이 있는지 인력거꾼의 빠른 발을 재촉하며 어디론가 향해가는 모습이었다.

"박 상, 저기 봐 저기!"

야마토가 가리키는 손끝은 달려가는 인력거를 향하고 있었고 인력거에는 사방으로 얇은 천으로 가림막이 쳐져 있었지만 그 사이로 비쳐지는 탑승자의 모습이 언뜻언뜻 바깥으로 비쳐지고 있었다.

　"이야, 정말 뭐니 뭐니 해도 조선 여인들의 미모가 최고라니까."

　눈부시게 하얀 피부를 가진 여자. 조선 기생으로 보이는 자태 고운 여자 하나가 전모를 쓴 채 달려가는 인력거 안에 앉아 있었다. 전모를 쓰긴 했지만 단아하게 빗어 올린 머리와 곱게 분칠한 얼굴의 윤곽은 어두운 밤이었음에도 불구하고 그 자체로 빛을 발하고 있는 듯했다. 수줍게 뻗어 내린 목선과 그녀의 자태는 잠시 잠깐의 순간이었지만 야마토뿐 아니라 시형의 시선과 마음까지도 훔쳐가 버렸다. 시형 일행과 눈이 마주친 그녀는 부끄러운 듯 시선을 아래로 옮겨 버렸고 그렇게 지나쳐 버린 인력거의 뒷모습을 바라보며 시형과 야마토 그 누구도 멀어져 가는 그녀에게서 눈을 뗄 수가 없었다. 참 아름답다. 시형은 일본의 기생 게이샤들보다 조선 기방의 기생들이 인물로 보나 재능으로 보나 훨씬 더 뛰어나다는 말은 들어왔지만 처음 접한 그녀의 자태는 그가 상상해 오던 것 이상인 것이라는 생각이 들었다. 물론 시형이 게이샤를 직접 본 것도 아니었고 그녀가 정말 기생인지는 알 수 없는 일이었지만 그처럼 아름다운 자태와 고운 선을 지닌 여인은 그 어디서도 본 적이 없었던 것이다.

"박 상? 내 말 듣고 있어?"

걸음을 멈추고 멍하니 사거리 쪽으로 내달리는 인력거의 뒷모습을 바라보던 시형에게 야마토가 말을 걸었다.

"아, 아무것도 아니야. 그냥 아는 사람인가 싶어서."

머쓱해진 시형은 말도 되지 않는 변명을 하고는 정신을 차린 듯 쑥스러운 웃음을 지어 보였다.

"박 상은 여자들한테 관심이 없는 줄 알았는데, 그런 것도 아니었군. 내일 다른 학우들한테 이야기해 줘야겠는 걸?"

잠깐의 마주침으로 시형과 야마토의 마음을 사로잡은 그녀가 탄 인력거는 시형이 있는 곳으로부터 수십 미터 떨어진 사거리에 다다르고 있었다. 그런데 인력거가 교차로에 접어들 무렵 건물에 가려 보이지 않던 길의 왼쪽으로부터 예상치 못한 군용 오토바이 두 대가 빠른 속도로 사거리를 향해 접어들고 있는 것이 보였다. 그것은 호위 헌병들이 탄 오토바이로 그 뒤로는 군대의 고위급 인사가 탄 듯한 고급 승용차 한 대와 십여 명의 군인들을 태운 커다란 군용 트럭 한 대가 뒤따르고 있었다.

"아, 식물조차도 암수가 서로 만나 짝을 지어야 일이 성사되거늘 우린 오늘 같은 날 짝도 없이 밤거리를 거닐어야 하다니 처량하기 그지없구나. 어디 가서 술이라도 한잔 할까?"

아직까지 인력거의 뒷모습에 고정된 시형의 시선에는 아랑곳하지 않던 야마토는 밤하늘을 바라보며 실없는 농담을 던지고 있을 뿐이었다.

자칫 부딪히기라도 하면 어쩌나, 속도를 줄이지 않고 내달리는 인력거와 호송 행렬의 사이가 아슬아슬하게 좁혀져 가고 있는 것이 보이자 시형은 자신도 모르게 순간적으로 식은땀이 흘러내렸다.

"얼굴로 보나 머리로 보나 경성제국대학에서 제일 잘나가는 우리들이 어찌 짝 하나 없는지 모르겠다. 조선의 여인들이여, 왜 이런 우리들을 그냥 내버려두고 있냔 말이오!"

야마토의 농담에 억지로라도 박자를 맞춰 주고 싶은 시형이었지만 그의 신경은 온통 위험하게 좁혀져 가는 인력거와 오토바이 행렬 사이의 간극으로 고정되어 있을 뿐이었다. 순간, 아니나 다를까 시형의 우려와 같이 맨 앞으로 돌진해 나온 헌병 오토바이 한 대와 인력거가 꽝하고 충돌하는 모습이 보였다. 충돌로 인해 인력거꾼은 곧바로 나가 떨어지고 인력거 또한 기우뚱하더니 인력거 안의 승객과 함께 옆으로 쓰러지고 말았다.

　헌병 오토바이를 선두로 한 행렬 뒤의 고급 승용차 안에는 날카로운 눈매를 지닌 사내 하나와 나이 지긋한 장년의 장성 한 명이 앉아 있었다. 두 명 모두 군복이 아닌 양복을 입고 있기는 했지만 다소 경직되어 보이는 그들의 자세와 예사롭지 않은 눈빛은 그들이 일본의 고위 군관임을 나타내 주기에 충분한 것이었다. 날카로운 눈매를 지닌 사내는 일본군 730부대의 부부대장 겐조였고 그 옆에 앉은 백발의 장년은 바로 부대장 와타나베였다. 와타나베는 다소 긴장이 되는 듯 한 손으로는 양복 위에 덧입은 코트의 윗깃을 잡고 있었고 다른 한 손으로는 무언가 소중한 물건이 담긴 듯한 서류 가방을 움켜쥐고 잠시도 경계를 늦추지 않는 모습이었다. 반면 그의 수하이면서 부부대장인 겐조는 날카로운 눈빛으로 좌우를 심도 깊게 살피고 있을 뿐 와타나베처럼 긴장을 한다거나 초조해하는 기색은 보이지 않았다. 첫 보기에도 냉철한 인상을 가진 겐조.

　일본 고관들의 행차 시 앞세우는 오토바이 행렬이 거리에 접어들었을 때면 지나는 행인이나 모든 인력거들이 먼저 알아서 멈추며 길을 내어 주는 것이 당연한 관례였다. 그러나 시형의 옆을 지나쳐간 인력거는 무슨 급한 일이 있었는지 모르겠지만 오토바이 행렬을 충분히 인지할 수 있었을 거리임에도 불구하고 속도를 줄이지 않았다. 인력거꾼은 오토바이와의 충격을 피해 길 바닥으로 굴러버렸고 오토바이와 충돌한 인력거 탑승자의 안위는 알 수 없는 상황이었다. 시형은 눈이 마주쳤던 여인의 안부가 걱정이 된 나머지 자신도 모르게 인력거가 멈추어 선 사거리 쪽을 향해 달려가기 시작했다.

예기치 않은 종로 거리의 충돌 사고로 인해 와타나베와 겐조의 차량 행렬은 자연스레 멈춰 서게 되었고 다른 오토바이에서 달려온 헌병이 욕설과 함께 일어서려던 인력거꾼을 밀쳐내며 넘어졌던 오토바이와 쓰러진 헌병의 상태를 점검하기 시작했다. 운전석 너머로 이러한 창밖의 광경을 바라보던 겐조는 양미간에 힘을 주며 불쾌한 표정을 지어 보였다. 그 옆에서 무언가 불길한 생각에 사로잡힌 와타나베가 더욱 더 불안한 기색을 표출하고 있었다. 헌병의 밀침으로 인해 길가에 다시 쓰러졌던 인력거꾼은 일어나 인력거 안의 상태를 살폈고 다행히 인력거에서 빠져 나온 여인은 놀라움에 휩싸인 표정이긴 했지만 별탈은 없는 듯 보였다.

거의 사거리까지 다다른 시형은 인력거에서 나온 여인이 무사해 보이자 걸음을 늦추며 안도의 미소를 지을 수 있었다. 그런데 그 순간, 인력거를 수습하던 인력거꾼이 몸을 추스르는 여인과 무언가 미리 약속한 듯 눈빛을 주고받는 가 싶더니 돌연 인력거 안에서 물병 모양의 물건을 하나 빼 어 드는 것이 보였다. 언뜻 커다랗고 둥근 물병인가 싶었던 그 물건은 물병을 가장한 사제 폭탄이었고 인력거꾼은 돌 연 물병의 입구에 꽂혔던 안전핀을 뽑은 뒤 고급 승용차를 돌아보며 승용차를 향해 던지려는 듯 물병 든 손을 치켜 올 렸다. 순식간의 일이었고 인력거꾼은 고급 승용차에 탄 사 람들을 노리는 의거를 감행하려는 것임을 눈치 챌 수 있었 다. 인력거는 고급 승용차를 노리기 위한 각본의 소품에 불 과한 것이었고 인력거꾼은 일본 군관에게 원한이 있거나 그들의 목숨을 노리는 단체의 일원임이 분명해 보였다.

그러나 폭탄을 들고 있는 인력거꾼의 팔에 힘이 들어가 는 순간 어디선가 두 발의 총성이 밤하늘을 갈랐고 인력거 운전수는 폭탄을 손에 든 채로 그만 그렇게 총에 맞아 고꾸 라지고 말았다. 시선이 총성이 시작된 곳의 총구를 향해 옮 겨가자 그 총의 주인은 어느새 차에서 내린 겐조였고 그의 손에 들린 권총의 총구에서는 하얀 화약 연기가 피어오르 고 있었다. 쓰러지면서도 안간힘을 다해 손에 든 폭탄을 던 지려던 인력거꾼은 소기의 목적을 이루지도 못한 채 폭탄 을 자신의 지척에서 떨어뜨려 버렸고 안전핀이 뽑힌 폭탄은 곧 커다란 굉음과 함께 그 자리에서 터져 버리고 말았다. 생각보다 물병 폭탄의 파괴력은 대단한 것이었고 커다란 폭탄의 폭발음과 더불어 자욱해진 연기로 인해 종로의 거리는 아수라장이 되고 말았다.

그제야 폭탄 테러의 시도를 눈치 챈 호송 트럭의 군인들 수십 명이 트럭에서 뛰어내려 사건의 현장으로 달려 나오기 시작했고 거리는 사람들의 비명소리와 자욱한 연기가 뒤엉킨 채 어수선함을 더해가고 있었다. 폭발의 기운에 놀라 길가에 쓰러져 있던 시형은 간신히 몸을 일으키며 검은 연기 사이로 누군가를 찾기 시작했다. 그는 여전히 인력거 안에 앉아있던 무고한 여인의 안위가 걱정되었던 것이다. 그러나 시형의 우려와 달리 자욱한 연기 사이로 인력거의 반대쪽으로 몸을 피해 있던 그 여인은 무사한 듯 장옷으로 어깨를 감싼 채 몸을 일으키며 천천히 걸어 나오는 모습이 눈에 띄었다. 시형으로서는 정말 다행스러운 일이라는 생각이 들었고 어서 달려가 그녀를 부축해 줘야겠다는 생각이 앞설 뿐이었다. 그런데 주춤주춤 일어서서 길의 중앙으로 걸어 나오던 그녀는 허리를 곧추 세우는가 싶더니 자신의 넓은 폭의 치마 춤에서 작은 권총 하나를 꺼내 들고는 두 손으로 부여잡고 승용차 쪽을 겨냥하고 있었다. 폭발로 인한 그을음과 인근 상가로 옮겨 붙은 불길의 연기로 인해 바로 앞의 상황조차 식별하기가 쉽지 않아 보였지만 연기가 걷히면서 그녀는 승용차에 타고 있던 와타나베 일행을 향해 총구를 겨냥하고 있음이 분명해 보였다. 그녀의 재빠른 조준과 함께 연기가 걷혀 가는가 싶던 순간, 총성이 울렸다.

그러나 다시 한 번 불을 뿜은 총성은 그녀의 손에 들린 총에서가 아니었고 맞은편 승용차의 지붕 위에 올라선 겐조의 권총에서 나온 것이었다. 훤칠한 키에 깊숙이 눌러쓴 그의 중절모 사이로 표적을 노려보는 겐조의 눈빛에서는 한 치의 오차도 찾을 수 없었고 그녀가 미처 방아쇠를 당겨 보기도 전에 겐조의 총알은 그녀의 가슴을 향해 먼저 날아들었던 것이다. 여인 역시 겐조의 총에 맞아 쓰러져버렸고 그녀를 향해 달려가던 시형은 무언가로 머리를 두들겨 맞은 듯 털썩 하고 제자리에 주저앉아 버릴 수밖에 없었다. 쓰러진 채 피를 흘리는 그녀의 얼굴은 여전히 고운 빛의 그것이었지만 부릅뜬 그녀의 눈빛은 무언가를 갈구하듯 분노의 감정에 사로잡혀 있었고 입으로 피를 흘려가면서도 역시 손에 든 권총을 놓으려 하지 않았다.

조금 떨어진 곳이었지만 그녀의 슬픈 눈망울을 바라보던 시형은 자신도 모르게 그녀가 가지고 있었을 한과 고통의 감정을 느낄 수 있을 것만 같았다. 너무도 슬픈 일이었다. 왜 곱디고운 그녀가 이런 난장판의 한가운데 누워 무시무시한 총기를 손에 쥔 채 죽어가야만 했을까. 그녀의 정체를 파악하려는 듯 그녀를 향해 달려 나온 겐조가 아직 숨이 넘어가지 않은 그녀의 멱살을 잡으며 채근하기 시작했다.

"너는! 아니 너희는 도대체 무슨 목적으로 이런 일을 벌인 게냐? 누가 시켜서 이런 일을 벌인 거지? 어서 말해!"

연약한 여자의 몸이었지만 겐조의 무서운 질책에도 불구하고 그녀는 전혀 위축되지 않는 눈빛을 지니고 있었다. 아니 오히려 겐조의 추궁이 가소롭기라도 한 것처럼 피를 머금은 입술 사이로 자조의 미소를 보였다. 화가 머리끝까지 치밀어 오른 겐조였지만 그의 손에 멱살을 잡힌 그녀는 온화한 미소를 지니며 금세 숨을 거두어버리고 말았다. 거리를 가득 메운 연기와 불길 속에 전방의 시야가 가려진 채 그제야 차에서 내린 부대장 와타나베는 겐조가 달려간 방향을 바라보며 주위를 살피고 있었다. 거대한 폭발로 인한 피해는 없었지만 뒤 이은 몇 발의 총성과 아수라장이 되어버린 거리의 모습은 전쟁터와 다를 바가 없어 보였다. 승용차 뒤쪽의 트럭에서 내린 군인들은 폭발의 잔해들을 치우느라 분주하고 일부는 혹시 모를 추가 공격에 대비해 와타나베의 주변에서 그를 호위하며 사주 경계에 나서기 시작했다. 뒤이어 어지러운 호루라기 소리가 귓전을 때리는가 싶더니 골목 너머에서 급하게 출동한 경찰들이 뛰어오는 모습이 보였다. 막 도착한 경찰 중 대여섯 명은 와타나베의 호송 차량으로 다가와 경호를 하며 그의 안위를 살피느라 분주했다.

"와타나베 대장님! 괜찮으십니까?"

경찰 일행 중 상급자로 보이는 이 하나가 정중히 경례를 하며 다가와 묻자 와타나베는 괜찮다는 듯 그에게 손을 들어 보였다.

"대장님은 우리가 호위할 테니 헌병들은 전방에 나가 혹시 모를 추가 테러를 경계하시오."

직급이 높은 다른 경찰 하나가 주위에 둘러선 헌병들을 겐조가 있는 전방으로 내보내며 와타나베를 최대한 안심시켰다.

"나는 괜찮네. 의도적인지는 모르겠지만 겁도 없이 우리 일행을 노린 걸 보니 예사 놈들은 아닌 것 같군."

안도의 한숨을 내쉬던 와타나베가 혼잣말을 하듯 중얼거렸다.

그러나 이때 와타나베를 호위하는 것처럼 보이던 경찰들이 서로 눈짓을 주고받으며 신호를 보내는가 싶더니 그들 중 한 명이 칼을 꺼내 기습적으로 와타나베의 가슴을 파고들었다. 연이은 테러에 이어 갑작스러운 상황을 접한 와타나베는 휘둥그레진 눈으로 경찰복을 입은 그를 바라봤지만 이미 예리한 칼끝이 그의 가슴을 뚫고 들어온 후였다.

"와타나베 대장님! 이 가방은 이제 우리에게 넘기시고 그만 쉬도록 하시죠."

놀란 눈빛으로 쓰러져가는 와타나베 대장이 부여잡고 있던 가방을 거칠게 낚아 챈 사내는 이것을 또 다른 일행에게 건넸다.

자욱한 연기가 퍼져 있는 가운데 그제야 뒤에서 벌어진 일들을 눈치 챈 겐조와 헌병들은 승용차 쪽을 향해 몸을 날려 돌진해 오기 시작했다. 와타나베를 둘러싸고 있던 경찰복장의 일행 중 서너 명은 무섭게 달려오는 겐조의 돌진을 의식하자 옆에 찬 장검을 뽑아 들고 겐조를 막아서며 방어할 준비를 했다.

"동지들, 뒤는 우리가 맡을 테니 어서 이곳을 떠나시오."

앞에 나선 사내가 말을 하자 일부는 와타나베 대장의 가방을 들고 겐조가 달려오는 반대 방향으로 달리기 시작했다. 그러나 겐조의 앞을 막아선 사내들은 백발백중 날아드는 겐조의 총알에 맞아 하나 둘 쓰러졌고 경찰로 위장한 사내들 수에 비해 총알이 부족했던 겐조는 소매 속에서 꺼낸 단도를 공중에 날려 그들의 목과 가슴에 정확하게 명중시켰다. 단도 하나에 한 명씩 단도가 박힌 채 목을 잡고 쓰러지는 사내들을 뒤로 하며 달려드는 겐조의 필사적인 기세는 와타나베의 가방을 쥐고 달아나는 사내들에게도 위협적인 상황이 아닐 수 없었다. 와타나베의 가방을 쥐고 있던 경찰 복장의 사내 둘은 위급한 상황을 간파한 듯 주춤주춤 뒤로 물러서다 전력을 다해 도주를 시작했고 무서운 기세로 달려드는 겐조를 피해 각자 반대 방향으로 뛰어 갔다. 그러나 곧 두 명 중 한 명은 역시 겐조가 가슴에서 꺼내 던진 단도에 등을 맞고 쓰러지고 말았다. 원거리였지만 힘 있게 던진 겐조의 단도 칼날은 피하기 힘든 활촉과도 같은 것이었다. 정강이며 소매며 가슴팍에서 꺼내든 겐조의 단도 개수는 끝이 없는 듯 보였다. 반대로 뛰어가던 다른 사내가 등에 칼을 맞고 쓰러진 동료를 부축하려 다가오지만 그는 고개를 가로저으며 와타나베에게서 빼앗은 가방을 던져주며 고개를 떨어뜨릴 뿐이었다.

"어서, 어서 가시오. 동지마저 실패한다면 모든 죽음이 헛될 뿐이오."

가방을 전해 받은 경찰 복장의 사내는 이제 자신 밖에 남지 않았다는 상황을 인식하자 당황한 표정으로 어정쩡한

걸음을 옮기고 있었다. 그러다 겐조가 달려오면서 던진 단도에 왼쪽 팔을 베인 사내는 결심을 굳힌 듯 이를 악물고 사력을 다해 뛰어 도망가기 시작했다. 와타나베 부대장의 가방을 노리고 접근한 것으로 보이는 인력거꾼과 기생, 경찰 복장 무리 중 마지막으로 살아남은 자와 이의 뒤를 쫓는 겐조와 군인 무리들의 필사적인 추격전이 벌어지고 있는 것이다.

폭발과 총성이 잦아든 후 자욱한 연기가 서서히 걷히며 아수라장이 드러나는 사건 현장의 길모퉁이에서 멍한 눈빛으로 한 곳을 응시하던 시형은 얼굴에 묻은 그을음을 닦아내며 그제야 정신이 들었다는 듯 주위를 둘러보기 시작했다. 한 없이 평온하기만 했던 종로 시내가 잠시 잠깐 사이에 한바탕의 폭풍우가 쓸고 간 바닷가 마을처럼 처참하게 변해 버린 형국이었다. 폭발로 인해 움푹 팬 길과 인력거꾼을 비롯한 경찰 복장의 시체들이 바닥 이곳저곳에 늘어서 있었고 폭발로 옮겨 붙었던 불로 인해 아직까지 타오르는 건물의 연기가 앞을 분간할 수 없을 만큼 시커멓게 피어오르는 모습이 보였다. 시선을 옮기다 길의 중앙에 쓰러져 있는 여인의 모습을 발견한 시형은 서둘러 그녀에게 뛰어가 보았지만 무언가 한이 맺힌 듯 눈을 부릅뜬 그녀는 이미 숨을 거둔 후였다. 바로 조금 전까지만 해도 눈꽃처럼 화사한 모습의 그녀였는데 말 한마디 건네 보지도 못한 채 눈앞에서 숨을 거두어버리다니 시형에게는 좀처럼 믿기지 않는 사건이기도 했거니와 안타까운 일이 아닐 수 없었다.

웅성거리며 몰려든 사람들 사이로 이는 필시 독립군들이 일본의 고관대작을 노리고 벌인 의거일 것이라는 말에서부터 화적 떼가 감히 일본군의 현금 수송 차량을 노렸다는 등등의 근거 없는 말들이 벌써부터 수군수군 오가기 시작했다. 한창 태평양 전쟁이 벌어지고 있는 때이긴 했지만 별 탈 없이 적막마저 감돌던 종로의 밤거리에서 갑작스럽게 벌어진 폭파사건과 이로 인한 일대의 소동들은 시형과 모여든 사람들 모두에게 무언가 불길한 징조와 같이 느껴졌고 앞으로 닥쳐올 알 수 없는 일들에 대한 소용돌이에 빠져드는 것 같은 두려움이 엄습해 오기도 했다. 연해주나 만주에서 일본 고관들을 대상으로 한 의거가 많이 일어났고 경성에서도 일본 군인들이 벌이는 행사에서 크고 작은 의거가 있었다는 이야기는 들어왔었다. 그러나 그것은 아주 먼 곳의 일들로 매일매일 오고 가는 그들 삶의 터전 한가운데에서 이런 일이 벌어졌다는 것은 새삼 이곳이 일본의 압제에 항거해 왔고 앞으로 항거해 나갈 수밖에 없는 조선의 수도라는 사실을 새삼 깨닫게 하는 사건이 아닐 수 없었다.

피어올랐던 연기들이 거의 사라져갈 무렵 어디선가 시형을 부르는 야마토의 목소리가 들려왔다.

"박 상! 박 상!"

사건의 현장에서 조금 떨어진 곳으로부터 시형을 찾는 야마토의 어스름한 모습이 보이기 시작했다.

"야마토 상, 여기!"

시형이 야마토를 부르자 비로소 시형의 생사를 확인할 수 있었던 그가 안도의 한숨을 쉬며 다가왔다.

"어디 다친 데는 없는 거지? 왜 이런 곳으로 뛰어든 거야? 바보같이!"

야마토가 여전히 걱정스러운 얼굴로 시형을 일으켜 세웠지만 시형의 시선은 처연하게 피어오르는 연기를 따라 밤하늘로 날아오를 뿐 아무 말도 할 수 없었다.

야마토와 헤어져 하숙집으로 향하는 시형의 머릿속에는 걷잡을 수 없는 상념의 파편들이 날아들고 있었다. 인력거의 가림막 사이로 비치던 청초한 여인의 가녀린 얼굴과 눈빛이 계속 아른거려 왔기 때문이었다. 그토록 아름다운 여인이 무엇을 위해 무슨 이유로 그와 같은 엄청난 일에 개입되었던 것일까. 문득 걸음을 멈추고 둥글게 떠오른 달을 올려다보자 달 속에 아름답지만 슬픈 표정을 지닌 여인의 얼굴이 들어가 있는 듯 보여 가슴이 아려 왔다. 전형적인 조선의 지방 사대부 집안에서 자란 시형은 어렸을 때부터 조선인이라면 조선의 자주 독립과 자존을 위해 무언가를 해야 한다고 어른들로부터 귀에 못이 박히도록 들어왔었다. 그리고 많은 사람들이 조선 독립을 위해 자신의 인생을 버리고 목숨을 바쳐 의거를 계획한다는 이야기도 많이 들었다. 그러나 제국주의의 그늘 밑이라고는 하지만 나름 순탄한 엘리트의 길을 걷고 있던 시형에게는 점점 그런 의식들이 동화 속에 비쳐진 먼 나라의 이야기처럼 그려지고 있었고 언제부턴가 일본인들과 미워하지 않으며 공존해 나갈 수 있는 방법도 있을 것이라 믿어가고 있던 중이었다. 헛되이 목숨을 버리는 것보다는 언젠가 모를 훗날을 도모하기 위해서라도 출세를 하고 지위를 얻고 보아야 한다는 막연한 타협의 유혹에 도취해 있었는지도 모른다.

허나 현실의 풀리지 않는 문제를 애써 외면하려고 하는 시형에게 오늘의 일들은 하나의 충격적이자 슬픈 현실로 다가오지 않을 수 없었다. 그녀가 일본에 항거하는 독립운동을 하는 중이었는지 어느 마적단의 사주를 받아 임무를 수행하려 했던 중이었는지는 알 수 없는 일이었지만 이런 끔찍한 상황이 언제든 발발할 수 있는 시대와 상황에 살고 있다는 사실이 슬프게 느껴졌다. 아리따운 미모를 타고 태어난 이 땅의 젊은 여인이 자신의 목숨을 초개와 같이 버릴 수 있는 일, 그리고 그런 상황을 덤덤하게 받아들여야 하는 현실이 두렵게만 느껴졌다. 어쩌면 시형의 앞날과 시형이 해 나가야 할 일들도 그의 막연한 기대와 달리 엇나갈 수 있다는 것에까지 생각이 미치자 요동치는 혼돈 속에 자유로울 수 있는 것만은 아니기도 했다. 오늘의 사건이 무엇을 위함이고 그 결과가 어떻게 흘러갈지는 알 수 없는 일이었지만 분명 이 땅의 한쪽에선 많은 젊은이들이 시형과는 다른 고귀한 무엇을 위해 고민하고 행동에 옮기고 있다는 것을 생각하자 알 수 없는 자괴감 하나가 깊숙한 마음속에 파장을 일으키고 있었던 것이다.

시형이 지방에서 올라와 하숙을 하는 곳은 경성의 북쪽에서도 산비탈을 타고 한 시간여를 올라야 당도할 수 있는 산동네의 중턱에 자리를 잡고 있었다. 이런 저런 번민 속에 숨을 헐떡이며 하숙집 어귀에 다다른 시형은 올라가던 걸음을 멈추고 뒤돌아 경성의 야경을 내려다보며 가쁜 숨을 내쉬었다. 산비탈에서 내려다보이는 경성의 야경에서는 여전히 평화로움이 자리 잡고 있는 듯 보였다.

'그래, 남이야 어떻든 나는 본분을 다해 오늘을 사는 게 중요하겠지.'

시형은 이렇게 약간의 자조가 섞인 위로를 하며 오늘 저녁의 사건들은 세상의 다반사로 간주하며 홀홀 털어버리리라 마음먹었다. 시형이 하숙집이 위치한 좁은 골목으로 접어들 무렵 아까부터 간간히 들려오던 호루라기 소리들이 점점 더 가까워져 오고 있음이 느껴졌다. 짧고 긴급하게 끊어지는 소리로 봐서는 가녀린 피리로 길게 뿜어대는 맹인 안마사들의 호객용 피리 소리는 아닌 듯싶었다.

시형의 하숙집 골목과 두세 블록 떨어진 곳에서는 일본군 장교 이시하라를 포함한 한 무리의 일본 군경들이 장전된 총을 앞세운 채 골목골목을 누비며 누군가를 찾아 분주하게 움직이고 있었다.

"놈이 이쪽으로 도주하는 걸 봤다는 사람들이 있습니다."

속삭이듯 긴장감을 토해내는 부하의 보고에 이시하라는 더욱 예민해진 손짓으로 부하들을 불러 모아 나지막이 언질을 내렸다.

"배후를 밝혀야 할 사안이니 반드시 생포하라는 상부의 지시다. 총을 쏘더라도 급소는 피해야 한다."

두 눈에 잔뜩 힘을 주고 있는 이시하라의 표정에는 그의 상관 겐조와는 또 다른 카리스마와 비장함이 묻어 나오고 있었다.

　하숙집에 도착한 시형은 하숙집 아주머니를 부르기 위해 문을 두드리려다 무언가 어둠 속에 인기척이 느껴지는 것을 감지할 수 있었다. 흠칫 손짓을 멈추고 주변을 돌아보았지만 그 인기척의 정체는 시형에게 쉽게 간파되지 않았다. 가로등 같은 건 생각조차 할 수 없는 산동네의 후미진 골목인지라 무언가의 형체를 파악하기가 쉽진 않았지만 어두운 그림자 저편에서 분명 누군가 시형을 바라보고 있다는 느낌은 좀처럼 떨쳐 버릴 수 없는 것이기도 했다.
　"거기, 누구 있습니까?"
　하숙집 문고리에서 손을 뗀 시형이 어두운 공간을 바라보며 물었다. 그러나 옆집에서 새어 나오는 불빛이 강했던 탓인지 극렬하게 대비되는 어둠 속 그림자의 정체는 좀처럼 인식할 수가 없었다. 오로지 누군가 있다는 느낌.
　대수롭지 않게 여기고 집으로 들어갈 수도 있는 일이었지만 시형의 섣부른 호기심은 어두운 그림자로 뛰어들어 그 정체를 확인해 보지 않고서는 집 안으로 들어가는 것을 허락하지 않는 듯했다.
　'푸드득'
　시형이 발걸음을 옮겨 어둠의 정체를 확인하려는 순간

무언가 시형을 향해 날아들었다. 어두움에 익숙해진 시형의 눈에 들어온 것은 어둠 속에 웅크리고 있다가 날아드는 작은 비둘기 한 마리였다.

'휴~'

안도의 숨을 내쉬며 가슴을 쓸어내리는 것도 잠깐, 돌연 누군가가 시형의 뒤에서 시형의 입을 손으로 틀어막으며 어두운 골목 안으로 그를 거칠게 잡아 끌어들였다. 시형은 급작스런 상황에 놀라 몸부림쳐 보았지만 시형을 옭아맨 단단한 사내의 팔뚝은 시형을 쉽게 놓아주지 않았다. 시형은 입이 막힌 채 두려움과 의문에 찬 눈빛만을 쏘아 내고 있을 뿐이다.

"쉿! 이봐, 자네 조선인인가?"

어둠 속에서 나직이 속삭이는 사내의 목소리가 들려왔다. 입이 막힌 시형은 놀란 눈빛으로 고개를 끄덕였다.

"난 조국을 위해 거사를 치르다 지금 쫓기고 있는 몸일세. 보아하니 학생 같은데, 자네를 해칠 생각은 추호도 없으니 조용히 내 말을 들어줄 수 있겠나? 잠깐이면 되네."

시형은 천천히 다시 고개를 끄덕이며 그러겠다는 신호를 보냈다.

한편 시형과 의문의 사내가 실랑이를 벌이고 있는 골목길의 양 끝으로는 포위하듯 좁혀드는 일본군과 경찰의 무리들이 조심스럽게 등장하고 있었다. 골목 초입에 떨어진 핏자국을 발견한 이시하라는 건너편의 부하들에게 손짓을 건네며 골목 안으로 진입을 지시했다. 총을 겨누며 서서히 시형이 있는 골목 쪽으로 좁혀 들어가는 군인들의 모습은 신중하면서도 단호해 보였다. 좁혀오는 군인들의 포위망을 의식하기라도 하는 듯 시형의 입과 팔을 틀어 쥔 사내는 조용하지만 초조한 목소리로 시형에게 호소하듯 속삭이기 시작했다. 그는 신분을 정확히 밝힐 수는 없지만 조선의 독립을 위해 활동하는 조직에서 행동책으로 일을 하고 있는 강인국이라고 했다. 그는 상부의 지시로 동지 일곱 명과 함께 종로에서 일본으로부터 입국하는 일본군의 고위 장성이 가지고 있던 비밀 문건을 탈취하는 거사를 수행했고 문건을 손에 넣는 것은 성공했지만 동료들을 모두 잃고 자신도 부상을 입은 채 쫓기는 신세가 되고 말았다는 것이었다.

종로의 거사라면 시형이 바로 그 중심에 서 있었던 좀 전의 폭발 사고를 말하는 것이 분명해 보였다.

"내 목숨을 걸고 하는 부탁이네만 자네가 조선인으로서 우리 조선의 독립을 위하는 마음이 한 치라도 있다면, 이 물건을 내가 부탁하는 곳으로 전달만 해 주겠나?"

의문의 사내, 강인국은 애절한 눈빛으로 시형에게 부탁했고 그것은 그의 마지막 희망과도 같아 보였다.

"이것이 그대로 놈들의 수중에 들어간다면 수년간 우리 동지들이 목숨과 맞바꾸며 가꾸어 온 노력들이 모두 수포로 돌아갔단 말일세. 제발 부탁이네."

아직도 입과 팔이 강인국의 손에 얽매인 채 뒤로 돌아볼 겨를이 없던 시형으로서는 그의 애원 섞인 부탁에 수긍한다는 뜻으로 고개를 끄덕여 보일 뿐이었다. 그때 바로 골목 너머에서 들리는 이시하라의 날카로운 목소리가 들려왔다.

"조센징! 너는 이미 포위됐다. 더 이상 도망가 봐야 소용없어! 몸부림치면 칠수록 너희 무고한 조센징들만 더 다칠 뿐이다!"

일본군의 포위망에 걸려든 강인국으로서는 이제 시형에게 어떤 선택이든 강요할 수 있는 입장은 되지 못했다. 시형의 입에서 천천히 손을 뗀 강인국은 시형의 앞으로 돌아가 시형을 마주 보았다. 어스름한 이웃집의 불빛에 반사되어 시형의 눈앞에 형체를 드러낸 강인국의 모습은 30대 초반의 건장한 청년이었다. 그는 땀에 젖은 일본 순사 복장을 입고 있었고 한쪽 팔은 겐조의 단도로부터 얻은 상처 때문인지 핏물이 흥건하게 배어 나오고 있었다. 또 다른 한쪽 손에는 와타나베로부터 빼앗았던 서류 가방이 들려 있었다.

"제발 부탁이네!"

조국과 독립 운동이란 것에 대해 각별하게 생각해 보지 못했던 시형이었지만 그의 절박하면서도 애절한 얼굴 앞에서 그의 부탁을 져버리기가 쉽지만은 않을 것이란 생각이 들었다. 그것은 같은 동포로서 느끼는 동포애를 넘어 생사의 위험을 걸고 있는 한 인간에 대한 연민과도 같은 것이었다. 더군다나 그는 종로에서 보았던 그 가엾은 여인의 동지이기도 했다. 시형의 망설이는 듯한 무응답이 곧 긍정이라고 생각한 강인국은 시형의 품에 가방을 안겨주고는 무언가를 결심한 듯 고개를 끄덕이다 일본 군인들이 좁혀 오던 꺾어진 골목길을 향해 달려가기 시작했다. 시형은 강인국의 그런 모습에 놀라 흠칫 뒤로 물러섰지만 이내 정신을 차리고는 누가 볼 새라 바로 옆 담장을 넘어 하숙집으로 들어섰다.

강인국이 골목 모퉁이를 달려 나가자 그는 곧 양 골목의 끝에서 경계하고 있던 일련의 일본 군경들과 마주치고 말았다.

강인국을 발견한 이시하라가 회심의 미소를 지으며 말을 던졌다.

"이봐, 이쯤에서 포기하는 것이 자네를 위해서도 좋을 걸?"

양 골목의 끝에서 서너 명씩의 군인들이 인국을 향해 좁혀오고 있었지만 인국의 눈빛에선 결코 쉽게 잡히지 않겠다는 의지가 엿보이고 있었다. 인국에게 다가선 군인 하나가 총의 개머리판으로 공격을 시도했지만 한쪽 팔의 부상에도 불구하고 인국은 날렵하게 피하면서 예리한 발차기로 군인의 콧잔등을 힘차게 걷어찼다. 이어 주먹과 날쌘 발차기를 이용해 뒤쪽의 군인들을 향해서도 공격을 시도해 보려 했지만 이내 이시하라와 부하들의 거친 공격에 팔이 꺾이고야 말았다. 완전히 제압을 당한 후에도 완강하게 저항해 보려 했지만 이미 양팔을 휘어 잡힌 인국의 절규만이 고요한 골목의 정적을 가르고 있을 뿐이었다.

2. 징표의 귀환

인적이 드문 북한산 자락, 730부대의 지하 벙커 사무실에 지그시 눈을 감고 앉아있는 겐조에게 저녁에 있었던 부대장 와타나베의 피습 장면들이 주마등처럼 스쳐 지나가고 있었다. 과연 어떤 이들이 어떤 목적으로 부대장을 시해하고 부대장의 '물건'을 가져갔는지 비밀리에 입국했던 그들로서는 더더욱 수수께끼 같은 사건이 아닐 수 없었다. 귀금속이나 보안 문서를 볼모로 거액을 끌어내려는 간 큰 마적단들의 섣부른 돌발 범행이 아니라면 와타나베 부대장이 가지고 왔던 물건의 용처를 알고 있는 자들의 소행이 분명해 보였다.

"겐조 상!"

생각에 골똘히 잠겨있던 나머지 겐조는 그의 수하 이시

하라가 사무실로 들어오는 것도 알아채지 못하고 있었다.

"본국에서 새로운 부대장이 임명될 때까지 겐조 상을 730부대의 부대장으로 임명한다는 전문이 도착했습니다."

이시하라가 책상 위에 내려놓은 본국의 전문을 쳐다보며 머리가 복잡해진 겐조는 눈을 감고 회전의자를 돌려 버렸다. 겐조가 오랜 기간 몸을 담고 있던 730부대는 주로 일본의 본토에서 활동하는 일본 황실의 친위 부대 중 하나였다. 그 존재와 설립 목적은 철저하게 비밀에 붙여졌었지만 천황 및 황실의 보위를 위해 직간접적인 경호를 지원함은 물론이고 황실의 안위와 보전을 위한 각종 의술의 연구와 신약 개발을 위해 동분서주하는 일종의 연구 기관 같은 역할도 수행하고 있는 조직으로 알려져 있었다. 일본 내 제약사 및 의료계의 요구로 말미암아 만주 일대에서 각종 생체 실험을 자행하며 악명이 드높이던 731부대와는 대부분의 연구 분야가 중첩되기도 했다. 그러나 731부대가 전면에 나서 대승적인 목적의 미명 하에 신약 개발 후 직접적이고도 공개적인 생체 실험을 자행하며 공표하였던 것과 달리 730부대는 731부대의 상급 부대 개념으로 이에 대한 연구 결과를 보고 받기는 했지만 표면적으로 실제적인 실험을 대놓고 수행하지는 않는 일종의 비밀 결사이기도 했다. 일본 황실을 위해서만 존재하는 730부대의 특성 상 730부대는 일본군의 군사 체계 및 조직도 어디에도 나와 있지 않을 뿐 아니라 대내외적으로도 그의 구성원과 연구 결과, 구성 목적조차도 철저하게 숨겨져 온 그림자 같은 조직이었던 것이다.

"그 놈에게선 뭔가 건져낸 것이 있나?"

거사를 시행하던 일행 중 유일하게 생포된 강인국을 떠올리며 겐조가 물었다.

"지시하신 대로 놈이 이동한 경로를 따라 샅샅이 추적을 해 보았습니다만 아직 아무것도 발견하진 못했습니다. 놈도 부대장님 시해를 지시한 사람이나 동기에 대해선 절대 입을 열지 않고 있고요. 동원된 인원을 볼 때 조선의 거대 조직과 연계되어 있는 것만은 분명한 것 같습니다."

이시하라의 겉도는 대답이 못마땅한 듯 겐조는 두 주먹으로 책상을 내리치며 자리를 박차고 일어섰다. 어느새 그의 표정은 불쾌감의 수준을 넘어 일그러진 분노의 형태로 변해가고 있었다. 표면적으로는 와타나베가 730부대의 부내장이었지만 이미 오래 전부터 730부대에서 실질적인 권력과 업무를 챙기며 부대장의 역할을 수행해 오고 있던 겐조였다. 고위층과의 친분으로 부대장에 취임했던 다소 유약한 성격의 와타나베와 달리 냉철하기로 소문이 자자한 겐조는 부대의 특성을 누구보다 잘 알고 있는 730부대의 진정한 실력자이기도 했다. 겐조는 일본 황실의 신임을 받으며 필요에 따라 그것이 일본인이든 조선인이든 잔인하고 냉혹한 살인도 서슴지 않았으며 황실의 보위라는 구실 아래 정적들을 납치, 암살하는 일들로 잔뼈가 굵어 온 사람이었다. 심지어 황실의 영위를 위협하거나 반대하는 고관대작까지 잡아들여 생화학 실험으로 고문하는 잔혹하고 천부적인 기술들을 구사했던 일본 황실의 심복 같은 인물이었던 것이다. 몸의 곳곳에 숨겨 놓은 8개의 단도와 크고 작은 무기들은 바로 그의 그런 임무를 수행하는 도구이자 방패의 역할을 담당하는 것이기도 했다.

"놈들은 단순히 독립 운동을 하겠다고 날뛰는 놈들이 아니야. 분명 무언가를 알고 있는 놈들이지. 계획을 조금 더 서둘러야겠다."

본토에서의 정적 암살 임무를 수행하며 입었던 오른쪽 뺨 상처의 선명한 흉터 자국이 그의 불쾌한 표정과 맞물려 더욱 선명해 보이는 듯 했다. 이시하라에게 지시하는 겐조의 목소리에는 단순히 부대장의 시해를 자행한 자들에 대한 응징을 넘어 감히 자신의 영역을 침범한 이들에 대한 용서할 수 없는 분노의 감정이 녹아들고 있었다.

크지 않은 시형의 하숙집 방 안. 시형은 불도 켜지 않은 채 우두커니 그렇게 몇 시간을 앉아 있을 수밖에 없었다. 식은땀을 흘리던 시형이 간신히 진정을 하고 책상 위 호롱에 불을 붙인 것은 자정이 훨씬 넘어선 시각. 호롱불의 온기가 방안을 밝히자 책상 주변의 사물들이 눈에 들어오기 시작하고 침묵하고 있던 시형의 정신도 그제야 제자리로 돌아오는 것만 같았다. 창밖의 소리에 촉각을 세우고 있던 시형은 벌떡 일어나 유일하게 뚫려 있는 작은 창으로 조심스레 바깥세상을 살피기 시작했다. 그렇게 다시 한참을 내다 본 후에야 시형은 비로소 안도의 한숨과 함께 자리에 주저앉아 버릴 수 있었다. 시형의 눈에 들어온 것은 방구석에 놓인 작은 가방. 강인국이 군인들에게 체포되기 전 떠맡기듯 남기고 간 와타나베 부대장의 가방이었다. 초저녁 종로 거리에서 있었던 피비린내 나는 살육의 현장이 떠오르는 시형에게 그 가방은 결코 열어보기 싫은, 아니 열어 봐서는 안 되는 판도라의 상자와도 같은 것이었다. 그 속에 무엇이 들었을지, 무엇 때문에 사람들이 이것을 차지하기 위해 피를 흘렸는지 궁금하기도 했지만 그것을 보게 된 이후에 가져야 될 것만 같은 의무와 책임감들이 그에겐 너무나 버겁고 무거울 것이란 것 또한 그는 알고 있었다. 그러나 이미 가방을 가지고 있다는 사실 만으로도 시형은 위험해질 수 있다. 가방을 노려보는 시형은 점점 더 혼란스러울 수밖에 없었다.

　한편으론 가방 안에 어떤 물건이 들어 있는지도 모르면서 오직 강인국이란 자의 말만 믿고 그가 부탁한 행동을 해야 할 지 결정을 내려야 한다는 것 자체가 커다란 부담으로 다가오고 있었다. 독립 운동이라는 대의를 가진 사람들이라고는 했지만 구체적으로 그들이 어떤 사람들인지 알 수도 없을뿐더러 신출귀몰하는 마적단 도적떼들이 독립군 행세를 하고 다닌다는 소문들도 떠도는 시기였으므로 참혹한 현장을 목격한 시형이 그와 관련된 어떤 행동을 실행한다는 것은 여간 조심스러운 일이 아닐 수 없는 노릇이었다. 더욱이 그들은 사람을 노린 게 아니라 그가 가진 물건에 목적을 둔 사람들이다. 생각이 여기에 미치자 시형은 어쨌든 가방 안의 물건이 무엇인지 확인부터 해야겠다는 생각이 들었다. 다시 한 번 창밖을 살핀 후 책상 앞에 다가 앉은 시형은 강인국으로부터 전해 받은 가방을 들어 책상 위에 올려놓았다. 다소 낡아 보이기는 했지만 가방은 질 좋은 소가죽으로 공들여 만든 것으로 꽤 큰 부피를 차지하고 있었다. 시형은 떨리는 손으로 조심스레 가방을 열고는 안에 있던 내용물들을 하나씩 꺼내 책상 위에 늘어놓기 시작했다.

　가방 안에는 모두 세 개의 물건이 들어 있었다. 하나는 끈으로 제본된 고서 한 권이었고 다른 하나는 가죽으로 돌돌 말린 두루마리 한 개, 그리고 말린 인삼 뿌리 같은 것이 담긴 작은 유리병 하나가 전부였다. 궁금함에 열어보긴 했지만 책상 위에 널려진 물건들은 그 어느 것도 시형의 호기심과 궁금증을 해소시켜 줄 수 있는 것은 없었다.

'고작 이런 물건들 따위를 가지고 그 많은 사람들이 목숨을 던졌단 말인가?'

그렇지만 시형에게 분명해진 것 하나는 금품을 노리고 강도짓을 일삼는 마적단들의 소행은 아닐 것이라는 점이었다.

다음날 아침, 시형은 종로 시장 통의 골목으로 발길을 들여놓고 있었다. 그의 손에는 빛바랜 무명 보자기 하나가 들려 있었고 밤새 잠을 제대로 이루지 못한 듯 퀭한 눈으로 조심스럽게 주변을 둘러보며 걷고 있을 뿐이었다. 시형이 멈추어 선 곳은 김이 모락모락 피어나는 찜통들이 늘어선 어느 만두가게 앞. 주위를 두리번거리며 만두가게의 안을 살피던 시형은 찜통에서 찐빵을 거두러 나온 만두가게 주인과 눈이 마주치고 말았다.

"어? 학생. 왜 그러고 섰는가? 만두 줄까? 아님 찐빵? 지금 막 찐 거라 겁나게 맛있을 낀데…."

능숙하게 손님을 다루는 만두가게 주인이었지만 얼어붙은 시형의 모습을 보자 미심쩍은 눈초리로 위아래를 훑기 시작했다.

"그게 아니고, 저….."

"고거시 아니면 뭐당가…?"

만두가게 주인은 웬 멀쩡하게 생긴 학생 하나가 자신의 가게 앞에 선 채 장승처럼 굳어있는 것이 못마땅한지 주변을 의식하며 채근했다.

"강인국이란 분이 보내서 왔습니다."

시형의 입에서 강인국이란 말이 떨어지자 만두가게 주인은 흠칫 놀라는가 싶더니 이내 태연한 표정으로 돌아오려 애쓰는 기색이 역력해 보였다.

"아암~ 우리 집 만두가 이 종로 바닥에선 제일이제~! 자, 그라지 말고 후딱 안으로 들어가서 맛만 보고 가드라고. 내 젤 맛난 놈으로 가지고 들어갈 테니께."

만두가게 주인은 큰소리로 동문서답을 하는가 싶더니 재빨리 시형을 만두 가게 안으로 밀어 넣고는 주위를 힐끔힐끔 살피며 태연하게 만두 두 개를 접시에 담아 안으로 들어갔다.

만두가게 주인의 손에 반강제적으로 밀려들어간 가게 안은 비좁은 공간에 테이블 네 개가 고작인 전형적인 시장통의 만두가게였다. 아직 이른 시간이어서 그런지 식당 안에 손님은 아무도 없었다. 어리둥절한 시형이 어찌된 영문인지 물어볼 새도 없이 만두가게 주인은 다시 다짜고짜 가게 뒤편으로 난 쪽문으로 그를 안내했고 그 쪽문을 나가자 가게보다 서너 배 정도는 커 보이는 안채의 집이 있었다.

"내는 덕수라고 허네. 학생 이름은 뭐당가?"

"박… 시형이라고 합니다."

자신을 덕수라고 소개하는 만두가게 주인의 나이는 20대 후반에서 30대 초반으로 보였고 듬직한 풍채를 지니고 있었다. 인심 좋은 찐빵 집 주인의 전형적인 모습이기도 했다. 덕수의 안내로 시형은 일본식 다다미가 깔린 안채의 작은 방으로 들어섰다. 작은 탁자 하나가 놓여 있는 방의 모습은 허름한 만두 가게의 안채라고 하기엔 너무나 깔끔하고 정돈된 모습을 지니고 있다.

"앉지! 강인국 선상이 보내서 왔다니 고거시 무신 말인감? 그 분은 우리 가게 단골이신디…단골…. 그려, 단골 말이여."

여전히 경계를 늦추지 않는 만두가게 주인은 강인국을 만두가게 단골이라고 했다.

"여기가 종로 '제일 만두집' 맞습니까? 강인국이란 분이 이 집 주인을 만나 전해 주라는 것이 있어 왔습니다만."

시형의 말에 만두가게 주인 덕수는 침을 꼴딱 삼켰다.

"내가 건너건너 듣기론 말이여. 강 선상이 어젯밤 무신 일인지는 몰러도 종로 경찰서로 순사들에게 잡혀 갔다고 허든데. 어찌된 일인지 학생은 아는감?"

덕수는 시형의 눈치를 살피며 물어왔다.

"그래서 제가 왔습니다. 자세한 건 모르겠습니다만, 조선 독립과 관련된 일로 알고 있습니다."

시형의 말에 시형을 믿어야 할지 말아야 할지 식은땀을 흘리며 천장을 쳐다보는 덕수의 복잡한 얼굴이 그의 심경을 대변해 주고 있었다.

"우리에겐 우리끼리 통하는 암호라는 게 있는데 말이여. 그거시 그니께, 쪼까 설명하자믄…."

"시로미. 암호는 시로미라고 하면 아실 거라 하더군요."

시형이 인국에게 전해들은 암호를 이야기하며 손에 들었던 보따리를 탁자 위에 올려놓자 덕수의 눈은 휘둥그레졌다.

순간 벽인 줄만 알았던 격자 문양의 한쪽 벽면이 양쪽으로 열리는가 싶더니 그 안에서 시형과 덕수의 대화를 듣고 있던 양복 입은 낯선 사내 세 명의 모습이 드러났다. 갑작스런 그들의 등장에 의아해 하는 시형을 향해 세 명의 사내 중 보스 격으로 보이는 김인환이 말문을 열었다.

"누군가 찾아올 줄 알고 있었네."

잠시 후 김인환은 좌우에 있던 수하들을 물리고 시형과 독대의 시간을 가졌다. 그는 시형이 경성제대에 재학 중인 평범한 조선인 학생이라는 사실에 일단 안심을 하는 눈치였다. 그와 일행, 그리고 종로 서에 잡혀간 강인국은 모두 그 본거지와 조직 체계를 밝힐 수는 없지만 '천수당'이라는 독립 운동 조직에서 뜻을 같이 하는 동지들이라고 했다. 그리고 주로 만주와 연해주 일대에서 활동을 해 온 천수당은 최근 입수한 첩보에 의해 경성을 방문하는 와타나베 장성을 암살하고 그가 가진 기밀문서를 손에 넣기 위해 이미 수개월 전부터 준비를 해 왔다고도 했다. 그리고 그들의 조직원은 아니었지만 오늘 이렇게 시형이 그 기밀문서를 갖고 그들을 찾아 온 것이다.

　　김인환이 장황하지만 간결하게 본인들의 사연에 대한 이야기를 마무리 지을 무렵, 김인환의 수하 중 한 사람이 들어와 시형이 내놓았던 보따리를 다시 김인환에게 전해 주며 귓속말로 무언가를 속삭이고 나갔다. 김인환은 보따리를 풀어 그 안의 물건들을 만지작거리는가 싶더니 이내 절망적인 눈빛으로 고개를 가로 저었다. 김인환은 보따리의 물건 중 고서를 들어 보였다.

　　"동궁궐지라…."

　　정신이 없는 와중이라 시형이 미처 보지 못했었지만 김

인환이 내려놓은 고서의 낡은 표지에는 '東宮闕志'(동궁궐지)라는 한자가 씌어 있었다. 두루마리로 말려진 가죽을 풀어보자 거기에는 알아보기 힘든 문양들이 상형문자처럼 어지럽게 널려 있을 뿐이었다. 김인환의 말로는 어느 고당의 탁본일 것이라고 했다.

"이것들은 모두 일제가 강탈해 갔던 유물들인 것 같군."

"그렇다면 그 유리병은 무엇인가요?"

작은 유리병의 정체가 궁금한 시형이 물었다.

"글쎄, 왕실에서 차를 우려냈던 귀한 차의 뿌리가 아닌가 싶네만."

잠시의 침묵이 오간 후 한숨을 내쉬던 김인환이 시형을 바라보며 다시 입을 열었다.

"우리 동지 여섯 명의 목숨. 아니 강인국 동지까지 더한다면 일곱이겠군. 그 동지들의 목숨과 맞바꿔서 손에 넣은 것이 고작 이런 것들이라니. 자네와 동지들한테는 미안한 이야기지만 아무래도 이번엔 우리가 헛다리를 짚은 것 같네."

김인환은 일본이 조선에서 새롭게 시행할 비밀 실험 계획의 문건을 입수할 수 있을 것으로 예상했지만 손에 넣은 것이 고작 이런 유물 몇 점에 불과한 것이라고 생각하니 암담함을 감출 수가 없는 듯 보였다.

"그렇군요…. 그렇다면 선생님께서는 어떤 것들을 기대하신 겁니까?"

"우리는 오랫동안 만주에서 생체 실험을 자행하는 731부대와 일본 본토에서 그들의 생화학 실험을 간접적으로 지원해 주고 있는 730부대의 움직임을 예의 주시하고 있었다네."

시형이 전도유망한 조선의 청년이라고 생각한 김인환은 일급 기밀에 속하는 내용이긴 했지만 시형에게 730부대의 실체와 천수당이 세웠던 계획에 대해 간략히 설명했다. 조선인들과 중국인들을 상대로 각종 생체 실험을 통해 의학 발전과 생화학 무기를 연구하는 730부대. 그 730부대의 부대장과 핵심 참모들이 대거 조선으로 입국한다는 정보를 입수한 천수당에서는 그들이 조선에 어떤 목적으로 왔으며 또 무슨 일을 꾸미고 있는지 알아낼 필요성이 있었다. 더 이상의 비극을 막기 위해선 어떤 무리수를 두더라도 그들의 계획을 알아내야 했고 비밀리에 입국한 730 부대장 와타나베가 지니고 있을 문건들을 손에 넣는 거사를 계획했던 것이다.

　만두가게를 나선 시형의 머릿속에서는 안타깝게 불발로 끝난 강인국의 거사와 그 현장에서 숨을 거둔 아리따운 여인, 730부대에 대해 김인환이 해 주었던 말들이 오버랩되어 엉키며 마음을 복잡하게 만들고 있었다.

　김인환과 천수당이 우려했던 것처럼 730부대의 핵심인물들이 대거 입국했다는 것은 이미 조선에서 그들이 또다시 벌일 야만적인 행위들이 시작되었다는 것을 의미하는 것이므로 시형과 그의 조국 앞에 몰아닥칠 알 수 없는 일들을 생각하면 불편해지지 않을 수 없는 일이었다. 바로 이 땅, 조선의 젊은이로서 앞으로 벌어질 일본인들의 만행에 대해 이대로 계속해서 묵과하며 지내야 하는 것인지 그동안 보아오지 않았던 현실들이 자신의 정체성에 대한 물음을 던지며 가슴 속 깊은 곳에서 소용돌이 치고 있었다.

　종로의 시장 통을 거의 벗어나 가는 시형의 손에는 시형이 처음 가지고 들어서던 그 모습 그대로의 작은 보따리

하나가 여전히 들려 있었다.

"우리 중 누군가 와타나베 대장의 유품을 가지고 있다 간 문제의 소지가 있을 듯하네. 부탁이네만 자네가 이걸 가지고 가 소각해 버리고 우릴 만났던 일 자체도 모두 잊어버려 줄 수 있겠나? 앞으로 우리가 이렇게 마주하는 일은 없을 걸세."

시형에게 마지막 부탁을 하던 김인환의 목소리가 다시 귓전에서 들려왔다. 시형은 자신도 모르게 보따리를 쥐고 있는 손마디에 힘을 들어감을 느낄 수 있었다.

3. 바람의 속삭임

때는 기원전 3세기.

동이 틀 무렵, 어스름한 제주 해안의 너른 들판에는 바람 소리가 가득했고 보이는 것이라곤 사람의 키보다 더 높이 자란 억새풀 군집의 휘청거림뿐이었다.

태초부터 이곳엔 거세게 휘몰아치는 바람과 파도, 가지런히 자리 잡은 검은 바위와 억새풀들만이 각자의 영역을 영위하며 살아온 것처럼 보일 정도였다. 파도의 넘실거림과 억새풀의 흐느적거리는 모습들이 한데 어우러져 어디가 물이고 어디가 땅인지 구분이 모호한 자연 그대로의 모습을 지니고 있는 곳이다.

'뿌~~ 웅~~'

어디선가 고둥 나팔의 소리가 들리는가 싶더니 촘촘하

게 자란 억새풀 숲 사이로 주위를 살피며 물가에서 뭍으로 오르는 갑옷 입은 사내 하나가 불쑥 등장하는 모습이 보였다. 사내의 표정은 사뭇 비장해 보였고 그가 착용하고 있는 무사 복장과 장신구들은 당시 제주 탐라국의 무사의 것이라고 보기엔 너무나 화려하고 정교한 것들이었다. 잠시 주위를 둘러보던 사내가 무언가를 확인했다는 듯 어깨에 걸렸던 고등 나팔을 움켜쥐고 다시 한 번 힘차게 불어댔다.

'뿌~~ 웅~~'

가만 보니 사내는 혼자가 아니었고 사내가 불어내는 나팔 소리를 신호로 이곳저곳 해안선을 따라 억새풀 숲 속에선 다른 고등 나팔 소리들이 연이어 울려 퍼지기 시작했다. 마치 제주 내륙의 깊은 골짜기까지 울려 퍼질 듯 웅장하게 뻗어 가는 나팔 소리는 갈대와 파도 소리를 잠재울 만큼 크고 정교한 소리를 자아내고 있었다.

　이윽고 여기저기서 등장하는 무사들. 길게 자란 갈대를 위장 삼아 갈대 숲 속에 낮게 몸을 묻고 있던 갑옷의 무사들이 나팔 소리의 호령에 따라 여기저기서 튀어 오르며 육지의 중심부를 향해 갈대밭을 헤쳐 가고 있었다. 억새풀에 묻혀 있을 때는 몰랐지만 몸을 드러내며 억새풀밭을 뒤덮는 그 무리들의 숫자는 족히 3천 이상은 되어 보였다. 이어 어디선가 진군을 알리는 낮은 북소리들이 고둥 나팔의 뒤를 이어 그들의 걸음걸이에 장단을 맞추었고 이 거대한 무리들은 이전보다 더 빠른 속도로 제주의 내륙을 향해 이동하고 있었다.

　억새풀 밭을 뒤덮은 무리들의 가장 중앙에는 무리의 우두머리로 보이는 이가 앞장을 서고 있었다. 그는 양 옆에 거느린 그의 수하들처럼 건장해 보이진 않았지만 날렵하고 영특한 기운이 비쳐 나와 그가 결코 예사로운 인물이 아니라는 것을 대번에 알 수 있게 해 주는 외모를 지니고 있었다.

그는 바로 진시황의 총애를 받고 있던 진나라의 방장, 서복이었다.

기원전 3세기는 중국에서 진시황이 대륙을 통일하고 천하를 호령하던 시대로 한반도에는 북쪽으로 고조선이 건재했고 남쪽으로는 진국이 정치 세력을 형성하고 있던 때이기도 했다.

중국을 통일한 절대 군주 진시황은 어느 날 그가 아끼는 방장 중 하나인 서복을 궁 안으로 불러들였다. 국정의 대소사는 모두 독단적인 결정에 의해 판단하고 시행하는 진시황이었지만 무엇을 결정하든 시행을 하기에 앞서 그의 관료들에게 의견을 물어보는 것이 그의 치정 방식이기도 했다. 의견을 물어본다고는 하지만 다수의 의견을 수렴한다거나 존중을 하기 위한 것은 아니었다. 단지 그의 판단에 대한 신하들의 마음과 태도를 알아보기 위한 시험의 목적이 더 강했다고 볼 수 있었다.

어렵게 중국을 통일하고 황제의 자리에 오른 그는 끊임없이 제기될 분열과 반란에 대한 두려움을 잠재워야 했기에 만약 자신의 생각과 상치되는 의견을 갖고 있거나 차후 다른 생각을 가질 것으로 예견되는 인물들이 보인다면 어떤 명분을 만들어서라도 짧은 시간 내에 가차 없이 처단해 나갈 필요성이 있었고 그의 실천을 주저하지 않았다. 이는 지방 권력의 핵심이라고 할 수 있는 방장이나 소수 민족의 왕과 같은 존재인 각 성의 수장들도 예외가 될 수 없었다. 진시황은 권력에 대한 야망이 컸던 만큼 권력의 사수에 대한 욕심 또한 적지 않았고 그것을 지키고 강화시켜 나가는 것에 대한 철학과 운영 방식도 남달랐던 것이다.

"서복, 그대의 충정은 이미 하늘이 알고 내가 알고 있노니."

서슬 퍼런 장비들로 무장한 호위 무사들 수십 명이 겹겹이 둘러싸고 있는 지하 궁전의 집전실에서 서복을 마주한 진시황이 말을 뱉었다.

"내 오늘 그대와 중차대한 일을 논의하고자 하노라."

황제가 친히 서복을 부른 이유를 알 수는 없었지만 서복의 앞에 무언가 예사롭지 않은 일이 일어나리라는 것은 충분히 예견이 가능한 일이었다.

"그대는 그대가 받들어 모시는 주군을 위해 그대의 목숨조차 바칠 준비가 되어 있는가?"

황제가 앉아 있는 연단 아래 엎드린 서복은 이미 황제

가 무엇을 원하고 있는지 알 수 있을 것만 같았다. 서복은 대륙의 동남면 일대에서 가장 큰 존경과 민심을 얻고 있는 방장이었고 그가 거느리는 일족은 수천을 넘어 만 명에 이르기도 했다. 황제는 늘 그래왔던 것처럼 작은 지역에서나마 자신보다 명망이 높아가는 서복의 목숨이 필요했는지도 모른다.

"황제시여, 분부만 내려주시옵소서. 소인 서복, 일족과 함께 목숨을 바쳐 영원히 주군의 하명을 받들어 모실 것이옵니다."

"영원이라… 허허허 그대의 성정은 정녕 과인의 마음을 꿰뚫고 있는 듯하도다."

웃고 있는 진시황의 얼굴은 소탈한 듯 활짝 피어 있었지만 서복을 내려다보고 있는 그의 눈빛만큼은 오히려 서복의 마음을 칼로 도려내고 있는 듯 보였다.

"짐은 이미 수해 전부터 서역과 북방에서 서식한다 하는 불로장생의 묘약들을 구하고자 수백의 방장들과 수만의 군사들을 파견해 왔다. 허나 그들이 구해 온 것이라곤 아무 짝에도 쓸모없는 잡풀에 불과한 것들일 뿐! 짐을 기망하려고만 하였다. 내 듣기로 그대가 무예와 학문에 조예가 깊을 뿐 아니라 의학과 약학에 걸쳐 두루 일가견이 있다는 말을 들었는데 그것이 사실이렷다?"

"망극하신 말씀이옵니다."

"근자에 들어온 소식과 고서에 의하면 동녘의 삼신산에 짐이 찾는 영초들이 자생하고 있다는 말을 접했는데 방장은 이런 이야기를 들어 보았는가?"

"…"

"내 너에게 동남동녀 삼천을 줄 터이니 봉래, 방장, 영주의 삼신산과 바다 건너 왜의 섬까지 뒤져 불사의 힘을 가져다준다는 명약을 가져와 그대의 충정을 보이도록 하라!"

예상한 것이기는 했지만 진시황의 명이 떨어지자 서복의 몸에서는 스르르 기운이 빠져 나가는 걸 느낄 수 있었다. 권력에 대한 탐욕이 깊어질수록 그 권력을 영원히 누리고자 하는 진시황의 염원 또한 깊어지고 있다는 건 익히 알려진 사실이었다. 또한 진시황의 열망에 부응하듯 불로초가 있다는 소문 또한 곳곳에서 들려오곤 했었지만 그 중 정말 신빙성 있는 정보란 있을 수 없었다. 모두가 진시황의 헛된 망상에 편승하여 포상을 노리고자 근거 없이 떠도는 뜬소문에 불과한 것들이었기 때문이다. 그런 사실은 온 나라 사람들이 알고 있었고 진시황 역시 알고 있을 터였다. 그러나 헛된 욕망에 사로잡힌 탓인지 진시황은 그에 대한 아주 작은 소문조차 간과하지 않았다. 그는 단순히 설화에서 불거진 이야기들까지도 근거로 하여 촉망 받던 지방의 방장 수십과 군사 수천을 소문의 근거지로 파견 보냈고 당연한 결과일지 모르지만 그것을 구해오지 못한 자들에겐 '충정의 부족'이라는 죄명 아닌 죄명을 씌워 '죽음'으로 대가를 묻곤 했던 것이다.

명분은 그럴 듯해 보였지만 누가 봐도 그것은 진시황이 만들어낸 하나의 빌미일 뿐이었다. 지방 토착민과 소수 민족의 수장 중에 자신보다 더 덕망이 있을 것이라 판단되는 인물들을 색출하여 제거할 수 있는 좋은 기회이자 구실에 불과했던 것이다. 그것이 바로 진시황의 잠재적인 정적에 대한 숙청 방법. 절대 왕권을 유지하기 위한 진시황의 교묘한 전략이자 도래할지 모를 미래의 위협에 대처하기 위한 처방인 셈이었다. 실제 불로장생의 명약을 구하라는 명을 받아 길을 떠난 자들은 모두 각 지방과 고을에서 명망이 드높던 방장들이거나 진시황의 군대 내에서 존경을 받아오던 수장들이었고 그들은 불로초를 구하지 못한 충정의 부족이라는 이유로 형장의 이슬로 사라져 버렸다. 또한 그들의 심복과 일족들은 모두 노비의 신세로 전락했고 이제 그 살생부의 첫 줄에는 '서복'의 이름이 올라 있는 것이다.

진시황의 명 아닌 명을 받들고 궁을 빠져 나온 서복의 앞에는 이제 두 개의 갈림길 밖에 남아 있지 않았다. 그것은 그를 따르는 수하들과 일족들을 이끌고 진시황에 대항하여 봉기를 일으키든가 아니면 일족들을 모두 데리고 진시황의 세력이 미치지 못하는 곳으로 도주하는 것. 그러나 두 가지 선택 모두 그 끝은 비참한 죽음이라는 참혹한 결과를 가져올 수 있다는 걸 서복은 알고 있었다. 진시황의 거대한 군사력에 대항하기엔 서복이 가진 힘은 너무나 미약했고 진시황의 눈을 피해 도망간다고 한들 진시황의 세력이 미치지 않는 곳은 이 세상의 끝 어디에도 보이지 않아 보였기 때문이다. 진시황의 명을 받들어 불로초를 구하고자 길을 떠난다면 어느 정도 시간을 벌 수 있을지는 모른다. 그러나 그 역시도 귀환 후의 말로는 앞서 사라진 다른 방장들의 그것과 크게 다를 것이 없어 보였다.

"장군! 남쪽 해안가에 왜의 무리들이 도달하고 있다고 합니다."

제주 산방산 아래 진영을 꾸린 서복의 천막으로 그의 수하 일진이 들어와 고하는 소리가 들렸다. 진나라를 떠나 출정하던 때를 떠올리며 잠시 상념에 잡혀 있던 서복은 칼을 집어 들고 천막을 나섰다.

"놈들의 숫자는?"

"배가 아홉 척, 적들의 숫자는 오백여 명이 조금 넘는 듯싶습니다."

진시황의 명을 따라 삼천 명의 수하들과 불로초를 찾아 남쪽으로 향했던 서복 일행은 지금의 금강, 지리, 한라에 해당하는 봉래, 방장, 영주의 삼신산을 살펴보기에 앞서 왜의 열도에 먼저 도달했었다. 남쪽 왜국의 섬나라들로부터 수색을 시작해 삼신산이 있는 한반도로 이동해 갈 요량이었던 것이다. 당시 왜의 열도에서는 천황의 근간이 되었던 덴노가 지역 토착민들의 힘을 얻어 세력을 결집시키기 시작하는 이른바 야요이 시대가 열리고 있던 무렵이었다. 서복 일행이 불로초를 찾고자 왜국에 도착했다는 소식을 접한 덴노와 왜의 무사들은 처음엔 진시황의 사신이었던 서복 일행을 환대하며 흔쾌히 손을 내밀어 주었다. 그러나 왜국의 덴노 또한 진의 황제와 다를 바 없는 통치자의 속성을 지니고 있는 인물이라는 것을 깨닫는 데는 그리 오랜 시간이 걸리지 않았다. 왜의 관료들은 서복 일행들로부터 불로초의 형태에 대한 정보를 얻어내는가 싶더니 서복 일행의 일거수일투족을 감시하기 시작했고 급기야 불로초를 왜국의 섬에서 찾아낸다면 그것 역시 덴노의 소유인 만큼 절반 이상은 상납을 하고 섬을 떠나야 한다는 으름장까지 놓기에 이르렀다.

　　결국 왜국 내에서 불로초를 찾지 못한 서복 일행은 섬을 떠나게 되었지만 불로초에 대한 정보를 접한 이후 욕심이 생긴 왜의 덴노와 지방 호족들은 서복의 뒤를 밟아 무사와 군사들을 파견했던 것이다. 순진했던 왜의 덴노는 진시황이 찾고자 하는 불로초가 실존하는 것이라 굳게 믿었고 그것을 취한다면 영원무궁한 덴노의 지위 역시 영원히 누릴 수 있을 것이라 생각했던 것이다. 서복의 다음 행선지를 몰랐던 왜의 덴노는 서복의 뒤를 쫓아 군선과 무사를 파견했고 서복 일행이 불로초가 있다는 삼신산에 도착하면 서복 일행을 모두 몰살한 다음 영주산에 있을 불로초를 손에 넣을 속셈이었다. 서복이 향할 다음 행선지인 탐라 영주산에는 확실히 불로초가 있을 것이란 소문이 돌았던 것 또한 덴노의 결정에 일조하는 것이기도 했다.

서복은 수하 장수들과 함께 바닷가 절벽 위 송악산 망루에 올라 남쪽 바다를 내려다보았다. 과연 거기에는 작지 않은 왜선 아홉 척이 커다란 돛을 펼친 채 서복 일행의 뒤를 쫓아 해안을 향해 돌진해 오고 있는 모습이 보였다. 왜선의 갑판 위에는 갑옷을 입은 무사와 자객 복장의 왜군 수십 명씩이 올라서 있고 모두 다 상륙 준비를 하려는 듯 작은 배를 내리느라 분주한 모습이기도 했다.

"척후병들을 해안가 억새 숲에 매복시키고 본진은 영주산 능선으로 후방 배치토록 하라."

"네, 알겠습니다."

서복의 명을 받은 수하 장수들이 명을 실행하기 위해 서둘러 언덕길을 내려갔다.

"장군! 어찌하실 계획입니까?"

서복의 의중을 모르겠다는 듯 수하 일진이 물었다.

"일단 놈들이 섬의 중앙으로 들어오지 못하도록 최대한 방어하고 그동안 우리는 영주산에서 불로초를 찾는다. 놈들이 기를 쓰고 달려드는 걸 보니 영주의 전설은 전설이 아닐 수도 있다."

"장군! 시간이 없습니다. 정예 선발된 왜의 무사 오백이라면 우리 군사 삼천으로는 막기엔 역부족일 수도 있습니다. 영주는 저들에게 넘기고 봉래나 방장으로 향하심이 어떻겠습니까?"

왜 무사들의 기세가 심각한 것이라고 생각한 일진이 서복에게 후퇴를 권했다. 그러나 서복은 내심 어느 정도 계산을 하고 있었다는 듯 여유로운 표정을 지어 보이며 일진을 돌아봤다.

"척후병들은 최대한 시간을 벌 정도로만 대응하고 영주까지 밀고 올라온다면 그때 생각해 보도록 하세. 영주에 불로초가 없다면 자네 말대로 빨리 이 섬을 떠나는 게 상책이 겠지."

얕은 모래와 현무암으로 이루어진 제주 남쪽 산방산 앞 해안가로 수십 척의 작은 배들이 뭍을 향해 오르고 있었다. 육지로 올라서는 이들은 갑옷과 투구를 쓴 왜의 수장들과 그보다 많은 수의 자객들로 구성된 왜군이었다. 배에서 내려 전열을 정비하자 그 중 우두머리로 보이는 무사 하나가 앞으로 나서며 무거운 투구만큼이나 무겁고 절도 있는 목소리로 소리쳤다.

"덴노의 영원무궁한 영광을 위해! 이 한 목숨 바쳐 가문의 이름을 빛내도록 하자."

그의 말이 신호탄이라도 되는 듯 도열해 있던 무사와 자객들은 일사 분란하게 좌우로 펼쳐지는가 싶더니 양손으로 검을 세워 잡은 채 빠르게 섬의 중앙을 향해 돌진하기 시작했다. 그들의 뒤로는 다시 왜의 무사들을 태운 작은 배의 행렬이 속속 해안가를 향해 당도하고 있는 모습들이 보이고 있었다. 그 수는 일진이 보고했던 오백보다 두 배는 되어 보이는 듯 했다.

제주의 오름들이 듬성듬성 치솟아 있고 각종 갈대와 풀로 우거진 수풀 사이로 상륙을 마친 왜의 무사와 자객들이 조심스레 발길을 이어가고 있었다. 수풀의 규모는 그리 크지 않았지만 처음 서복 일행이 상륙했던 곳과 마찬가지로 사람들의 키보다 서너 뼘 정도는 높은 억새들이 빽빽하게 들어서 있어 좀처럼 시야가 확보되지 않는 곳이기도 했다. 앞서 가던 왜의 수장이 무언가를 감지한 듯 허공을 향해 주먹을 쥐어 보이자 왜의 무사들이 재빠른 몸놀림으로 양 옆의 수풀 사이로 몸을 감췄다. 왜의 자객 하나가 전방을 살피기 위해 고개를 높이 들자 어디선가 비창 하나가 날아들어 자객의 목에 박히는가 싶더니 연이은 비창에 앞서 있던 왜의 무사 세 명이 목을 부여잡으며 고꾸라지고 말았다. 날아드는 비창에 이어 여기 저기 풀숲에서는 서복의 무사들이 칼을 빼 들고 날아들며 몸을 낮춘 왜의 무사들에게 일격을 가하기 시작했다. 왜의 무사들은 예상하지 못한 진나라 군사들의 기습에 당황한 듯 다소 허둥지둥 대다가 조금씩 뒤로 밀려갈 뿐이었다. 서복 수하들의 급습으로 검은색 두건을 쓴 왜의 자객 무리들 십여 명이 그 자리에서 쓰러졌고 매복 작전을 감행한 서복의 수하들이 완전한 승기를 잡은 듯 보였다.

그러나 이것 또한 왜의 치밀한 계산에 의한 전략. 서복의 부하들이 일방석으로 왜의 무사들을 제압했다고 생각하는 순간, 매복했던 서복 부하들의 수를 간파한 왜의 무사 본진이 들이 닥치자 오히려 서복의 수하들이 무사들의 칼 끝에 낙엽처럼 쓰러지며 맥없이 밀려나고 있었다. 서복 수하들의 매복을 미리 간파한 왜 무사들의 반격이었다.

"퇴각하라! 퇴각하라!"

수적으로 불리해진 서복의 수하들은 빠른 속도로 섬의 중심부를 향해 달려갔고 큰 무리의 왜 무사와 자객 진영이 그들의 뒤를 쫓았다.

제주 영주산의 깊은 골에 위치한 현무암 동굴 입구에는 무장한 진나라 군사들이 곳곳에 보초를 서며 긴장을 늦추지 않는 모습이었다. 그로부터 동굴 안쪽 깊숙이 자리 잡은 내실에서 서복은 여러 명의 장수들과 함께 숙연하리만큼 골똘한 생각에 잠겨 있었다.

"어제는 왜선 십여 척이 추가로 당도하여 왜놈의 수가 천 명 이상으로 늘었습니다. 일단 본토로 철군했다가 정비 후에 다시 돌아오심이 어떨까 합니다."

서복의 수하 일진이 조심스럽게 운을 뗐다.

"지금 시점에 돌아간다면 마땅한 명분도 없고 본토에 있는 우리 일족들의 목숨까지 위험해질 수 있다."

진퇴양난에 빠진 서복 일행에게 본토로의 철군이라는 것은 결코 생각해 볼 수 있는 대안이 될 수 없었다. 답답한 마음에 운을 뗀 일진조차도 자신의 발언이 바보 같은 것이었음을 알고 있었다. 그들은 이미 떠나올 때 돌아가지 않을 것을 다짐했기 때문이다. 진시황이 주문한 불로초를 구하는 것은 사실상 불가능한 것이었지만 설사 그러한 불로초를 구한다고 하더라도 서복과 그의 수하들은 돌아가지 않으리라 생각해 두었던 것이다. 서복의 서 씨 일가 만여 명은 산둥반도 끝 낭야 군 일대에 뿌리를 내리며 살고 있었다. 그 낭야 군을 떠나오기 전 서복은 낭야대에 올라 그의 일족에게 이렇게 일렀다.

"내가 동남동녀 삼천과 배에 올라 이곳을 떠나거든 일족 모두는 성씨를 바꾸고 일가 단위로 흩어져 아무도 그대들을 찾지 못하게 하시오."

서복은 그의 일가뿐 아니라 그의 성에 남게 되는 수백의 군사들에게도 이와 같은 말을 이르고 배에 올랐다. 서복은 불로초를 구하지 못한 채 돌아간다면 그와 그의 일족이 충정 부족을 이유로 진시황의 손에 멸할 것이요 불로초를 구해 간다 한들 불로초를 독식하고자 하는 진시황이 불로초의 소재를 알고 있는 그들의 목숨을 살려둘 리는 만무한 일이란 걸 너무나 잘 알고 있었기 때문이다.

서복과 일진이 대화를 나누고 있는 가운데 서복의 또 다른 부하 장수 서너 명과 진시황이 보낸 사신 일행이 내실이 위치한 동굴의 안쪽으로 들어왔다.

"장군! 본토에서 황제의 사신들이 당도했습니다."

진시황이 친히 보냈다고 하는 사신 일행은 서복에게 예

의를 갖춘 후 비단에 싸여 봉인되어있는 진시황의 서신을 전달했다.

"황제의 금서를 가지고 왔습니다. 황제께서는 불로초를 구했거나 구하지 못했거나 일단 본토로 입성하라는 전갈을 전하라 하시었습니다. 황제가 방장을 걱정하는 심려가 깊으신 것으로 사료되옵니다."

봉인을 풀어 금서를 펼쳐 보니 그 내용 또한 사신의 말과 크게 다른 것은 없었다. 다만 거기에는 불로초를 구했음에도 돌아오지 않을 시에는 낭야 군에 남아있던 서복 일족들에게 화가 돌아갈 수도 있음을 암시하는 협박과 같은 내용이 우회적으로 표현되어 추가되어 있을 뿐이다.

서복은 황제의 금서를 접으며 엷은 미소를 보였다.

"알겠소. 내 곧 본진을 수습하여 황제에게 돌아갈 채비를 하리다. 여봐라, 황제께서 친히 보내신 사신들이니 이 영주에서 구할 수 있는 최고의 술과 음식으로 소홀함이 없도록 극진히 대접하도록 하라."

"네, 알겠습니다."

서복의 명이 떨어지자 좌우에 늘어서 있던 군사들이 큰 소리로 복창하며 사신들을 안내하여 동굴의 방을 빠져 나갔다. 사신 일행이 모두 방을 나가자 그들의 뒤를 살피던 수하 일진이 서복에게 다가섰다.

"장군, 어찌하려 하십니까?"

잠시 침묵하던 서복이 일진을 돌아보며 나직이 속삭였다.

"일진은 듣거라. 저들을 절대 살려 보내서는 아니 된다."

일진은 서복의 말이 무엇인지 알아들었다는 듯 고개를 끄덕였다.

진시황의 사신들이 당도한 지 한 달여가 지나갈 무렵, 서복과 서복의 부하들은 서서히 지쳐가기 시작했다. 남쪽 해안을 근거지로 끊임없이 공격을 감행하는 왜의 무사들도 문제였지만 불로초의 행방도 찾지 못한 채 고립된 섬에 머물러 있기는 한계가 있었기 때문이었다. 하루 중 대부분의 시간을 영주산 일대에서 불로초 찾기에 매진했지만 아직까지 아무런 성과도 거두지 못하고 있는 상황이 더욱더 그들을 힘들게 했다. 본토에서 전해지는 소문으로는 곧 진시황이 대규모의 원정군을 출정시켜 황제의 명을 거역하고 사신들을 모욕한 서복 일행을 응징하러 올 것이라는 이야기가 들려왔다. 언제까지 동굴을 은닉처 삼아 불로초를 찾아 헤매야 하는지 기약 없는 나날의 연속이었고 탐라 주민들에게 수소문해 조금씩 조금씩 불로초의 행방을 찾아 그 범위를 좁혀 가고 있는 중이기는 했지만 그 역시 설화나 전설이었을 뿐 그 누구도 실제로 불로초를 보았다는 사람은 나타나지 않았다. 이제 곧 영주를 떠나 한반도의 내륙이면서 삼신산의 다른 줄기인 봉래, 방장으로 떠나야 할 시점이 다가오고 있는 듯했다. 서복에게는 무모해 보이는 불로초 찾기를 이대로 계속하느냐 아니면 일행을 이끌고 머나먼 타국으로 몸을 피해 새로운 삶을 개척하느냐에 대한 선택의 기로가 남아 있을 뿐이다.

서복 일행이 내심 정해놓았던 '영주에서의 불로초 찾기' 기한이 마감되어 가던 어느 날, 서복과 50명 남짓한 군사들로 이루어진 일행은 예의 하루 일과와 마찬가지로 산등성을 따라 해안까지의 수색 작업을 마치고 그들의 본거지인 동굴로 돌아가고 있었다. 뉘엿뉘엿 해가 지려 하고 있었기 때문에 말을 타고 있던 서복과 수하 장수들은 채찍으로 말의 엉덩이를 치며 걸음을 재촉했다.

"저 앞의 광경은 무엇으로 보이는가?"

앞장 서 가던 서복이 말 머리를 멈추고 오름 아래 마을을 가리키며 일진에게 물었다.

"마을에서 불길로 인한 연기가 피어오르는 것으로 보입니다. 어떤 연유로 불이 나고 있는지는 모르겠습니다만."

서복이 가리키는 쪽의 마을에서는 정말 마을의 일부가

화염에 휩싸인 듯 언뜻언뜻 보이는 불길과 함께 검은 연기가 하늘을 향해 치솟아 오르고 있었다.

서복은 호기심에 사로잡힌 아이처럼 천천히 말머리를 불꽃이 일어나고 있는 마을 방향으로 잡아끌기 시작했다.

"장군, 해가 지고 있습니다. 해가 완전히 지기 전에 동굴로 돌아가셔야 안전할 것으로 판단됩니다."

서복의 의중을 모르는 일진이 서복을 막아섰다.

"확인해 보아야 할 것이 있다."

"장군, 시간이 없습니다. 왜의 무사들이 근방에 있을지도 모르는 일입니다. 더욱이 탐라의 민간인들과 접촉하는 것은 그리 옳은 일이 아니라고 하지 않으셨습니까?"

심복 일진의 만류에도 불구하고 서복은 마을을 향한 그의 시선을 거두지 않았다.

"저기 봐라… 저건 왜의 깃발이 아니더냐?"

일진이 돌아보니 과연 불타오르는 마을 한 편에는 왜국의 상징이 그려진 왜의 깃발이 그 아래 군사에 의해 움직이고 있는 것이 보였다. 마을을 약탈하고 있는 건 왜의 무사들이었고 그들에 의해 마을의 일부가 불타고 있음이 분명해 보였다.

"하오나, 저희가 개입할 일은 아닐 것 같습니다. 왜군들의 숫자도 파악이 어려운데 공연히 화를 부르지 않을까 우려됩니다. 어서 동굴로 회군하시지요."

"무슨 소리냐? 탐라의 백성들이라 하더라도 저 마을 사람들은 무고한 사람들이거늘 저렇게 왜의 손에 약탈을 당하는 걸 보고 그냥 지나치자는 말이더냐?"

"남의 일이 아닙니까? 남의 일로 공연히 대의를 그르칠까 두려울 따름입니다."

"일진의 말도 일리는 있다. 그러나 고향에 두고 온 우리 일족들을 생각해 봐라. 더군다나 우리가 아니었으면 왜놈들이 탐라에 들어오지 않았을지도 모르는 일이다."

서복의 눈빛에서 그를 꺾을 수 없음을 간파한 일진은 마을을 바라봤다. 좀 더 가까이서 보니 마을은 아직까지 왜군들에 의해 약탈을 당하고 있는 듯 간간히 여인들의 외마디 비명과 아이들의 울음소리가 섞이듯 들려오고 있었다.

"너희 둘은 우회로를 따라 적의 숫자와 동태를 파악하고 오너라."

일진이 다시 그의 부하 둘에게 명령을 내리자 날쌘 그의 심복들은 쏜 살 같이 마을로 내달려 동태를 파악하는가 싶더니 얼마 지나지 않아 다시 그들이 서 있는 등성이로 돌아왔다.

"적의 숫자는 20명 정도로 밖에 보이지 않습니다. 수장으로 보이는 자가 마을의 중앙에 노인과 부녀자들을 모아

놓고 무언가 협박을 하고 있는 것처럼 보였습니다요."

"협박이라고?"

척후병들의 보고에 다시 의아해진 듯 일진이 되받아쳤다.

"왜놈들은 탐라 백성들에게서 답을 찾으려 하고 있는 게다. 이럴 때가 아니다. 우리 때문에 무고한 부녀자들까지 목숨을 잃게 할 순 없다. 마을 주변으로 산개하여 접근하고 신호가 떨어지면 전열을 갖춰 적들을 기습한다."

서복의 명령에 훈련된 그의 수하들은 일사 분란하게 좌우로 흩어지며 마을을 향해 접근하기 시작했다.

화마로 뒤덮인 마을의 중앙 공터에는 땅에 꿇려 앉혀진 노인들과 여자, 아이들 수십 명이 흐느끼며 모여 있고 그 주위에는 무시무시한 칼을 세워 잡고 있는 자객의 무리들이 둘러싸고 있었다. 광장 주변의 집들은 왜의 무사와 자객들에 의해 난자당한 채 불 질러진 형태로 방치되어 있었고 그 중간 중간에는 마을의 주민들로 보이는 청년들의 시체가 쓰러져 있을 뿐이다.

"너희 탐라국 사람들은 오래 전부터 불로장생의 약초를 재배하고 섭식해 온 것으로 알고 있다. 그 약초의 위치나 행방에 대해 말해주는 자는 살 수 있을 것이요, 그렇지 않으면 오늘 여기서 모두 유명을 달리해야 할 것이다."

왜 무리의 수장으로 보이는 무사 하나가 바위 위에 올라서며 마을 사람들을 향해 호령했다.

"몇 번을 이야기해야 알아듣느냐 말이다. 우리는 그런 약초를 본 적도 없고 들은 적도 없다. 더 이상 무고한 목숨을 앗아가지 말고 좋은 말로 할 때 돌아가거라."

힘없이 엎드려 있던 부녀자들의 무리 속에서 여인 하나가 일어서며 왜의 수장을 꾸짖듯이 받아쳤다.

"오호, 겁도 없는 계집이로군. 네 말대로 무고한 목숨이라고 생각되거든 그 목숨을 살릴 수 있는 방법은 하나 밖에 없다는 걸 명심해라. 네 년이 뭔가를 좀 알고 있을 것 같은데 쓸데없는 고집이 얼마나 무서운 결과를 가져오는지 보여주마."

왜의 수장이 눈짓을 하자 왜의 자객 중 하나가 칼을 들어 기합 소리와 함께 엎드려 있던 노인 하나의 등을 베었다. 외마디 소리를 지를 겨를도 없이 노인은 입에서 피를 토하며 그대로 쓰러져 버린다.

"이래도 계속 모른다고만 할 것이냐?"

"이봐라! 너희들은 어찌 생명을 초개와 같이 여긴다더냐. 내 오라버니가 돌아온다면 너희들을 가만두지 않을 것이다."

왜의 압박에도 굴하지 않는 기지를 보이는 여인이었다.

"도대체 네 년은 누구이고 네 오래비는 어떤 작자길래 그리 호기로운 거냐? 네 그 오라버니는 벌써 십 리 밖으로 도망갔을 텐데 말이다. 하하하."

옥신각신 왜의 수장과 여인이 맞서고 있는 순간 어디선가 화살 하나가 날아들어 마을 주민들을 둘러싸고 있는 자객 한 명의 머리 위로 명중했다. 옆에 있던 다른 자객이 쓰러지는 자객을 부축하려 할 때 다시 날아든 활촉은 그의 등에 명중하며 가을 풀잎처럼 두 명을 함께 쓰러뜨리고 있었다.

"누구냐? 누가 감히 왜의 무사들을 공격하는 거냐?"

왜의 수장이 세워 잡은 칼끝을 공고히 하며 주위를 경계하기 시작했고 다른 무사와 자객들 역시 우왕좌왕하며 살필 뿐이다.

다시 활들이 날아드는가 싶더니 타고 있는 짚 풀 사이로 서복과 그의 부하 군사들이 일제히 뛰어들어 왜의 무사들을 급습하기 시작했다. 교전은 잠시 소강상태에 접어드는 듯싶었지만 곧 왜의 무사들은 서복의 군사들에게 제압 당해 가고 있었다. 왜의 무사와 자객들의 수적인 열세. 마지막으로 왜군 수장의 목을 날려버린 일진이 칼을 거두고 서복을 바라봤다. 우왕좌왕 혼란에 빠졌던 것은 왜의 무리들뿐이 아니었다. 마을 주민들 역시 어디선지 나타난 낯선 군복의 군사들에게서 또 다른 위협을 느끼고 있었던 것이다. 아직까지 마을의 중앙에 꼼짝없이 얼어붙어 있는 부녀자들 중에서 왜적을 향해 호령했던 여인이 역시 침묵을 깨고 입을 열었다.

"네놈들은 또 누구의 사주를 받은 무리들이냐?"

"낭자의 이름을 끝내 듣지 못하였습니다만, 낭자의 이름은 무엇이요?"

서복이 여유로운 미소를 띠며 여인을 바라봤다.

"내 이름은 자청비다. 탐라국 제일의 장사 정운디의 동생 자청비를 모른다면 너희들은 필시 왜적들과 같은 놈들인 게다."

여인은 여전히 호기로운 목소리로 서복과 일행들을 꾸짖고 있었다.

"탐라국 제일의 장사라는 그 정운디는 지금 어디에 있소? 동생이 이처럼 어려운 곤경에 처했는데?"

"하나같이 가소로운 놈들이군. 내 몸은 내가 지킨다. 너희 같은 놈들에게 당할 것 같으냐?"

자청비라는 여인은 어디서 꺼냈는지 손목만한 은장도를 뽑아 들어 보였다.

"자청비. 들으시오. 우리는 이 마을 사람들을 해칠 생각이 추호도 없소. 지나는 길에 어려움에 처한 듯하여 잠시 돕고자 했을 뿐이오.”

서복의 말에는 아랑곳하지 않고 자청비는 여전히 매서운 눈빛으로 서복을 노려 볼 뿐이다.

“이거 보시오. 이 분은 그렇게 한가한 분이 아니오. 이 분으로 말할 것 같으면….”

자청비의 독기 어린 응대에 참기 어렵다는 듯 일진이 나서 설명을 하려고 하였지만 서복이 손을 들어 일진의 말문을 가로 막았다.

“우리가 조용히 물러간다면 두 말 필요 없이 입증이 될 터이니, 우리가 그만 돌아가리다.”

서복은 일진과 수하들에게 복귀 명령을 내렸다.

“어떤 놈들이, 겁도 없이 남의 마을에 쳐 들어온 게냐?”

서복 일행이 전열을 가다듬고 마을 사람들에게 이별을 고하고 떠나려고 할 즈음, 마을 입구에서 소란스러운 목소리가 들려왔다. 체격이 건장한 사내 십여 명이 손에 도끼와 방패를 든 채 마을 입구를 통해 뛰어 들어오는 모습이 보였다.

“이 놈들! 네 놈들은 오늘 천벌을 받게 될 줄 알아라.”

서복 일행을 향해 달려드는 사내들의 모습에 거칠 것이라곤 없어 보였다. 서복의 수하 군사 서넛이 그들을 막아섰지만 무지막지한 그의 힘에는 당해낼 재간이 없는 듯 바람을 가르며 돌아가는 그의 도끼질에 좌우로 몸이 날아갈 뿐이었다. 이윽고 서복의 앞까지 돌진해온 체격이 건강한 사내의 도끼질을 옆에 서 있던 일진이 막아냈다.

"뭐 하는 작자들이기에 이처럼 무엄하게 구는 것이냐?"

일진이 그의 도끼질을 막아내며 소리 쳤지만 사내의 귀에는 일진의 말이 들리지 않는 듯했다. 무예의 경지가 높은 일진이었지만 9척 장신의 사내에게서 떨어지는 도끼질을 막아내는 것은 여간 버거운 일이 아니었다. 사내의 도끼를 몇 번 막아내는가 싶더니 이내 힘에 겨운 듯 칼로 도끼질을 막으면서 쓰러져 버렸다. 쓰러진 일진을 향해 사내의 도끼가 다시 한 번 허공을 갈랐고 일진은 두 눈을 질끈 감았다.

"오라버니! 그만 하세요!"

사내의 거침없는 도끼질이 공중에서 멈춘 건 자청비의 외마디 소리가 들린 후였고 사내는 자청비를 돌아봤다.

"우리 마을을 공격한 건 이 분들이 아니에요. 이 분들은 왜놈들로부터 우리를 구해 주셨다고요!"

"뭐야? 구하긴 누가 누굴 구했다는 거야? 우린 바로 이 놈들 때문에 출정을 다녀온 것 아니더냐? 이놈들은 왜놈들보다 더 나쁜 놈들이야."

자청비의 설명에도 불구하고 누워있는 일진을 향한 사내의 도끼는 하늘을 갈랐다. 그러나 쨍~ 하고 일진과 도끼

사이를 가로 막은 건 서복의 칼이었다.

"당신이 정운디라는 사람 같은데 당신 누이의 말을 듣지 않았소? 우린 당신들을 도우러 온 것이고. 누구 한 사람 다치게 한 적도 없소! 대체 왜 이러시오!"

서복은 정운디의 도끼를 뒤로 넘기며 그의 목에 칼을 겨눴다. 도끼를 잃어 버렸지만 탐라 제일의 장사인 정운디의 호기는 결코 꺾이는 것 같이 보이지 않았다.

"무슨 소리… 우리는 방금 당신들과 같은 군복을 입은 사람들과 결전을 벌이고 오는 길이오. 우리를 마을 밖으로 유인해 놓고 비겁하게 마을을 공격하다니. 죽일 테면 어서 죽여 보시오."

서복은 정운디가 지금 무슨 이야기를 하는지 의아스럽지 않을 수가 없었다.

"우리 진나라 군사들과 충돌이 있었단 말이오?"

"있다마다. 그래 당신들 진나라 군사들이지 누군 누구 겠소. 진나라 고종달이가 마을마다 돌아다니며 쇠침을 박고 다닌다는 긴 탐라 사람이라면 누구나 다 아는 일이오!"

"고종달이?"

고종달이는 진시황이 아끼는 책사 중 한 사람이었다. 그런 진시황의 책사가 지금 이곳 탐라에서 쇠침을 박고 다닌다니 그건 또 무슨 말인지 서복으로서는 풀리지 않는 의

문들이었다. 서복은 정운디의 목에 겨누었던 칼을 거두었다.

"자세히 말해 보시오. 고종달이가 마을마다 쇠침을 박고 다닌다는 것이 무슨 말인지."

진나라 군사의 옷을 입은 서복의 놀라는 표정은 정운디로서도 의아스러운 것이었다.

"고종달이라는 놈과 한패가 아니었소? 그들도 진나라에서 온 사람들이고 보아하니 당신들도 진나라 사람들 같은데. 고종달이가 진시황인지 하는 황제 놈의 명을 받아서 탐라를 돌며 왕후장상의 기가 흘러나오는 탐라의 혈에 쇠침을 박아 혈을 끊고 다니고 있소. 뿐만 아니라 가는 곳마다 어린 아이와 부녀자들까지 무참하게 죽여 버리는 만행도 서슴지 않게 자행하고 있단 말이오."

낭야 군을 떠나오기 전 서복도 그와 비슷한 말을 들어본 적이 있었다. 향후 진나라를 무너뜨릴 왕의 기운이 넘쳐나는 동남방의 섬이 있는데 그곳이 바로 탐라이고 그 기운을 받고 태어난 자가 세상을 지배하리라는 일종의 설화 같은 풍문들이었다. 그렇다면 진시황은 서복에게는 불로장생의 묘약을 구해오라고 명한 것과 동시에 그의 책사 고종달이를 통해 탐라의 혈을 끊어버리라 지시했던 것이다.

"그 잔인함이 도를 넘어서는 고종달이가 이웃 마을을

급습했다는 이야기를 듣고 우리들이 출정을 다녀온 것이오. 우리가 당도했을 때는 이미 마을은 쑥대밭이 되어 소용이 없었지만. 마을에 기를 내려준다는 우물가엔 커다란 쇠말뚝이 박혀 있습디다. 아, 그리고."

정운디가 잠시 서복을 위아래로 훑어보다 말을 이었다.

"서불인지 서복인지 하는 진나라 장수 일행의 행적을 묻고 다닌다는데, 혹시…."

정운디의 말을 종합해보면 진시황의 책사 고종달이는 왕후장상의 혈만 끊고 다니는 것도 아니었다. 바로 서복의 행적을 되짚으며 서복 일행의 움직임을 감시하고 있기도 했던 것이다. 치밀하고 간악한 진시황의 마음을 엿볼 수 있는 대목이기도 했다.

"이 분이 바로 서복 장군이시오."

옆에서 일진이 정운디를 향해 말하자 어렴풋이 무언가를 알았다는 듯 정운디는 일진과 서복을 번갈아 가며 바라봤다.

"진나라 옷을 입어도 같은 편이 아니구료? 그 고종달이란 놈, 잔인하기가 이루 말할 수 없다는데 맞닥뜨린다면 당신들도 위험해지고 뭐 그런 거요?"

서복 일행의 앞길이 걱정된다는 듯 정운디가 그들 일행의 얼굴을 천천히 돌아봤다.

"고종달이라는 놈들과 한패가 아니라면 무슨 일로 탐라에 오신 겁니까?"

서복과 정운디의 대화를 듣고 있던 자청비가 물었다.

"왜놈들이 찾고 있던 걸 찾고 있소."

서복은 어차피 이곳 탐라를 떠날 것을 결심하고 있었기 때문에 정운디와 자청비에게 그간의 일들을 이야기해 주었다. 큰 도움을 받지 못하리란 건 알고 있었지만 그들의 처지를 이야기하고 만일의 사태에 대비한 도주로에 대한 조언을 구하고자 했다. 진시황의 명을 받아 왜국에서 있었던 일이며 왜의 무사들이 그들의 뒤를 밟아 탐라에 오게 된 일, 수일 동안 영주산 일대를 샅샅이 뒤졌지만 소득이 없어 이곳을 떠나려 한다는 계획까지 말해 주었다. 그들이 달고 온 왜로 인해 이제 정운디의 마을까지 초토화가 되었으니 그에 대한 사과의 말도 잊지 않았다.

"개의치 마시오. 왜놈들은 그 이전부터 간간히 건너와 행패를 부리고 있었으니. 댁들 때문이란 건 지나친 생각이 아닌가 싶소. 그래도 부녀자들과 노인들을 왜놈들 손에서 구해 주셨으니 감사하다는 말을 해야겠지만 당신들이 찾는다는 그런 건 탐라에서도 전해 내려오는 옛날 얘기인지라 도움이 될 수 없을 것 같소만."

정운디에게 기대를 한 건 아니었지만 탐라에서마저 진

시황이 찾는 불로장생의 약초가 한낱 설화에 불과한 것이라는 사실을 확인한다는 건 그리 유쾌한 일이 아니었다.

"대신, 탐라의 지리는 우리가 잘 알고 있으니 며칠만이라도 길잡이가 되어 드리리다."

"네. 저도 미력하나마 도와드리고 싶어요."

정운디의 말에 그의 오누이 자청비도 힘을 보탰다.

왜국에서도 그랬지만 탐라에서도 서복 일행의 여정은 그리 순탄한 것은 아니었다. 아니 애당초 있지도 않을 불로장생의 묘약을 구한다는 것부터가 순탄함을 담보할 수 없는 과제였는지도 모른다. 서복은 이제 서복 일행을 쫓는 왜의 무사들 뿐 아니라 진시황의 책사 고종달이로부터도 쫓기는 신세가 되었으니 진퇴양난이요 사면초가의 상태에 빠져 버리고 만 것이다.

서복 일행이 자청비와 정운디를 만난 지도 근 한 달이 다 되어가도록 그들의 '불로초' 찾기는 별 진척이 이루어지지 않았다. 설화를 바탕으로 탐라 내의 분화구와 수많은 오름, 동굴, 부속 섬들을 샅샅이 뒤졌지만 그들의 원하는 묘약은 쉽사리 그들의 앞에 모습을 드러내지 않고 있었다.

"이런 제기, 진시황은 대체 무슨 근거로 약초를 찾으라 명한 겁니까? 이제 찾아 볼 곳은 다 찾아본 것 같으니 그만 포기하는 게 좋겠수다. 황제에게 가서 그런 불로초 따윈 애당초 없었다고 이야기하는 게 좋겠습니다."

내리 쬐는 땡볕 아래 일행들과 함께 산등성이를 찾아 헤매던 정운디가 짜증 섞인 탄식을 내뱉었다. 정운디의 말 때문이 아니라도 진작 서복은 탐라에서의 일정을 마무리할 때가 지났음을 알고 있었다. 그러나 아직 내륙의 봉래로 갈지, 방장으로 갈지 결정도 내리지 못했을 뿐 아니라 이런 작업을 계속해야 하는지에 대해서도 의문을 가지고 있었다.

연일 계속되는 왜 무사들과의 충돌로 많은 부하를 잃었고 고단하면서도 헛된 여정으로 인해 도망간 군사들까지 생겨나 이제 서복에게 남은 수하의 수는 200여 남짓 밖에 되지 않기도 했다.

"오라버니, 아직 가보지 못한 곳이 한 군데 있지 않나요?"

자청비가 오랫동안 망설여 왔다는 듯 입을 열었다.

자청비의 이야기에 곤란한 상황에 처했다는 듯 정운디의 당황해 하는 빛이 역력해 보였다.

"그곳이 어디요?"

서복이 정운디에게 추궁하듯 다가서며 물었다.

"아직 가보지 못한 곳이 있긴 한데… 너무 위험한 곳이라…."

"어떤 곳이기에 그러는 것이오? 우리에겐 더 이상 물러설 곳도 없으니 어디 위험하지 않은 곳이 있겠소? 그곳이 어디인지 말해 주시오?"

정운디는 무엇이 곤란한지 계속 식은땀만 뻘뻘 흘릴 뿐이다.

"김녕에 있는 뱀굴이란 곳입니다. 탐라의 전설에는 그곳에 엄청나게 큰 뱀이 살고 있는데 수백 년 전 탐라의 희귀한 보물들을 모두 가지고 들어가 나오지 않는다고 하는 이야기가 있지요."

"희귀한 보물?"

자청비가 이야기하는 김녕 뱀굴에 대한 이야기를 들으며 서복은 귀가 번득이지 않을 수 없었다.

"허허… 그 보물이란 게 불로초라는 보장도 없고 수십 가지 낭설 중에 하나일 뿐이니 개의치 마시오. 불로초 따위가 그런 굴속에 있을 리는 만무하지 않겠소?"

정운디에게서는 애써 그곳을 외면하려는 의지가 엿보였다.

"한번 가보면 되겠구만, 뭘 그리 망설인단 말이오? 자, 그곳에 가보기라도 합시다."

참다못한 일진이 앞으로 나서며 말했다.

"그렇게 쉽게 이야기할 게 아니라니까. 그곳에 들어가

서 살아 나온 사람은 아무도 없단 말이오."

정운디가 일진을 막아서며 나무라듯 외쳤다.

"그곳엔 아직까지 무시무시한 뱀이 살고 있단 말이오. 아무도 그곳에 가려고도 하지 않지만 그곳에 들어갔다가 살아서 돌아온 사람이 있다는 이야긴 들어보지 못했소. 내가 아무리 탐라 제일의 장사라지만 그런 무모한 짓은 하고 싶지 않고 할 수도 없소이다."

정운디의 목소리는 단호했다. 그렇지만 그럴수록 서복과 일진의 눈빛은 반짝이며 빛나고 있었다.

"살아 돌아올 수 있을지는 우리의 운명에 맡겨두고 그곳으로 가는 길만이라도 알려주시오. 함께 가자는 말은 하지 않겠소."

"저도 함께 가겠어요."

자청비가 나서며 서복의 말을 거들었다.

"무슨 소리야? 나보고 하나 밖에 없는 오누이를 뱀굴로 보내라는 거야?"

정운디가 버럭 화를 내며 자청비를 쳐다봤다.

"이 분들은 우리 마을과 제 목숨을 구해 주셨어요. 그리고 이제 이 분들이 마지막 위험에 처해 있는데 어찌 그냥 외면할 수 있겠어요? 오라버니가 싫다면 저라도 길잡이가 되어 드리고 싶어요."

정운디는 곤경에 빠진 듯 얼굴을 찌푸리다 포기라도 한 듯 말을 뱉었다.

"좋소. 다 같이 갑시다. 대신 우린 굴 안에는 안 들어갈 것이오."

김녕 뱀굴은 산비탈을 한참 오른 뒤에야 그 입구를 찾을 수 있을 만큼 험준하고 깊은 곳에 위치하고 있었다. 서복 일행과 정운디, 자청비는 한나절을 오른 뒤에야 뱀굴이 위치하고 있다는 근방에 당도할 수 있었다.

"쩌~기 보이는 곳이 뱀굴의 입구쯤 될 겁니다."

정운디가 가리키는 곳은 현무암으로 이루어진 돌산의 중간이었고 겉에서 보기엔 굴의 입구라고 여겨지지 않을 정도로 사람 한 명이 간신히 드나들 수 있을 정도의 작은 크기의 구멍이 하나 뚫려 있었다.

"가만, 무슨 소리가 들리는 것 같지 않소?"

주위를 경계하던 일진이 불길함에 사로잡힌 표정으로 일행들을 불러 세웠다. 일진의 말에 따라 일행들이 숨소리조차 죽여 가며 귀를 기울여 보니 과연 어디선가 기괴한 소리가 들려오고 있었다.

'크어어어엉~'

분명 정운디가 가리킨 동굴 속에서 울려 나오는 괴성으

로 보였다.

"저… 저건 뱀굴에서 들려오는 괴물의 소리가 분명하구먼. 저 소리를 듣고도 뱀굴에 들어가겠다면 말리진 않겠소만 자청비와 난 여기에 있겠소."

겁에 질린 정운디가 뒤로 물러나며 고개를 가로 저었지만 서복과 일진, 그리고 그의 수하들은 일제히 검을 뽑아 들고 기괴한 소리가 나는 동굴을 향해 걸음을 재촉해 나갔다.

동굴의 입구는 아주 좁았지만 동굴에 들어서니 안으로 들어갈수록 깊고 커다란 공간들이 그들을 맞이하고 있었다. 서늘하고 세찬 바람이 동굴의 안쪽에서부터 입구로 불어오는 것으로 보아 동굴은 그들이 생각했던 것보다 훨씬 더 크고 복잡한 구조로 되어 있음을 직감할 수 있었다.

'크어어어엉~'

동굴 안으로 들어서자 괴물의 소리가 더욱 선명하고 웅장하게 동굴의 벽을 타고 들려왔다. 암흑의 동굴 속에서 들려오는 소리는 필시 이 세상의 것이 아닌 지옥에서 들려오는 괴수의 소리와 같았고 서복과 일행은 잠시 주춤하지 않을 수 없었다.

"장군, 모두가 들어가는 것은 위험해 보입니다. 제가 들어갔다 올 터이니 장군은 여기에 남아 상황을 지켜봐 주십시오."

충정 어린 일진이 서복에게 말했다.

"무슨 소리. 나 혼자만의 안위를 위해 내 수족 같은 수하들만 위험에 처하게 할 수는 없다. 일진은 수하 스무 명과 나를 따르고 나머지는 동굴 입구에서 대기하도록 해라."

배수의 진을 치기라도 한 듯 서복의 목소리에는 비장함이 묻어 있었다. 그의 명을 거역하지 못하는 일진은 본진을 동굴의 입구에 배치하고 준비해 온 횃불을 밝히며 동굴의 안쪽으로 서복을 인도했다.

'크어어어엉~'

안으로 발걸음을 들여 놓을수록 뱀굴에 서식한다는 괴수의 소리는 더욱 크고 분명하게 들렸다. 횃불이 비추는 동굴의 통로에는 사람의 것인지 동물의 것인지 알 수 없는 앙상한 뼈들이 엉켜 있는 것이 보이기 시작했다. 칼을 뽑아들고 있는 서복과 수하들의 손에 더욱 힘이 들어감이 느껴졌다. 조심조심 동굴의 안쪽으로 들어갈수록 돌아오지 못할 사지의 구렁텅이로 내려가는 불길함이 그들을 엄습하고 있었다.

얼마를 내려갔을까. 괴수의 소리가 바로 코앞에서 들리는 듯 귓전을 때리는 곳까지 들어간 서복과 일행은 이제 삶과 죽음의 경계를 초월한 듯 침착하게 주위를 둘러봤다. 일정하고 웅장하게 들리는 괴수의 소리가 코앞이니 이제 곧 피할 수 없는 괴수와의 조우가 그들을 기다리고 있는 것이다.

"장군, 저기를 보십시오. 저쪽에서 작은 빛이 흘러나오고 있습니다. 필시 괴수가 뿜어내는 빛으로 보입니다."

일진이 동굴의 안쪽에서 언뜻언뜻 비쳐지는 빛의 움직임을 감지하며 말했다.

"자, 마음의 준비는 되었겠지? 모두가 힘을 합친다면 어떤 괴수라도 우리의 적수가 될 수 없을 것이다. 내가 선두에서 놈의 목을 노릴 터이니 너희들은 좌우로 산개하여 동시에 공격을 하도록 해라."

괴수의 생김새를 정확하게 간파하고 있는 것은 아니었지만 정운디로부터 들은 큰 뱀의 형상을 되새기며 서복이 명령을 내렸다.

"공격하라!"

서복이 검을 부여잡은 채 빛이 번뜩이는 곳을 향해 달려들었고 수하들 역시 횃불이 떨어지는 것조차 의식하지 못하며 함성과 함께 서복의 뒤를 따랐다.

죽기를 각오하면 살 것이오, 살려고 하면 죽을 것이다. 서복의 머릿속은 오로지 앞을 향한 전진 밖에 떠오르지 않았다. 탐라에서 머무는 시간이 길어질수록 서복과 낭야 군에 남겨두고 온 일족들의 생명은 지체할 수 없을 만큼 짧아져 있었고 진시황의 책사인 고종달이에게 죽으나 왜의 무사에게 죽으나 김녕 뱀굴의 괴수에게 물려 죽으나 모두가 매한가지로 느껴졌다. 탐라에서의 마지막 보루라고 할 수 있는 이곳에서 괴수와의 일전을 벌인 후 생과 사의 길을 가늠해 보리라.

서복과 그의 수하들이 칼을 휘두르며 빛의 움직임을 향해 달려들었지만 정작 빛이 흔들리는 곳에 뛰어들자 정막이 감도는 공간만이 그들을 맞이하고 있었다. 동굴의 아주 깊숙한 곳이었지만 그곳은 하늘을 향해 뚫려 있는 긴 통로를 통해 햇빛이 그대로 내려 비추는 텅 빈 방과 같은 공간이었다. 고개를 들자 아주 높은 곳으로부터 일자로 뚫린 동굴의 수직 벽을 통해 따가운 햇살이 그들의 눈을 먹먹하게 만들고 있었다. 빛이 흔들리는 것처럼 보였던 것은 동굴 벽에서 자라고 있는 식물의 잎사귀들이 바람과 만나 만들어 내는 그림자의 장난이기도 했다.

빛의 정체를 알아차린 서복과 일행이었지만 사주의 경계를 늦출 수는 없었다. 괴성을 지르며 달려들 괴수가 이 어딘가에 몸을 낮추고 그들을 응시하고 있다는 것을 알고 있었기 때문이다. 서로의 등을 대고 사방을 경계하는 그들의 눈가에는 불안과 초조의 그림자가 드리워지고 있었다.

'크어어어엉~'

바로 그 때 예의 그 괴물 소리가 바로 옆에서 들리는 듯 그들의 귀를 때렸다. 흠칫 놀란 일행 모두는 우왕좌왕하며 칼을 부여잡고 소리의 방향을 가늠하고자 분주하기만 했다.

'크어어어엉~'

그러나 그 소리는 반복적이며 일률적인 리듬을 나타내며 동굴을 타고 울리고 있을 뿐 그 장본인이라 여겨지는 괴수의 모습은 쉽게 보이지 않았다.

"이 소리는?"

"바람소리….."

이미 대답을 알고 있는 서복이 혼잣말로 의문의 부호를 쏟아내자 일진이 대답했다.

그렇다. 우렁차게 동굴을 타고 울려대던 소리는 바로 특이한 동굴의 구조로 인해 동굴의 안쪽에서 불어오는 바람이 하늘로 뚫려있는 커다란 통로와 입구로 향한 통로와의 경계에 부딪히며 만들어내는 기묘한 소리였던 것이다. 흡사 괴수의 포효처럼 들리기도 했지만 바로 앞에서 들어보니 그 소리는 바람이 날카롭게 갈라진 바위틈과 만나 만들어내는 고동 소리와 같은 것이었다.

"동굴에는 애당초 괴수가 살지 않았던 것 같습니다."

주위를 살피던 일진의 보고에 서복이 조용히 고개를 끄덕였다.

"한낱 바람 소리가 전설을 만들고 수백 년간 사람들로부터의 접근을 막고 있었다니 필시 보지도, 확인하지도 않고 겁을 집어 먹고 시도조차 않는 우리네 세상사의 단면을 보는 것 같구나."

그때까지 칼을 들고 있던 서복이 긴장을 늦추며 부하들을 돌아봤다.

"장군, 이리… 이리 좀 와 보십시오."

햇살이 쏟아지는 동굴의 방안을 둘러보던 수하 중 하나가 다급하게 서복을 부르는 소리가 들려왔다. 서복이 목소리를 따라 그에게 다가가자 그는 햇살이 쏟아지는 동굴의 한쪽 바닥을 가리키고 있었다.

"이 동굴에서 자라고 있는 저 식물을 좀 보십시오."

수하가 가리키는 곳에는 일단의 식물군집들이 땅에 뿌리를 박고 있는 것이 보였다. 지상으로 노출된 식물의 잎사귀는 몇 가닥 되지 않았지만 분명 다섯 갈래의 작은 잎사귀를 지니고 있었다. 식물을 캐내 뿌리째 들어 올리자 뿌리는 가늘지만 길고 어문 것이 마치 산삼 뿌리와 비슷한 형태를 보이고 있기도 했다. 이것은 바로 탐라 주민들에게 수소문하며 들어왔던 불로장생의 효험을 가져다준다는 전설의 식물 뿌리와 생김새가 비슷한 것이었다. 서복은 잎사귀 하나를 뜯어내어 냄새를 맡아 보고는 앞니로 잘근잘근 씹어 보았다. 희귀한 약초 뿌리만 먹는다는 영주산 분화구의 산양 배설물에서 맡을 수 있었던 신비로운 내음이 가득 풍겨졌다. 향긋하면서도 강렬한 식물의 체취는 최음제라도 되는 듯 사람의 정신을 혼미하게 만들고 있기도 했다. 이는 그 동안 탐라의 영주, 그 중에서도 신성한 계곡에서만 자생한다는 신비의 약초, 불로초가 분명해 보였다.

"자, 우선 이곳에 있는 이 약초들을 모두 캐내 한 곳에 모으도록 해라."

서복의 지시에 따라 서복의 수하들은 동굴 방안 이곳저곳에 자라고 있는 식물들을 캐내 중앙으로 집결시켰다. 어떤 환경에서 이런 약초가 자생하는 것인지는 모르겠지만 햇빛과 동굴의 습기가 맞닿는 특수한 여건 하에서만 자라고 있는 것이 분명해 보였다. 동굴에서 채취한 약초의 양은 모두 합해 한 보따리가 체 되지 않을 만큼 많지 않았다.

"이곳에 괴물 뱀이 살고 있다는 낭설 때문에 이 식물의 실체가 알려지지 않고 있었던 것 같습니다."

일진의 말대로 그것이 과연 불로초인지는 아직 알 수 없는 일이었지만 이런 식물이 그 상태를 보존하며 사람들에게 노출되지 않고 있었던 것은 보이지 않는 허상에 대한 두려움 때문이었다. 허상의 두려움 너머엔 불로장생을 가져다 줄 수 있을지도 모르는 보물이 숨겨져 있었지만 아무도 그

두려움을 뛰어넘으려는 시도조차 하지 못했던 것이다.

"장군!"

서복 일행이 약초를 수습하며 동굴 밖으로 이동을 시작해 가던 무렵 동굴의 입구를 지키고 있던 수하 중 몇 명이 황급하게 그들 쪽으로 뛰어들고 있는 모습이 보였다. 그 뒤에는 정운디와 자청비도 따르고 있었다.

"뱀이 무서워 한발자국도 움직이지 못한다고 하더니 어떻게 이곳까지 들어온 것이오? 우리들이 걱정은 되었나 보지?"

정운디를 조롱하듯 웃음을 띠며 서복이 말하는 사이 긴박한 목소리의 수하 한명이 서복에게 다가와 아뢰었다.

"빨리 이곳을 떠나야 할 것 같사옵니다."

수하가 말을 마치자 깊이가 100척이나 됨직한 동굴이었지만 동굴의 입구 쪽으로부터 칼 부딪히는 소리가 요란하게 울려왔다.

"내가 웬만하면 이곳에 발을 들이지 않으려고 했소만. 왜놈들의 기세가 워낙 세서 말이오."

"왜놈들이 우리들의 행적을 쫓고 있던 모양입니다."

멋쩍은 듯 말하는 정운디의 반응을 뒤로 하고 상황을 간파한 일진이 말했다.

"동굴의 입구에는 수백의 왜군들이 진을 치고 있으니

나갈 수 없을 것이오.”

머쓱해진 정운디가 동굴을 돌아보며 일진의 말에 첨언
을 했다.

가까스로 불로장생의 약초에 가까운 것을 구했지만 이
제 그것은 온전히 서복 일행의 것이라고 할 수 없는 위험한
지경에 놓인 것이다.

“이쪽으로 가면 바다가 나올 것이오. 서둘러 간다면 놈
들을 따돌릴 수 있겠소.”

동굴의 안쪽으로 난 길들을 살피던 정운디가 소리쳤다.

“소리를 들어보니 바로 앞까지 쫓아온 것 같은데 시간
을 벌 수 없겠소?”

다급해진 일진이 정운디에게 도움을 청했다.

“이런 제기. 내 이래서 이 일에 끼어들지 않으려고 했건
만. 할 수 없지. 모두 이 길을 따라 바다 쪽으로 내려가시
오. 난 놈들을 다른 곳으로 유인하리다.”

결심을 굳힌 정운디가 일행에게 방향을 제시했다.

“아, 그리고 자청비 너도 이 양반들을 따라 가거라. 내
곧 합류할 터이니 그때까지 자청비를 잘 부탁하겠소.”

정운디는 자청비에게 서복 일행과 함께 바닷가로 난 길
을 따라 갈 것을 지시했다.

“오라버니.”

"혼자서 저들을 따돌릴 수 있겠소?"

자청비와 서복의 걱정에도 아랑곳하지 않는 정운디는 동굴 한쪽에 놓인 커다란 바위를 집어 들며 이렇게 말했다.

"이래봬도 탐라 제일의 장사 정운디라오. 탐라의 동굴 내부는 이 정운디보다 잘 아는 사람이 없으니 내게 맡기고 어서 가 보시오."

칼 부딪히는 소리가 바로 옆에서 들리는 듯한 상황이라 시간을 지체할 수 없는 일이었다.

"그럼 잘 부탁하겠소. 곧 다시 만날 수 있으리라 믿겠소이다."

정운디와 눈빛을 주고받은 서복은 자청비, 일행과 함께 정운디가 가르쳐준 동굴 길을 향해 황급히 몸을 돌렸다.

용암이 굳어져 만들어낸 현무암 동굴은 그 정확한 깊이를 알 수 없을 뿐 아니라 미로처럼 이어지고 이어져 그 끝에 무엇이 있는지조차 알 수 없는 것이기도 했다. 다만 정운디가 말한 물소리가 더욱 가깝게 들려오고 있을 뿐이다. 간신히 횃불만을 의지한 채 굽이굽이 좁은 동굴 속을 헤쳐 가던 서복 일행은 동굴의 끝에서 앞을 가로 막은 거대한 물줄기를 만났고 커튼을 젖히듯 물길을 뚫고 나가자 이미 해가 지고 달빛이 창연한 밤하늘과 맞닿을 수 있었다. 서복 일행이 뚫고 나온 곳은 해안가 절벽 위에서 떨어지는 거대한 폭포의 물줄기였다. 훗날 사람들은 이 폭포를 정방폭포(正房瀑布)라 했는데 높은 곳에서 떨어지는 물의 양이 적지 않아 동굴의 입구가 그 물에 가려 외부에선 동굴의 입구가 보이지 않는 곳이기도 했다.

"마침 저기 뗏목이 있습니다. 저것을 타고 이곳을 떠나는 게 좋을 것 같습니다."

폭포를 빠져나온 일진이 바닷가에 어부들이 매어 놓은 탐라의 뗏목 테우를 가리키며 말했다.

"어디로 가시려는 겁니까?"

서복을 따라나선 자청비가 근심스러운 듯 서복과 일진을 바라보며 말했다.

"우리가 구한 것이 불로초인지는 모르겠지만 더 이상 탐라에 머문다는 건 죽음을 자초하는 일이오. 탐라를 떠나야지요."

서복의 말에 주춤하는 자청비가 걸음을 멈췄다.

"저는 탐라를 떠날 수 없습니다."

"뒤쫓아 오는 놈들의 소리가 들리지 않소? 여기 있다간 화를 면할 수 없소. 우리와 같이 갑시다."

"오라버니와 친척들이 있는 탐라를 두고 떠나라는 말씀입니까?"

"낭자를 두고 그럼 우리만 떠나라는 말입니까? 정운디와 약속했소. 언젠가는 다시 돌아와 만날 수 있을 것이니 일단 우리와 떠납시다."

서복의 권유에도 불구하고 자청비는 망설이지 않을 수 없었다.

"장군, 어서 테우에 오르십시오. 적들이 곧 이곳에 당도할 것입니다."

폭포 너머 동굴 속에서는 이미 왁자지껄한 일본 무사들의 아우성이 들려오고 있었다.

"낭자. 더 이상 지체할 수 없소. 어서 함께 출발합시다. 그것이 낭자의 오라비가 바라는바 아니겠소?"

정운디에 대한 걱정이 앞섰지만 서복의 말처럼 자청비가 그곳에 머문다고 한들 해결될 수 있는 것은 아무것도 없어 보였다.

"좋습니다. 일단 장군님을 따라 가지요."

서복과 자청비, 수하들은 폭포 앞 바닷가에 매어져 있던 4대의 테우에 오르기 시작했다. 테우에 오르려던 서복은 무엇이 떠올랐는지 테우에서 내려 폭포의 입구 쪽으로 뛰어 갔다. 서복은 폭포 옆의 커다란 바위에 검을 들어 일필휘지로 '徐市過此'(서불과차)라는 글을 새겨 넣었다. 적들에게 쫓기느라 기력이 쇠하긴 했지만 내공으로 연마된 서

복의 검 끝에 바위의 표면은 한 폭의 무른 목판이라도 되는
양 부드럽게 패어져 나갔다. '서복이 이곳을 지나서 간다'
라는 뜻이다. 다시 테우에 오른 서복이 자청비에게 말했다.

"내 이곳을 떠난다는 것을 저들에게 알려 탐라인들에게
더 이상 피해를 주지 않고자 함이오."

서복은 이제 자신이 이곳을 떠난다는 사실을 이곳에 당
도할 적들에게 공표하고 싶었던 것이다. 그래야만 아직 탐
라에 남아 있는 자신의 군사들과 탐라의 백성들이 온전히
평화를 누릴 수 있을 것이라는 생각이 들었다. 비록 자신이
쫓기는 몸이 되더라도 남아있는 부하들과 인정 많은 섬사
람들을 위해 베풀 수 있는 서복의 마지막 배려이기도 했다.

"우현으로 섬을 돌아 북쪽으로 올라간다."

어디로 가야 할 지 막연하게 느껴지는 서복이었지만 그의
목소리에는 왠지 모를 후련함 같은 것이 배어 있기도 했다.

"장군! 저는 반대 방향으로 향하겠습니다."

건너편 테우에 올라 있던 일진이 서복에게 외쳤다.

"그것이 무슨 말이더냐?"

"장군께서 그간 베풀어주신 온정과 은혜에 충정을 다하
여 보답하고자 합니다."

일진은 그가 탄 테우의 방향을 서복과 반대로 틀며 말
했다.

"부디, 불초장생의 명약을 보존하시고 안전을 도모하시길 기원하겠습니다. 훗날 인연이 된다면 다시 만나 뵙기를 바라겠습니다."

서복과 일족들이 탄 여러 척의 배와 멀어져 가며 일진이 허리를 숙여 예를 갖추었다. 서복은 충정을 다하고자 하는 일진의 마음을 읽었기에 더 이상 그에게 어떤 질문도 던질 수 없었다. 일진은 서복의 안위를 위해 몸을 던져 적들을 유인하고자 결심을 굳혔던 것이다.

"하늘의 가호가 그대와 함께 하기를!"

서복은 가슴이 찢어질 듯 이별이 아쉬웠지만 충복의 앞길을 빌며 나직이 되뇌었다.

탐라의 영주에서 서복이 불로초를 구했다는 소문이 전해져 왔지만 어느 순간 자취를 감추었다는 보고를 받은 진시황은 진노를 하지 않을 수 없었다. 영악하게도 자신의 의도를 파악하고 몸을 피한 서복의 행태가 괘씸하기도 했지만 영생불사의 명약이 실존했고 그것을 손에 넣을 기회를 놓쳤다는 것이 더욱 더 안타까움을 더할 뿐이었다. 진시황은 즉시 서복의 고향 낭야 군으로 전갈을 보내 서복을 기다리고 있던 서복의 일족과 수하들을 불러들이라 명을 내렸다. 서복이 우려했던 것처럼 진시황은 어떤 방식으로든 자신의 권위를 살리기 위해 서복에 대한 복수와 응징을 해야 할 필요성이 있었다. 또 그런 과정을 통해 어딘가에 있을 서복에게 압박을 가해 불로초를 손에 넣을 수 있는 방법을 모색해야 하기도 했다.

서복의 일족들은 고향을 떠난 후 성과 이름을 바꾸고 흩어지라고 당부했던 서복의 말을 알아듣지 못한 채 서복이 돌아올 날을 기다리며 낭야 군 일대 서복촌에서 기거를 하고 있었다. 진시황의 사절은 서복촌에 남아 있는 일족들에게 서복의 원정을 도울 지원군이 필요하니 시황제의 궁에 모여 출정식을 갖고 서복을 지원하기 위한 원정을 떠날 것을 제의했다. 진시황의 의도를 몰랐던 서복의 가족과 서복이 거느리던 일족, 수하 수천은 '徐福'이라고 쓰인 커다란 깃발을 앞세우고 진시황의 궁으로 향했다.

출정식을 핑계로 그의 지하 광장으로 서복의 일족과 수하 군인들을 불러 모은 진시황은 출정식을 위해 만발의 준비를 하고 모여든 이들을 정렬시켜 놓은 채 이렇게 말했다.

"그대들은 서복이 돌아와 짐의 앞에 무릎을 꿇을 때까지 짐의 볼모가 되어주어야겠다."

뜻 모를 말을 던진 진시황이 홀연히 지하 궁전을 빠져나가자 곧이어 황실의 제약사들이 만들어낸 특수 가스가 밀폐된 지하 궁전 내부로 뿜어지기 시작했다. 영문도 모른 채 흰색 연기를 들이마시며 우왕좌왕하던 서복의 일족들은 출정을 위해 준비한 말, 마차들과 함께 그 자리에서 그대로 돌처럼 굳어 버렸다. 도열해 있던 서복의 수하와 일족 6,000여명은 황실의 제약사들이 주입한 가스에 의해 순식간에 딱딱한 돌과 같이 변해 버리고 만 것이다.

굳어버린 서복의 수하들을 둘러보며 진시황은 필사들에게 서복에게 보내는 서신을 쓰도록 했다. 그 내용은 볼모로 잡힌 그의 가족과 일족들을 다시 예전처럼 살리려거든 불로초를 가지고 진시황에게 귀환하라는 내용이었다. 그것은 진시황의 협박이자 마지막 회유이기도 했다.

그러나 진시황의 서신에도 불구하고 서복은 그런 진시황이 세상을 떠나고 수십 년, 수백 년이 지난 후에도 진나라의 땅을 다시 밟았다는 이야기는 들려오지 않았다. 진시황의 서신을 가지고 서복을 향해 떠났던 사신들은 그 어디서도 서복을 찾을 수도 만날 수도 없었던 것이다.

4. 과거를 더듬다

마쓰다 교수의 넓지 않은 연구실은 테이블을 가득 메운 실험 기구들로 더욱 좁게 느껴졌고 양 옆 벽의 선반에는 각종 희귀 동식물의 표본을 담아둔 유리병들이 들어차 있어 다소 괴기스러운 분위기마저 자아내고 있었다. 무언가 실험에 열중해 있던 마쓰다 교수는 코에 걸린 안경 너머로 펼쳐진 책의 내용을 유심히 들여다보는가 싶더니 분주한 몸놀림으로 실험 샘플이 올려진 현미경에 초점 맞추기를 반복하고 있었다. 이때 누군가 '똑똑' 하며 문을 두드리는 소리가 들려왔다.

"들어오게."

누구의 방문인지 확인할 여유조차 없다는 듯 마쓰다 교수는 무심하게 현미경을 들여다보며 말을 뱉었고 빠꼼히 문이 열리는가 싶더니 누군가 연구실의 안으로 들어섰다. 마쓰다 교수가 현미경을 쥔 손을 고정한 채 고개를 돌려 문이 열린 방향을 바라보자 거기에 서 있는 것은 법학과 학생 박시형이었다.

　"안녕하십니까. 마쓰다 교수님."

　"아, 이게 누군가. 시형 군. 이 저녁에 자네가 웬일인가?"

　마쓰다 교수는 시형의 갑작스런 방문이 다소 의아하게 생각됐지만 반갑게 그를 맞아 주었다.

　"교수님께 여쭤보고 싶은 것이 있어 왔습니다."

　"그래? 이리와 앉지. 자네가 전공도 아닌 생물학 수업을 열심히 듣고 있어 생물학 분야에 관심이 많은 줄은 알았네만, 그래 궁금한 것이 무언가?"

　법학과 학생인 시형이 생물학 교수인 자신을 찾아왔다는 사실 자체가 마쓰다에겐 고무적인 일이 아닐 수 없었다. 인문학을 전공하는 학생들에게 생물학이란 그저 어쩔 수 없이 수강해야 하는 교양 수업 그 이상의 의미를 갖지 않는다는 것을 잘 알고 있는 마쓰다였기 때문이다. 그러나 마쓰다와 마주앉은 시형의 표정은 단순히 학구적인 호기심에 질문을 하고자 교양 과목 교수를 찾아온 학생의 것이라고 하기엔 지나치게 진지해 보였다.

"교수님께서는 평소 조선인과 그들의 독립에 대해 남다른 생각을 가지고 계시다고 들었습니다."

시형이 던진 뜻밖의 질문에 다소 당황한 듯 헛기침을 내뱉는 마쓰다 교수는 양 미간 사이를 좁히며 시형을 바라봤다.

"어허! 그게 무슨 소린가? 대일본 제국의 신민으로서 조선의 독립이라니. 그런 당치 않은 소리 말게나."

당황함과 비례하여 큰 소리로 말을 하는 마쓰다 교수의 목소리에 작은 떨림이 느껴졌다. 마쓰다 교수는 비록 일본에서 태어나고 자란 순수 일본인이었지만 조선인들에 대해 특별한 애정을 갖고 있는 것은 사실이었다. 마쓰다 교수가 반일 운동을 하다 투옥된 조선인 학자들의 구명운동에 앞장을 서고 있다는 것은 널리 알려진 일이었고 조선 학생들을 위한 장학 사업이라든지 조선 농부들을 위한 개량종자 보급 사업 등에도 늘 열성적인 활동을 보여 왔던 그이기도 했다. 뿐만 아니라 최근에는 3·1 운동에 연루되어 장기간 투옥되어 있던 조선인들의 석방을 위한 촉구 서명 운동까지 벌이는 등 다소 지나치리만큼 조선인들의 인권과 자존을 위해 힘을 쓰고 있는 모습을 보여 왔었다. 마쓰다 교수의 그런 행동은 때로 일본 경찰들의 비위를 건드릴 수 있는 민감한 사안이기도 했지만 일본 내 정관계 인사들로부터 존경을 받는 귀족 집안이라는 배경을 가진 마쓰다 교수는 그 누구도 함부로 대할 수 없는 존재이기도 했다.

"난 그저 평화주의자일 뿐일세. 결코 조선의 독립이니 뭐니 하는 그런 수식어는 가당치 않다는 말일세."

마쓰다 교수는 갑작스레 방문한 조선인 학생 하나가 조선의 독립에 대한 그의 의중을 묻는 것이 이내 못마땅한 듯 불쾌한 표정을 지어 보였다.

"지금 자네가 묻고 싶은 것이 무엇인가? 나를 찾아온 이유가 고작 조선의 독립과 관련한 나의 철학을 묻고 싶은 건 아니겠지? 그렇다면 다른 과 교수를 찾아가서 물어보는 것이 더 큰 소득이 있을 듯싶네만."

다소 싸늘한 마쓰다 교수의 반응에 당황한 시형이 급하게 수습을 해야 할 차례였다.

"불쾌하게 느껴지셨다면 죄송합니다. 다만 저는 평소 교수님께서 조선인과 그들의 독립에 대해 존중을 하고 계신다는 말을 전해 듣고 존경심을 가지고 있었기 때문에 어느 누구보다 믿고 말씀을 드리고자 찾아 뵌 것뿐이었습니다."

말을 마친 시형은 마쓰다가 다시 무어라 말을 할 틈도

주지 않고 가방에서 지난 밤 강인국으로 건네받았던 세 가지의 물건들을 꺼내 마쓰다의 책상 위에 조심스레 펼쳐 놓았다.

"아니, 이게 다 뭔가?"

펼쳐진 물건들을 주시하며 마쓰다 교수가 물었다.

"이것은 며칠 전 경성을 방문했던 와타나베 장성이 일본에서 가지고 온 물건들입니다."

"와타나베 장성이라고?"

마쓰다 교수는 충격을 받은 듯 흘러내린 안경을 잡아 올리며 시형을 바라 봤다.

"경성 방문 첫날, 조선인들에게 피살되었다는 와타나베 장성 말인가?"

"네, 그렇습니다."

그제야 무언가를 알아차렸다는 듯 마쓰다 교수가 굳어진 표정으로 책상 위의 물건들을 훑어 보았다.

"그 과정과 이유를 세세히 말씀드릴 수는 없습니다만 우연히 이 물건들이 제 손에 들어오게 되었습니다. 이 처치 곤란한 물건들을 당장 없애버려야 마땅하겠습니다만 예사롭지 않은 이 물건들이 가진 의미는 최소한 알고 난 후에 처리를 해도 해야겠기에 어려움을 무릅쓰고 교수님을 찾아 뵙게 된 것입니다."

"왜 하필 나를 찾아온 게지?"

시형의 입장은 짐작이 가는 것이었지만 일경으로부터 요주의 인물로 감시를 받고 있는 마쓰다 교수로서는 물건의 출처를 알게 된 이상 여간 당혹스러운 일이 아닐 수 없었다.

"자네의 답답한 심정은 알겠네만 나라고 이 대책 없고 위험한 물건들의 뜻을 알 수 있겠나? 내 오늘 이 물건들은 보지 않은 것으로 할 터이니 그냥 도로 가져가게나."

마쓰다 교수는 다소 완강한 어조로 현재의 상황을 정리해 보려 했다.

"교수님, 제 생각으로는 조선의 입장에서도 그렇고 일본의 입장에서도 그렇고 이것들은 분명 어떤 중요한 의미들이 담긴 물건들이라고 생각합니다. 이 물건들을 위해 피흘린 사람들을 위해서라도 이 물건들에 얽힌 의미는 알아내야 하지 않겠습니까? 도와주십시오. 교수님."

"왜 내가 이 물건들의 의미를 알 수 있을 것이라고 생각하나?"

마쓰다는 시형에게 그로서는 당연할 수밖에 없는 질문 하나를 던졌다.

"바로 이것 때문입니다."

시형은 물건들 중에서 잔뿌리의 식물이 담긴 작은 유리

병을 들어 보이며 말했다. 시형으로부터 유리병을 건네받은 마쓰다 교수는 골똘히 생각에 잠기는가 싶더니 유리병을 열고 조심스럽게 그것들을 밖으로 꺼내 보았다. 구체적인 부대의 임무는 모르겠지만 일본 군대의 기라성 같은 장성 중 하나였던 와타나베와 조선의 독립군들이 이 물건들을 위해 목숨을 잃었다는 시형의 설명은 마쓰다 교수로 하여금 그 식물의 정체와 의미에 대해 작은 호기심을 발동하게 하고 있었다. 언뜻 보기엔 별다른 의미가 없는 흔하디흔한 식물의 말린 뿌리 같아 보였지만 자세히 보니 오랜 시간 동식물을 연구해 온 마쓰다에게도 그것은 낯설고 기묘한 뿌리의 형태와 향취를 취하고 있는 것이었다. 뿌리의 마디마디엔 무언가 신비한 사연들이 도사리고 있을 것만 같기도 했다.

"이것이 무엇의 뿌리인지는 모르겠지만 내 좀 더 조사해 보면 어떤 종류의 식물에서 채집된 것인지는 대략 알아낼 수는 있을 것 같네."

표본을 꺼내 냄새도 맡아보고 손으로 촉감을 느껴보던 마쓰다가 입을 열었다.

"그렇지만 나머지 물건인 이 서책의 내용이나 가죽에 적힌 문양의 뜻은 글쎄… 나로선 도저히 알 수가 없는 것들일세."

"아무래도 그렇군요. 그래도 그 뿌리가 어디서 나온 것 인지만 알아낸다고 해도 소득은 있을 것 같습니다."

아쉬운 일이었지만 뿌리의 실체라도 알아낼 수 있다는 사실이 시형에겐 다소 위안이 되고 있었다.

"아, 이 서책의 내용을 해석해 줄 만한 사람이 한 사람 있긴 하겠군."

누군가 생각났다는 듯 마쓰다 교수가 탄성에 가까운 말 을 뱉었다.

"그… 그 분이 누구십니까?"

시형이 마쓰다 교수에게 질문을 하는 순간, 연구실의 미닫이문이 열리는 소리가 들려왔다. 문 안으로 얼굴을 내 민 사람은 마쓰다 교수의 수양딸 미츠꼬였다.

"어머, 손님이 와 계셨네요. 오늘도 늦으시나 해서 들러 봤는데."

"미츠꼬, 들어오너라."

밝고 활달한 표정의 미츠꼬가 연구실로 들어오자 시형 은 다소 긴장한 듯 시선을 창밖으로 돌려 버렸다.

"인사하게. 내 딸 미츠꼬일세. 우리 대학 역사학부에 다 니고 있지. 서로 구면일 수도 있겠군."

마쓰다 교수의 소개로 얼떨결에 인사를 하게 된 미츠꼬 는 한 눈에 보기에도 싱그러움이 가득 찬 부잣집 규수의 면

모를 지니고 있었다. 단정하게 빗어 올린 머리와 하얀 블라우스, 그리고 그에 대비되는 검은 색의 치마 정장이 그녀의 단아함을 한층 더 돋보이게 하고 있기도 했다.

"아… 안녕하세요. 처음 뵙겠습니다. 마쓰다 교수님의 따님께서 같은 학교에 다닌다는 건 알고 있었습니다만 초면입니다."

"그래? 이참에 서로 인사들 하지. 아, 잘 됐구나. 미츠꼬. 이쪽은 법학부에 다니는 박시형 군이야."

서로를 인사시키던 마쓰다 교수는 좀 전의 심각한 상황을 잊은 듯 보였다.

"어머, 생물학부가 아니시라고요? 우리 아버지께 법학부 제자 분이 계셨다니, 반갑네요."

겉으로 보이는 모습만큼이나 고운 목소리를 지니고 있는 미츠꼬였다.

"오늘은 늦었으니 안되겠고… 미츠꼬, 네가 내일 오후에 시형군의 길잡이가 좀 돼주어야 겠다."

미츠꼬를 향해 말을 하던 마쓰다 교수가 의아한 표정으로 앉아 있는 시형을 향해서도 입을 열었다.

"시형 군, 내일 미츠꼬가 자네를 안내할 걸세. 이 물건들을 해석해 줄 수 있는 분한테로 말일세."

다음날, 해가 기울어질 무렵 시형과 미츠꼬는 학교 앞 사거리에서 만나 한적한 주택가 골목길을 걸어가고 있었다.

"마쓰다 교수님께 따님이 계시다는 건 알았습니다만 이렇게 미인이신 줄은 몰랐는데요."

시형이 수줍은 듯 말을 꺼내자 미츠꼬가 말없이 웃으며 그를 바라봤다.

"왜죠? 제가 무슨 실수라도…."

미츠꼬의 말 없는 웃음에 긴장한 시형이 물었다.

"아니요. 그런 건 아니고 그런 말 하실 것 같지 않은 분이 과찬의 말씀을 하셔서요."

"그런가요? 저도 모르게 그만…."

어색함을 깨고자 쑥스럽게 꺼낸 한마디가 부끄럽게 돌아오자 짐짓 당황한 시형의 얼굴이 빨갛게 달아올랐다.

"제가 조선인이라는 건 모르고 계셨죠?"

"네? 미츠꼬 상이 조선인이라고요?"

그렇지 않아도 당황해 하던 시형에게 자신이 조선인이라는 미츠꼬의 말은 더욱 시형을 당혹스럽게 만들고 있었다.

"네, 전 조선인이에요. 조선 이름으로는 영란이라고 하죠."

"그런데 어떻게…?"

"부모님은 독립 운동을 하시다 삼일 만세 후 피신 중에

저를 낳으셨대요. 그리곤 곧 체포되어 감옥에서 고생하시다 두 분 모두 제가 일곱 살 때쯤 돌아가셨죠."

부유한 교수 집안의 일본인으로만 느껴졌던 미츠꼬에게 그런 사연이 있었다니 시형에게는 놀라움과 더불어 미츠꼬에 대한 약간의 안쓰러움 같은 것이 밀려옴을 느낄 수 있었다.

"지금 저의 양아버지이신 마쓰다 교수님은 조선인에 대해 속정이 깊으신 분이에요. 어떻게 보면 연민이라고도 할 수 있죠. 집도 절도 없는데다 독립 운동하던 조선인의 딸을 가엾다는 이유 하나만으로 입양까지 하셨으니까요."

미츠꼬의 이야기를 들으니 일본인이기에 일본의 편일 수밖에 없을 것이라 가졌던 마쓰다 교수에 대한 의심의 마음들이 구름 걷히듯 사라지는 느낌이 들었다.

"사실 전 친부모님들에 대한 기억은 별로 없어요. 마쓰다 교수님이 저의 친아버지 아니 그 이상인 셈이죠."

초면이지만 이런 저런 이야기를 담담하게 터놓고 할 수 있는 미츠꼬, 아니 영란의 얼굴을 보면서 시형은 영란의 밝은 모습 이면에 숨겨진 그녀의 어두운 그늘이 연민의 정으로 느껴지고 있음을 알 수 있었다. 가냘프고 해맑은 영란에게 그런 아픔과 사연이 있었다니, 시형은 무어라 말을 하지 못한 채 영란익 발걸음이 향하는 길로만 시선을 옮기고 있을 뿐이다.

"다 왔어요. 여기가 아버지의 절친한 친구 분이기도 하고 역사학자이면서 제 스승님이시기도 한 구명한 교수님 댁이에요."

영란이 멈춰선 곳에는 2층으로 지어진 아담한 일본식 주택 하나가 서 있었다. 주변에도 모두 고만고만한 건물들이 들어서 있는 것으로 보아 이 일대는 일본인들이나 사회적으로 지위가 있는 조선인들이 모여 살고 있는 고급 주택가로 보였다.

"문이 열려 있네요. 들어오세요."

문을 밀어보던 영란이 익숙한 발걸음으로 시형을 집 안으로 안내했다. 저물어가는 햇살이 들이비치는 집 안은 고풍스러운 가구들과 오래된 서책들이 입구에서부터 들어 차 짧지 않은 동선을 가득 메우고 있었다. 때문에 그리 좁지 않은 집임에도 불구하고 사람 하나가 간신히 드나들 수 있을 만한 공간만이 그들의 이동을 허락할 뿐이었다.

"구 교수님! 계세요? 저 미츠꼬예요."

좁은 통로를 따라 안으로 들어서며 영란이 외쳐 보았지만 군데군데 거미줄이 늘어진 집 안에선 고요한 정적만이 감돌뿐이었다.

"올 거라고 미리 말씀 드렸었는데 문도 안 잠그고 어딜

가셨을까요? 교수님! 계세요?"

 문이 열려 있는 것이 못내 미심쩍은 듯 시형과 함께 집 안을 둘러보는 영란의 목소리에는 점점 걱정의 마음이 묻어 나왔다. 제일 안쪽에 위치한 서재로 들어서자 한 쪽에 배치된 커다란 창 두 개가 답답함을 틔우고는 있었지만 역시 사방 벽을 가득 메운 각종 고서와 조잡하게 붙여놓은 수묵화의 화폭들이 음산한 기운들을 쏟아내고 있는 방이었다. 한 편에 놓여 있는 책상 위에는 일기로 보이는 서책 한 권이 펼쳐져 있고 뚜껑 열린 잉크통과 잉크를 머금고 있는 펜이 놓여 있는 것으로 보아 방금 전까지 누군가 자리에 앉아 있었음을 눈치 챌 수 있었다.

 "교수님~!"

 걱정스러운 영란의 목소리가 더욱 커졌다. 바로 그때 시형과 영란이 들어온 문이 아닌 반대편 문이 활짝 열리는가 싶더니 커다란 흰색 사모예드 종의 개 한 마리가 불쑥 뛰어 들어왔다. 시형이 흠칫 놀라는 사이 개가 들어왔던 문 뒤로 다리가 불편한 듯 지팡이를 짚으며 걸어 들어오는 노인의 모습이 보였다. 듬성듬성 손질이 안 된 흰색 수염에 한복을 차려 입은 노인은 첫 보기에도 꼬장꼬장한 노학자의 면모를 풍기는 인상이었다.

 "프란다스! 이 녀석이 점점 버릇이 없어져 간단 말이

야."

시형과 영란의 존재를 의식하지 못한 것처럼 노인은 커다란 개의 목줄을 끌어 잡고 실랑이를 벌이다 멍하게 서 있는 시형의 눈과 마주쳤다.

"이 친구가 경성대학 제일의 수재라는 그 친군가?"

퉁명스러운 노인의 말투에는 시형을 얕잡아보는 무관심이 묻어 있었다.

"안녕하십니까, 교수님. 박시형이라고 합니다. 마쓰다 교수님께 말씀 들었습니다."

"어허, 교수는 무슨 얼어 죽을 교수! 교수질 때려 친 지 10년이 넘었는데."

시형의 인사말에 가시 돋친 구명한의 독설이 날아들었다.

"교수님도 참… 한번 교수님은 영원히 교수님이죠. 그리고 무엇보다 제 스승님이시잖아요."

영란이 아이 다루듯 노인의 독설을 제지하고 있었다. 영란을 흘겨보던 노인은 싫지 않은 미소를 보이며 영란과 시형을 다시 바라봤다.

"일단 앉지. 젊은 친구들이 이 중늙은이는 무슨 일로 찾아들 왔누?"

책상 위에 펼쳐 놓았던 일기장이 민망했는지 슬며시 책장을 덮는 노인이었다.

"이건 내 평생 하루도 빠지지 않고 써 내려 오는 일기 장일세. 나라건 사람이건 기록이란 건 참 중요한 게야."

기록을 중요시 한다는 노인의 두터운 일기장은 꼬질꼬 질 손때가 묻은 선반의 고서들만큼이나 무척 오래되어 보 였다.

"마 교수에게 자네가 진귀한 물건을 지니고 있다고 들 었네만."

"마 교수요?"

"마쓰다면 마 교수지. 별 다른 이름 있나."

시형이 낯선 이름에 혼란스러워하자 노인이 금방 정리 를 해 주었다. 노인의 농담에 잠시 웃음을 짓던 시형이 들 고 있던 가방에서 서책과 가죽 두루마리를 꺼내 책상 위에 올려놓았다. 구명한은 서책의 제목을 훑어 본 후 무심하게 책장 몇 페이지를 넘겨보는가 싶더니 이번에는 가죽 두루 마리의 끈을 풀어 넓게 펼쳐 보았다. 가죽 두루마리 안에 찍힌 탁본을 보던 노인의 표정은 얼핏 보아도 놀라는 기색 이 역력해 보이는 것이었다. 시형과 영란이 노인의 반응에 호기심을 갖고 바짝 다가서자 그들을 의식하기라도 한 듯 구명한은 일부러 태연함을 가장하여 자세를 고쳐 잡았다.

"흠… 어디선가 본 것 같긴 한데. 정확히는 기억이 안 나는군. 자네는 이것을 어디서 구한 겐가?"

노인의 질문에 대답을 주저하는 시형을 본 영란이 먼저 입을 열었다.

"일본군이 가지고 있던 거라고 해요."

"일본군? 그럼 이 물건들이 일본 놈들의 손아귀에 있었 단 말인가?"

노인은 다시 한 번 서책을 펴고 이번에는 앞부분부터 한장 한장을 자세히 들여다보기 시작했다. 한참을 뒤적이 던 노인 구명한이 시형과 영란을 동시에 쳐다봤다.

"그렇다면 일본은 어디까지 얼마나 알고 있다는 겐가. 동궁궐지라… 모르긴 몰라도 이건 필시 새로운 세상을 밝 혀내는 열쇠가 될 수 있을 걸세."

구명한이 서책을 들고 일어서며 혼잣말 하듯 중얼거리 는 말들은 시형으로 하여금 점점 더 알 수 없는 미궁 속으 로 빠져들게 하고 있었다.

730부대 경성 분소의 지하실 독방에는 피를 흘리며 쓰 러진 강인국이 누워 있었다. 시형에게 물건을 넘기고 난 후 물건의 행방을 감추기 위해 혹독한 고문을 견디어 내긴 했 지만 언제까지 견딜 수 있을지는 강인국조차 알 수 없는 일 이었다. 그러나 목숨을 잃더라도 조국을 위한 임무를 완성 하고 말겠다는 그의 의지만큼은 아직 확고한 것이었다. 독방 문의 상부에 난 작은 감시창을 통해 바닥에 쓰러져 있는 강인국을 내려다보던 겐조와 그의 수하 이시하라는 답답함을 이기지 못하겠다는 듯 창을 닫고 돌아섰다.

"아무래도 저자에게 배후를 캐내기란 힘들 것 같습니다. 더구나 가방의 행방을 찾기도 쉽지 않겠구요. 그냥 와타나베 장성 시해의 죄를 물어 처형해 버리는 게 어떻겠습니까?"

이시하라의 말에 겐조는 고개를 가로 저었다.

"그렇게 쉽게 생각할 문제가 아니야. 물건을 찾지 못한다면 황실에서 언짢아 할 거란 걸 모르고 하는 말인가?"

이시하라를 책망하는 겐조의 목소리에는 독기가 서려 있었다.

"저 놈이 불지 않는다면 놈들이 제 발로 먹이를 찾아 물도록 해야겠지."

야릇한 미소를 지어 보이는 겐조의 말에 이시하라는 그 속뜻을 모르겠다는 듯 그의 시선을 응시할 뿐이었다.

"저 자를 내일 오후 4시 제물포의 제2감호소로 송치시키고 그 사실을 회보에 공지하도록 하게. 그리고 호송 수행 인원은 최소화할 수 있도록."

"제물포 감호소로 말입니까? 네, 알겠습니다."

이시하라는 겐조의 의중을 정확히 알 수는 없었지만 그

것이 먹이를 잡기 위한 겐조의 포석이라는 것을 어렴풋하게나마 느낄 수 있었다.

화창한 오후, 수업이 끝난 시형이 강의동의 건물 밖으로 빠져 나오자 벤치에 앉아 책을 읽고 있는 영란의 모습이 눈에 들어왔다.

"미츠꼬 상!"

시형이 달려가며 반갑게 부르자 영란은 기다리고 있었다는 듯 해맑은 미소와 함께 손을 들어 보였다.

"시형 씨! 오전 수업은 다 끝나셨어요?"

"미츠꼬 상이 법대 건물 앞에는 웬일이세요. 예전에는 같은 학교에 다니는 줄도 몰랐었는데 이젠 자주 뵙게 되네요."

"시형 씨를 기다렸어요."

"저를요? 무슨 일로….."

"구 교수님이 시형 씨를 한 번 더 만나봤으면 하세요."

"네, 그렇군요."

다시 한 번 마주쳤으면 하던 영란이 이렇게 자신을 만나러 왔다는 것에 기분이 들뜬 시형은 지난 밤 별다른 이야기를 해주지 않고 궁금증을 자아내던 구명한이 오늘은 자신을 찾고 있다는 말에 작은 흥분이 일고 있음이 느껴졌다.

"미츠꼬 상, 점심시간인데 요 뒤에 청국장 아주 맛있게 끓여주는 집이 있는데 같이 가시죠? 제가 대접하겠습니다."

무거운 주제에서 벗어나고 싶은 마음에 시형이 애써 웃음을 지어 보이며 화제를 돌렸다.

"아참, 미츠꼬 상은 조선 음식을 싫어할 수도 있겠군요. 너무 제 생각만 했네요."

"아니에요. 입맛만은 부모님께 물려받은 그대로라 청국장도 좋아해요. 가시죠?"

시형의 안내에 따라 둘은 자리에서 일어나 나란히 걷기 시작했다.

"시형 씨는 왜 법학을 전공하게 됐죠?"

영란이 물어왔다.

"왜… 라니요?"

"시형 씨는 황국신민으로서의 자부심도 그리 깊은 것 같지 않은데, 법관이 돼서 조선 사람들을 일본의 식민법으로 다스린다는 게 어딘지 어울리지 않는 것 같아서요. 의식 있는 조선 사람이라면 저항 운동에 참여하기 위해 문학을 전공한다든지 외국 유학을 꿈꾸는 게 보편적이라고 들어서요."

일견 영란의 말에는 일리가 있어 보였다. 조선인으로 일본 제국주의의 식민법에 의해 다른 조선인을 취조하고

판결하는 법관의 모습은 동포에 대한 탄압이자 나아가 일종의 배신 같은 것으로 비쳐질 수도 있는 것이었다.

"그 반대라고 할 수도 있죠."

시형의 목소리에서 좀 전과는 다른 의젓함과 진지함이 배어 나오고 있었다.

"어렸을 때 고향에서 일본 순사에게 잡혀간 가까운 친척 아저씨가 있었어요. 일본인 소유의 곡식 창고를 털었다는 혐의였는데 제대로 된 재판 한번 받아보지 못했죠. 그 아저씬 결국 창고지기를 살해했다는 죄명까지 덮어쓰고 억울하게 공개 처형되고 말았고요."

"어머, 그런 일이 있었어요?"

"나중에 진범이 이웃 마을에 사는 일본 낭인들이었다는 사실이 밝혀지긴 했지만 정작 진범들은 소리 소문 없이 일본으로 돌아가 버렸고 아무 일도 없었다는 듯 세상은 돌아가더군요."

시형은 자신도 모르게 격앙된 어조로 말을 하다 그를 바라보는 영란을 의식하자 애써 웃음을 지어 보였다.

"그 때 결심했어요. 일본인들을 위해서가 아니라 우리 형제, 우리 아저씨, 우리 조카들을 위해 일본인들과 최소한 동등한 자격을 가져야 되겠다고요. 그리고 최소한 합법적인 절차에 의해 재판이라도 이루어지는 사회를 만들어 보아야겠다는 생각을 했죠.”

　　그랬다. 시형은 일본인들이 많지 않았던 산간의 마을에서 자랐던 터라 그 사건이 일어나기 전까지는 한일합방이니 삼일 운동이니 하는 일들을 아주 먼 나라의 이야기로만 듣고 자라 왔었다. 시형의 부모와 문중의 어르신들은 불편부당한 대우를 받고 살아가야 하는 일제치하의 압제 속에서도 오히려 시형에게 분노의 마음을 다스리는 법을 가르치는 것에 우선순위를 두는 전형적인 조선의 선비들이기도 했다. 허나 젊은 시형은 그런 어른들과 달랐다. 보다 넓은 아량으로 세상을 포용하려 하는 것도 중요하겠지만 이치를 따지며 옳고 그름에 따라 세상이 돌아가게 만들어야 하겠다는 마음이 그 누구보다 컸던 것이다. 그런 마음은 어린 시절 홀로 경성으로 유학을 온 시형이 이후 조선인들이 조선 땅에서 받고 있는 각종 차별과 설움을 지켜보면서 더욱 확고하게 굳어져 가고 있는 것이기도 했다.

　　“그러는 미츠꼬 상은 역사학을 전공하게 된 특별한 이유가 있었나요? 마쓰다 교수님의 권유?”

　　“아버지의 권유도 있었지만 사실 조선 사람들과 친부모님의 역사에 대해 배워보고 싶었어요. 어렸을 때부터 제 뿌리에 대해 늘 고민을 해 왔었거든요. 일본인으로 살아가더라도 제 뿌리만큼은 알아야 될 것 같기도 하구요.”

시형은 영란이 같은 조선인으로서 조선인에 대한 연민을 안고 살아왔었을 것을 생각하니 어렴풋한 동질감 같은 것이 느껴짐을 알 수 있었다.

"그랬군요. 방식과 의미는 달라도 우린 둘 다 조선 사람과 조선의 미래에 대해 걱정했던 마음만은 같았던 것 같네요. 앞으로도 그런 마음만은 잊지 말고 살아야겠죠."

다음날 아침. 인적이 드문 산길을 따라 일본군이 탄 오토바이 두 대가 요란한 엔진 소리로 메아리를 만들며 빠른 속도로 앞으로 나아가고 있었다. 그 뒤로는 죄수들의 호송용으로 보이는 듯 철망으로 차창의 유리들을 요란스럽게 치장한 군용 트럭 한 대가 뒤따르고 있었다. 간밤에 겐조가 지시한 강인국을 포함한 죄수들의 제2감호소 송치가 이루어지고 있는 것이었다. 트럭의 뒤칸에는 입구에 지켜 앉은 무장 군인들과 함께 결박당한 죄수들 서넛이 옴짝달싹 못하게 묶여 있었다. 그 중에는 모진 고문으로 힘을 잃고 기대앉은 강인국의 모습도 보였다.

저 멀리 트럭이 오는 소리가 가까워지자 고갯길의 중턱에서 대기하고 있던 낯선 사내들의 모습이 분주해지기 시작했다. 호송 트럭이 지나가기를 새벽부터 기다리고 있었던 사람들은 바로 천수당의 일원들이었다. 트럭이 오는 소리에 일행 중 우두머리로 보이는 이가 손가락을 들어 허공을 향해 신호를 보내자 십여 명의 천수당원들은 복면을 한 채 길의 양 옆으로 흩어지기 시작했다. 기다리고 있는 이들이 있다는 사실을 모르는 채 울퉁불퉁한 산길을 묵묵하게 올라가는 호송 트럭과 오토바이들. 호송 트럭 행렬이 산길의 중턱에 다다르자 트럭 운전병의 시야로 도로 중앙에 놓인 커다란 나무 장애물이 보이기 시작했고 이내 호송 행렬은 멈춰 설 수밖에 없었다. 앞서가던 두 대의 오토바이에서 내린 군인들이 불길함에 사로잡힌 채 사방을 경계하고 뒤쪽의 트럭에 타고 있던 군인 네댓 명이 합세해 길에 놓인 장애물들을 치우기 시작했다. 이때 사주 경계를 시작하던 군인들의 발이 길 위에 위장되어 있던 발목 올가미에 채여 허공을 따라 빨려 올라가는가 싶더니 군인들이 길 중앙에 놓인 나무 장애물 밑에 매설되어있던 폭탄이 터지며 하늘 높이 솟구쳤다.

"함정이다!"

호송 트럭 운전병의 옆에 앉아 있던 호송 장교가 큰소리로 외쳤다. 함정을 눈치 챈 운전병이 황급히 트럭을 후진시키려고 하였지만 이미 천수당원들이 길에 위장해 놓았던 침목을 무너뜨리자 트럭의 바퀴는 이내 깊은 웅덩이로 빨려 들어가 버렸다. 이어 길 양쪽의 풀숲에 몸을 숨기고 있던 천수당원들이 일제히 사격을 시작하자 군인들은 총에 맞아 쓰러졌고 순식간에 호송 트럭의 내부에 있던 일본군들까지 제압되어 버렸다. 다른 죄수들과 함께 트럭에서 내려 호송 밧줄이 풀린 강인국은 잘 훈련된 천수당 동지들의 환영을 받으며 부축을 받아 숲 속으로 유유히 사라져 버렸다.

그러나 이러한 격전의 모습을 좀 떨어진 언덕 위에서 망원경으로 지켜보는 이가 있었으니 그것은 바로 겐조였다. 겐조는 피우던 담뱃불을 땅으로 튕겨 낸 후 반짝반짝 윤기 나는 그의 구두 끝으로 비벼 끄고 망원경을 이시하라에게 넘겼다.

"드디어 놈들이 미끼를 물었군."

시형은 일본 경찰들이 삼엄하게 지키고 있는 창덕궁의 돈화문 앞에서 다소 초조한 낯빛으로 누군가를 기다리고 있었다. 멀리서 애견 프란다스를 앞세우고 지팡이를 짚은 채 절뚝거리며 다가오는 구명한의 모습이 나타나자 그제야 안심이 된다는 듯 시형이 그에게 달려가 인사를 했다.

"벌써 와 있었구먼."

시형의 인사에는 아랑곳하지 않고 한마디를 내뱉은 노인 구명한은 돈화문을 향해 걸음을 이어갔다. 구명한을 좇던 시형이 물었다.

"창덕궁 앞에서 보자고 하신 이유가 무엇입니까? 이곳은 아무나 들어갈 수도 없는 곳인데요."

"자, 들어가지."

구명한은 시형의 질문을 외면한 채 경비병들이 지켜서고 있는 돈화문 앞으로 시형을 안내했다. 무슨 영문인지 문을 막아서고 있던 경비병들은 구명한이 허리춤에서 꺼낸 신분증 같은 것을 보여주자 순순히 길을 열어 주었다. 아니 오히려 구명한에게 정중히 인사를 하기까지 했다. 창덕궁은 총독부의 고위 관리나 일본 군경이 아니면 함부로 출입을 할 수 없는 곳이다. 돈화문을 지나 창덕궁 내부에 들어선 시형은 금천교를 지날 때까지 무슨 죄를 지은 사람 마냥 힐끔힐끔 순사들이 지켜 서고 있는 돈화문 쪽을 바라보기에 여념이 없었다.

"내가 이래 보여도 경성에서 다섯 손가락 안에 드는 총
독부의 조선 역사 편찬 위원이라네."

마쓰다 교수가 고문헌의 전문가로 구명한을 소개 시켜
주었을 때부터 역사학에 조회가 깊은 노인인 줄은 알았었
지만 '조선 역사 편찬 위원'이라는 감투까지 쓴, 일제의 관
료 밑에서 일하는 조선인이었다는 사실은 시형에게 반전에
가까운 충격과 같은 것이었다. 구명한의 말은 그와 시형이
어떻게 창덕궁에 들어올 수 있었는지에 대한 답은 될 수 있
었지만 한편으론 시형에게 그에 대한 경계심을 갖게 하는
것이기도 했다. 구명한의 말대로 총독부에서 알아주는 조
선 역사 편찬 위원이라면 그는 대단히 친일적인 생각과 행
적을 지닌 인물로 조선의 역사마저 아무 죄의식 없이 조작

해 버릴 수 있는 무시무시한 사람이다. 그런 그에게 독립군 조직으로부터 입수한 물건을 가지고 가 어떤 논의를 했다는 것 자체가 시형에겐 크나큰 실수가 아닐 수 없는 것이다. 게다가 그 물건은 일본군 장성의 목숨마저 시해하고 빼앗아 온 것이 아니었던가. 복잡한 생각들이 시형의 머릿속을 어지럽히고 있는 사이, 절뚝거리며 앞 서 가던 구명한이 그런 시형의 시선을 느꼈는지 돌아보며 웃었다.

"허허허. 그렇다고 그렇게 경기 일으킨 아이 얼굴로 그렇게 서서 바라볼 필요까지야 있겠나? 민족사관이네 식민사관이네 말들이 많지만 난 그런 거 상관 안 하는 늙은이일 뿐일세. 타고난 시대에 역사학자랍시고 이 늙은이가 먹고 살만한 것이라고 이것 밖에 더 있겠는가? 목구멍이 포도청이라고 낸들 좋아서만 하는 일은 아니라네."

짐짓 시형을 안심시키려는 말이었지만 시형으로선 좀처럼 마음을 놓을 수가 없었다. 왜 그가 시형을 민간인들의 출입이 금지된 이곳까지 데려왔는지도 알 수 없는 일이다.

"제가 드릴 말씀은 아니겠습니다만 제가 미츠꼬 상에게 듣기로 구 교수님은 조선인들에게도 존경을 받는 학자라고 들었습니다. 그런 분이라면 조선인의 입장에서… 아니, 최소한 객관적인 입장에서는 역사를 바라보고 평가하실 필요가 있다고 여겨집니다."

당차게 이야기하는 시형의 도발적인 말에도 구명한은
여유로운 미소를 잃지 않았다.

"총독부 일을 돕고 있다고 하니 젊은 친구가 단단히 역
정이 났나 보군. 너무 그렇게 색안경 낄 필요는 없네."

"제 말이 결례가 되었다면 용서하십시오. 그렇지만…."

"자네 말이 맞네. 암 맞고 말고."

걸음걸이의 속도가 많이 늦추어졌지만 그들은 벌써 창
덕궁 깊숙이 위치한 부용지 옆을 지나고 있었다. 시형의
눈에는 영화당이라는 정자의 현판이 들어왔다.

"모든 것은 때가 있는 법이네. 적기가 도래했을 때 적들
이 바꾸어 놓은 것을 바로 잡으려면 언제나 적진 깊숙이서

적들의 움직임을 살피고 있어야 되는 것 아니겠는가? 호랑이 굴의 구조도 모르면서 호랑이를 잡겠다는 건 어불성설이지.”

“그렇다면?”

“이제 일제 통치는 얼마 남지 않았어. 이제 곧 독립의 기운이 느껴진다는 말일세. 그 때를 위해서는 자네 같은 젊은이나 우리 같은 늙은이나 모두 각자의 자리에서 준비를 해야 하지 않겠나?”

호통을 대신하여 담담하게 이야기하는 구명한을 보면서 시형은 더더욱 구명한이 그 속을 알 수 없는 사람이라는 생각이 들었다.

“지금 난 사실 어느 쪽 편도 들지 않고 있다고 생각하네. 지금의 모습은 그냥 나의 자리에서 묵묵히 있다 보니 붙여진 부수적인 치장들이라고 할 수 있지. 역사의 진실들은 이미 정해져 있는 것이고 변하지 않는 법! 손바닥으로 하늘을 가린다고 하늘이 없어지겠나? 이제 곧 세상이 밝아지는 날이 오면 내 정리해 두었던 것들을 하나씩 꺼내 놓을 생각이니 너무 조바심 낼 필요는 없어. 자네가 이야기하려는 최소한의 객관적인 사료와 증거들 말일세.”

노인의 넋두리 같은 말들이 어찌 보면 시형을 현혹하려하는 것은 아닌지 시형이 못내 미심쩍은 표정으로 무언가를 말하려 하자 구명한이 다시 말을 막았다.

"이 늙은이가 너무 기회주의적인 것은 아니냐… 하는 말이지?"

"그런 의미는 아니었습니다."

"지금은 역사의 흐름 앞에 어쩔 수 없이 순응해야 하는 처지들도 있다는 상대적인 입장에서 생각을 해야 할 때네. 나와 같은 늙은이들까지 때와 장소를 가리지 않고 봉기하려고만 든다면 오히려 더 큰 일을 그르칠 뿐이지. 때론 말할 수 없이 굴욕적이더라도 참고 견디며 지그시 때를 기다릴 줄도 알아야 훗날을 기약하고 큰 뜻을 이룰 수 있는 법 아니겠나?"

시형은 그제야 구명한이 어떤 이야기를 하려는지 조금은 이해가 가는 것 같았다. 와신상담(臥薪嘗膽). 쓰디쓴 쓸개를 맛보며 갚음을 할 수 있는 여건이 될 때를 기다려야 한다는 것. 노인의 논리대로라면 총독부의 지휘에 의해 식민사관의 역사를 기술하는 사람들이 무엇이 조작되었고 왜곡되었는지는 가장 잘 알 수 있는 법이고 구명한 자신은 바로 때를 기다렸다 정사와 왜곡된 역사를 바로 잡기 위해 와신상담하고 있는 중이라는 설명으로 풀이될 수 있는 것이었다. 믿을 수는 없었지만 상당히 일리 있는 변명의 짜임새이기도 했다.

"자네, 내게 보여 준 물건들을 피 흘리던 독립군에게서 받았다고 했던가? 내게도 그런 시절이 있었지. 그래서 이런 훈장을 얻게 된 것이기도 하고."

구명한은 자신의 절고 있는 한쪽 다리로 시선을 옮기고 있었다.

대화를 나누며 걷다 보니 시형과 구명한은 창덕궁의 부용지보다 더 깊숙한 곳에 위치한 연못 애련지 앞에 당도할 수 있었다. 애련지에 도착하자 노인의 개 프란다스가 애련지를 향해 황급하게 뛰어가더니 몹시 갈증을 느꼈었다는 듯 연못의 물을 혀로 날름날름 핥아 먹기 시작했다. 쥐고 있던 목줄을 놓친 구명한도 시형을 애련지 앞으로 인도했다.

"자, 다 왔네. 어때 조선 왕실 정원의 경치가 제법 좋지 않나?"

"여기가 어딘가요?"

"여긴 바로 애련지라고 하는 곳일세. 조선 왕실에서 인공적으로 만든 연못이지."

애련지. 그 이름만큼이나 연못의 위에는 수 많은 연 잎들이 물 위에 모습을 드리우고 있었다. 애련지 옆에는 애련정(愛蓮亭)이라고 쓰인 성자 하나가 눈에 보였다.

"사랑할 애(愛), 연꽃 연(蓮)… 연꽃을 너무도 사랑해 만든 연못과 정자라고 할 수 있지."

"누가 만든 것이죠?"

초여름으로 접어들어 가는 연못 주변은 온통 신록이 물들어가고 있었고 덥지도 춥지도 않은 날씨 덕에 연못가의 분위기는 고즈넉한 평화로움 그 자체로 보였다. 예전엔 왕실의 사람들이 이곳에 앉아 술 한 잔을 하거나 시나 한 수 읊으며 세월을 보냈으리라.

시형과 구명한이 파릇파릇한 연잎으로 덮여 있는 초여름

의 애련지와 고즈넉한 연못가의 정자 애련정을 감상하고 있는 가운데 순시를 돌던 초병 두 명이 경계 어린 눈빛으로 그들이 위치한 쪽으로 다가오고 있는 것이 보였다. 일상적인 순찰을 도는 순시병들 같아 보이기는 했지만 구명한은 그들을 의식한 듯 그들이 완전히 사라져 모습이 보이지 않을 때까지 침묵을 지키며 연못가의 경치만 감상할 뿐이었다.

"자네는 조선 시대에 가장 강력한 왕권을 지녔던 임금이 누구였다고 생각하나?"

다시 시형의 질문 따위는 잊어버렸다는 듯 순시병들이 사라진 쪽을 바라보며 구명한이 시형에게 반문을 던졌다. 갑작스레 창덕궁 앞에서 만나자고 했던 것도 의아한 시형이었는데 애련지에 데려와 수수께끼 같은 질문을 던지는 구명한의 행동은 이해할 수 없는 것이었다. 게다가 새롭게 안 사실이긴 하지만 그는 일본 총독부의 일을 맡고 있는 대단히 친일적인 인사라고 할 수 있지 않은가. 경계를 늦출 수 있는 일이 아니었다.

"글쎄요. 한 번도 생각해 본 적이 없습니다. 제가 역사학부 전공도 아니니까요."

실제 생각해 본 적도 없었지만 의중을 떠 보는 듯한 구명한의 심문에 시형이 쉽게 넘어 갈 수는 없는 노릇이었다.

"조선 시대에는 크고 작은 왕권을 지녔던 여러 임금이

있었지만 그 중에서도 가장 강력한 왕권을 지닌 왕을 꼽으라면 단연 숙종 임금을 들 수 있지. 이 연못 애련지를 만들었던 바로 그 숙종 임금 말일세."

강력한 왕권, 그 숙종 임금과 지금 눈앞에 있는 애련지가 어떤 연관이 있다는 것인지. 그리고 그것은 또 시형과는 어떤 연관이 있다는 것인지. 말을 아낀 채 지긋이 연못만을 좌시하는 구명한을 바라보며 시형의 풀리지 않는 의문의 끝자락은 답답함이 더해져 가지에 가지를 뻗어 가고 있었다.

5. 고궁의 산책

낙선재를 나선 십여 명의 나인 무리가 희정당을 향해 빠른 걸음을 재촉하고 있었다.

"소의 장 씨이옵니다."

한상궁이 대비에게 이르자 나인 무리의 선두에 섰던 대비 인현왕후는 반대편에서 다가오는 또 다른 나인들의 행렬을 향해 시선을 돌렸다. 희빈 장 씨의 행렬이었다.

두 행렬이 서로 마주하게 될 만큼 가까워지자 다른 행렬의 선두에 있던 희빈 장 씨가 한쪽으로 물러서며 고개를 숙여 예를 취했다. 그러나 인현왕후는 희빈 장 씨의 예를 성의 없는 눈짓으로 받아들이고 상궁들과 함께 가던 길을 재촉할 뿐이었다. 고개를 숙여 예를 취하고는 있었지만 희빈 장 씨의 눈가에서는 예사롭지 않은 살기가 느껴졌고 이것을 냉담하게 받아들이는 인현왕후의 모습 또한 녹록해 보이지는 않아 보였다.

때는 1685년. 조선 숙종 재임 후 11년이 되던 해.

숙종이 재임할 당시의 조선은 서인으로 대변되는 인현왕후와 남인으로 대변되는 희빈 장 씨 세력 간의 갈등이 고조되어 대리전 양상을 띠고 있던 위태로운 시기이기도 했다. 암암리에 알려지기도 한 사실이지만 조선의 임금들은 후세 사람들이 기대했던 만큼이나 왕권이 강하지도 않았고 강할 수도 없는 구조를 안고 살아야 했다. 유럽의 왕조들처럼 왕권을 둘러싸고 일어나는 피비린내 나는 혈전이 자주 오가지는 않았지만 끊임없이 봉기하는 당파 간 갈등이나 권력을 지향하는 세력들의 보이지 않는 암투 속에 조선의 왕들이 왕권을 유지하기란 외줄을 타고 절벽 위를 거니는 위태로운 모습과 다를 바가 없었다. 왕위 보전을 위한 노력과 세력의 균형 속에는 때로 목숨까지 담보로 하는 음모들이 도사리고 있기도 했다. 동서고금을 막론하고 겉으로 보이는 왕실의 화려한 모습 뒤로 그들은 늘 생명의 위협을 느끼며 보이지 않는 적들과 사투를 벌여 왔던 것이다. 한 나라 왕실의 화려함과 행복은 동화 속에서나 있을 법한 이야기이기도 했다.

임금이 신하들 위에 군림하기보다 숱한 정적들의 이해관계에 의해 제거되는 일들은 조선의 왕실에서도 예외가 아니었다. 숙종 바로 전대의 임금이었던 효종과 현종이 당파 간의 치열한 갈등 속에 임금을 시해하려는 세력들에 의해 암살되었다는 설도 그 중 하나라고 할 수 있다. 중국 청나라를 응징하여 조선의 자주권을 확립하고자 북벌 정책을 강하게 추진했던 숙종의 조부 효종은 10만 양병을 기치로 내세움에 따라 청나라에 예우를 갖추고자 하는 사대주의 세력들과 늘 마찰을 빚었다. 효종은 청에 대한 자주권 확보를 위해 관료 중에서도 무과를 우대하였고 제주도에 표류되어온 네덜란드인 하멜을 데려다 훈련도감에서 총기를 제작하게 하는 등 상당히 구체적인 방법으로 진취적인 목표를 달성하기 위한 노력을 기울이기도 했다. 그러나 그러한 효종의 의지는 당시 기세를 떨치고 있던 문인들의 반발을 살 수밖에 없는 것이었다. 북벌에 힘이 실릴 경우 청나라를 등에 업고 기세를 떨치던 관료와 문인 세력들에게는 그들의 존립을 위협하는 불안한 요소가 아닐 수 없었다. 설령 북벌이 성공하기라도 하는 날에는 북벌을 반대한 자들의 안위 또한 보장될 수 없는 것이었기 때문이다. 그러던 어느 날 효종은 머리 위에 난 사소한 종기를 치료하는 와중에 갑작스런 죽음을 맞이하게 되었고 그의 야망과 계획 역시 수포로 돌아가고 말

앗다. 당시 효종을 음해하려는 세력들이 수많은 어의 중에서 유독 수전증을 가지고 있던 의원에게 치료를 맡겨 효종의 혈맥을 건드리는 바람에 죽음에 이르게 했다는 의혹들은 상당한 설득력을 가진 일화이기도 했다.

효종의 뒤를 이은 현종 또한 마찬가지였다. 효종의 뒤를 이어 왕위에 오른 현종은 아버지 효종의 치적을 업신여기고 임금을 능멸하고자 했던 당파인 서인들의 행각을 너무도 잘 알고 있었기에 반대파인 남인들을 중용하려 시도했던 임금이었다. 그러나 그 또한 아주 중요한 시기에 이유를 알 수 없는 갑작스런 죽음을 맞이하게 되었다. 발병 열흘 만에 숨진 현종에 대해서는 왕실의 약국이라고 할 수 있는 시약청에 의해 자행된 독살이라는 설이 가장 유력한 이야기로 대두되기도 했다. 다양한 인재의 등용을 기화로 견제와 균형의 자주적인 치정을 실현하려 했던 국왕들이 오히려 외척과 당파의 소용돌이 속에서 희생되는 일들이 공공연하게 벌어지고 있었다. 한 나라의 국왕과 왕실이 그 자신, 존재의 의미마저 부정 당하는 일들이 발생하고 있었던 것이다.

선대의 왕들이 보이지 않는 세력들의 음모에 의해 뜻을 펼치지 못하고 스러졌음을 알고 있던 숙종은 비록 열 넷이라는 어린 나이에 보위에 올랐지만 왕권의 의미와 치정이라는 문제에 대해 남다른 시각을 가질 수밖에 없었다. 그는 선왕들의 전처를 밟지 않기 위해서는 무엇보다 강력한 왕권을 가져야겠다는 생각이 들었다.

하지만 그가 그런 내색을 하면 할수록 입지는 좁아져 갈 것이고 그의 생명에 대한 위협 또한 옥죄어 올 것이 뻔한 일이기도 했다. 절대 군주로서의 위용을 떨치겠다는 포부도 태평성대의 조선을 건설해 보겠다는 임금의 야망도 그를 가로막고 있는 당파의 굴레 앞에서는 한 없이 작아질 수밖에 없는 것이 현실이었다. 숙종에게는 무엇보다 생존을 위한 전략이자 조선 왕실의 계보를 잇기 위한 나름대로의 기술이 필요로 했던 것이다.

"풍산이는 밖에 있느냐?"

늦은 시각까지 고당에 앉아 글을 읽던 숙종이 책장을 덮으며 밖을 향해 외쳤다.

"소인, 이미 대령하고 있사옵니다."

나인과 상궁들을 물린 창덕궁의 외진 고당으로 들어온 이는 숙종의 심복 풍산이었다.

"오래간만에 입궐을 했구나. 그래, 수하들의 훈련은 잘 되어 가고 있더냐?"

"어명만 내려주시면 목숨을 바쳐 임무를 수행할 준비가

되어 있습니다. 전하."

풍산은 뛰어난 무술과 그에 겸비된 학식을 갖추고 있는 젊고 출중한 인물이었다. 무과에 장원으로 급제를 하고도 남을 실력을 갖춘 인재였지만 서얼 출신인데다 마땅한 사림 세력의 지원을 얻지 못한 그로서는 번번이 등과를 하지 못하는 불운이 함께 할 뿐이었다. 그러던 그가 숙종의 눈에 띈 것은 지역의 한 변방에서 열렸던 목검 겨루기 대회에서였다. 겨루기의 상대방들이 손을 써 볼 겨를도 없이 단칼에 쓰러뜨리고 마는 특출 난 그의 실력이 마침 평민 복장으로 암행에 나섰던 숙종의 시야에 포착되었던 것이다. 숙종은 목검 겨루기 대회가 끝난 후 성 밖의 사가로 풍산을 은밀히 불러들였다.

"네 이름이 풍산이라고? 보아하니 네 검과 네 몸동작 하나하나에는 세상에 대한 한과 원망들이 서려 있더구나."

"당치 않으신 말씀이시옵니다. 헌데 뉘신데 소인에게 그런 말씀을 하시는 것입니까?"

"나는 조선의 임금이다. 임금인 나와 함께 세상에 대한 너의 그 설움을 한번 풀어보면 어떻겠느냐?"

임금이라는 말에 벌벌 떨며 고개를 들지 못하는 풍산에게 숙종은 그렇게 세상과의 화해를 제안했다. 그것이 풍산과 숙종의 첫 만남이었다. 숙종은 풍산에게 북한산 북쪽의 산기슭에 거처를 마련해 주고 배꽃 문양이 새겨진 두루마리의 어지를 내렸다. 배꽃은 조선 왕실을 상징하는 것으로 그 누구도 왕실의 지엄한 권위를 침해할 수 없음을 의미하는 것이기도 했다. 풍산은 숙종의 어지에 따라 그날 이후 풍산과 비슷한 처지의 버림받은 무관 지원자 수십 명을 모아 작은 무리를 만들고 밤낮으로 무예 닦기에 열중하며 숙종의 또 다른 어지를 기다리기 시작했다. 숙종이 보잘 것 없이 떠도는 풍산으로 하여금 비밀리에 사람을 모으고 무예를 닦도록 지시를 내린 것은 숙종이 계획하고 있는 왕권 강화 프로젝트의 작은 부분 중 하나였다. 숙종은 선대의 임금들이 궐내의 인사들에 의해 생명마저 좌지우지 되었던 만큼 궐내에서는 그의 친위부대 조차도 믿을 수 없다는 것을 너무나 잘 알고 있었다. 그렇기에 왕권을 강화하기 위한 어떤 행보를 위해서는 그가 친히 부리고 활용할 수 있는 인력의 양성이 절실했던 것이다.

"내 너에게 첫 번째 임무를 주고자 한다."

"하명하여 주시옵소서."

이미 풍산은 목숨을 바쳐 주군을 섬길 것을 맹세하고 있었다. 이 세상 누구보다 자신을 알아주는 주군을 위해서라면 활활 타오르는 불꽃을 향해 뛰어들라 하더라도 믿고 따를 준비가 되어 있었다. 정적을 단 칼에 베어오라면 그렇게 할 것이오, 당쟁의 중심이 되고 있는 사림의 본거지에 들어가 그들을 멸하라 하면 그렇게 할 각오가 되어 있었던 것이다.

"삼남 지방에 사람을 풀어 약초를 재배하는 이들을 알아내 오거라."

잔뜩 긴장하고 있던 풍산에게 숙종이 내린 첫 번째 임무는 뜻밖의 것이었다.

"전하, 약초라고 말씀하셨습니까?"

"그래 약초. 약초라 하여 그냥 약초를 말하는 것은 아니고 탐라에서 가져온 특별한 약초를 재배하는 사람들을 찾아야 한다."

"특별한 약초라 하시었습니까?"

"내 선친으로부터 오래 전 탐라에서 건너온 진나라 후예들의 이야기를 들은 적이 있다. 탐라에서 불로장생의 힘을 가진 약초를 구한 자들이 삼남 지방에 터를 잡고 약초를 재배하며 살아가고 있다고 하는데 어찌 보면 그들이 사는 곳이 무릉도원과 같은 곳이라고 하더구나."

"무릉도원 말씀이옵니까?"

풍산으로서는 참으로 난감한 명이 아닐 수 없었다. 주군의 말은 곧 이 세상에 존재할 것 같지 않은 신선들의 세계, 곧 무릉도원을 찾아오라는 말과 같았다.

"신 풍산, 충심을 다해 찾아보겠습니다."

감히 숙종의 어지를 거역할 수 없었던 풍산은 자신감 있는 목소리로 복종을 고하고 물러났다. 그러나 고당을 나서는 풍산의 어깨는 무거울 수밖에 없었다.

풍산이 물러간 후 고당에 홀로 남은 숙종의 마음도 그리 가볍지만은 않았다. 왕권을 강화하고 질서를 바로 잡기 위한 첫 단추를 끼우기에 앞서 꼭 필요한 것이 있었기에 은밀한 지시를 내린 것이었지만 숙종 자신도 불로초의 존재에 대한 확신이 있었던 것은 아니었기 때문이었다.

일각에서는 훗날 반복되는 환국으로 인해 숙종 때를 당쟁이 치열했던 가장 어지러운 시기로 보는 시각도 있으나 숙종의 재임 기간은 조선 왕실의 입장에서 볼 때 가장 왕권이 강성했던 시기라고 할 수 있었다. 대외적으로 커다란 외침이나 전쟁도 없었을 뿐 아니라 상평통보를 발행하여 경제 활성화에 기여하였고 북쪽으로는 영토 회복 운동을 전개하여 백두산정계비를 세웠던 것이 바로 숙종 때였다. 사회적으로 보나 대외적으로 보나 아주 안정적이고 자주적이며 강건한 시기였던 것이다. 이는 바로 조선에서 가장 강력했던 왕권을 행사할 수 있었던 숙종의 통치력에서 나올 수 있었던바 숙종이 어느 선대의 왕들보다 강력한 왕권을 가질 수 있었던 것은 바로 당쟁의 수위와 완급을 조절할 줄 아는 숙종의 환국 정치를 통해서였다.

　숙종은 그의 비였던 인현왕후와 그 대비의 배후에 있던 서인의 목소리가 날로 커져가자 후궁 소의 장 씨를 희빈으로 격상시키고 그의 사이에서 낳은 아들을 세자로 책봉하는 결단을 내렸다. 당연히 인현왕후와 서인들의 반발이 거세어졌고 임금에 대한 불만이 수위에 다다르길 기다린 숙종은 결국 인현왕후를 폐비 시키고 서인 세력에 대한 대대적인 숙청을 시행했다. 왕권의 권위에 대한 도전을 빌미로 이른바 조정 신하들의 물갈이인 환국이 가능했던 것이다. 숙종 임금은 단순히 여색에 빠져 희빈 장 씨에게 놀아났던 유약한 임금이 아니라 거대한 이익 집단이었던 서인 세력으로부터 왕권을 강화하기 위해 희빈 장 씨와 그녀의 배후에 있던 남인 세력을 이용할 줄 알았던 인물이었다. 그후 그토록 중용했던 희빈 장 씨와 남인의 세력의 기세가 위험 수위에 다다르자 다시 인현왕후를 복위시키고 훗날 희빈 장 씨에게 사약을 내림으로써 상극인 서인과 남인 세력의 균형을 맞추는 고도의 전략을 구사한 것도 바로 숙종이었다. 숙종은 경쟁 관계에 있는 양 세력의 견제와 균형을 이용하여 보다 강력한 왕권을 구축할 수 있었던 거의 유일한 임금이었던 것이다. 신하들의 눈에는 변덕이 심하고 걷잡을 수 없는 성격의 소유자요 난폭한 주군으로 비춰졌을 수도 있었겠지만 그만큼 왕의 권위와 특권은 강화되어 갔다고 평가할 수 있었다. 그것을 후대의 사람들은 '환국정치'라고 했다. 일부 사림의 사서에서는 그가 폭군으로 비추어졌을지 몰라도 백성을 사랑하고 조선을 가장 강력한 주권 국가로 만들고자 하는 그의 신념은 그의 치정을 통해 이미 백성들에게 전달되고 있기도 했다. 처세와 뛰어난 지략으로 서로 다른 세력 간의 균형을 통해 왕권을 강화하고 선대의 왕들이 꿈꾸어 왔던 태평성대를 이루는 길을 실천하고 영위하고자 했던 임금이 바로 숙종 임금이었던 것이다.

　　풍산을 삼남 지방으로 떠나보낸 지 반년이 넘어갈 즈음 숙종의 얼굴에는 나날이 수심이 그득 차 가고 있었다. 어떤 방식으로든 환국 정치를 실행하려는 계획을 세워 놓았고 어느 임금보다 강력한 왕권으로 통치를 해 나갈 자신감이 있었지만 그에게는 말할 수 없는 두려움 하나가 자리 잡고 있었기 때문이다. 그것은 숙종이 그 자신의 인력으로도 해결할 수 없는 일, 바로 선대 임금들의 수명과 그에 따른 보위 기간이 너무도 짧았다는 것이다. 숙종 또한 그의 수명을 예견할 수 없는 일이었다. 조선의 왕권이 외부 세력들에 흔들릴 수밖에 없었던 것은 짧기만 했던 왕의 재위 기간으로 인해 끊임없이 왕권을 둘러싼 암투가 일어날 수밖에 없는 환경 때문이었다는 걸 잘 알고 있는 숙종으로서는 왕실의 기강을 온전하게 확립하기 전까지 수명을 유지하며 왕권을 유지해야 한다는 절대 절명의 의무 같은 것이 존재하고 있었다. 그가 계획하고 이끌어왔던 강력한 왕권 국가 '조선'의 모습이 하나 둘 갖추어져 가고 있는 이때에 선대의 왕들처럼 허무하게 승하를 하게 된다면 모든 것이 수포로 돌아갈 수 있는 가능성은 늘 열려 있는 법이었다. 태자조차 책봉하지 못한 숙종에게 있어 만에 하나 갑작스런 유고가 발생한다면 궁 내외에서 도사리고 있는 난적들에 의해 다시 한 번 왕실의 위상과 권위가 유린될 것이란 건 너무나 자명한 일이었다. 풍전등화. 한 나라의 존립을 대표하는 조선 왕실의 현실은 그와 같았다.

"전하, 곧 소나기가 한차례 쏟아질 듯하옵니다. 희정당으로 드시지요."

수심 깊은 얼굴로 연못가를 거니는 임금에게 상선이 말했다.

"소나기라도 한번 시원스레 쏟아지는 모습을 보고 싶구나."

연못을 덮고 있는 연꽃을 바라보며 임금은 그렇게 혼잣말로 중얼거렸다.

"지리산 어귀 단초골이옵니다."

삼남 지방으로 내려갔던 풍산이 돌아와 숙종의 처소를 찾은 것은 그로부터 다시 한 달여가 지난 후였다.

"네가 정녕 그곳을 찾아냈단 말이냐?"

다듬지 못한 수염과 남루한 행색을 보아 풍산이 어명을 수행하고자 얼마나 많은 고초를 겪었는지 한 눈에 알아 볼 수 있을 것 같았다.

"신도 전하의 어의를 제대로 읽어 내지 못하였습니다만, 삼남 지방에 퍼져 있는 소문을 중심으로 산간 마을과 오지의 민가를 수색한 끝에 특별한 약초를 재배한다는 마을을 찾아냈사옵니다."

"단초골이라… 그대의 말이 정녕 사실이렷다?"

믿지 못하겠다는 듯 풍산과 독대한 숙종이 다그쳐 물었다.

"어느 안전이라고 거짓을 아뢰겠습니까. 산세가 험악하고 깊어 다른 고을과는 교류가 없는 지역이옵고 무예를 겸비한 자들의 경비가 삼엄하여 외부인의 접근이 어려운 마을이었습니다. 지리산 단초골에 불로장생의 영초를 재배하는 일족들이 번성한 가문을 이루고 있다는 것은 그 일대에 접근해서야 파악할 수 있었습니다. 또한 그뿐만 아니라 더욱 놀라운 사실은…."

"쉿!"

어둡고 깊은 밤, 불가침의 영역인 임금의 처소엔 정막만이 감돌았지만 숙종은 주위를 경계하며 목소리를 죽였다.

"그래, 더욱 놀라운 사실이라는 것은 무엇이더냐?"

숙종의 진지한 태도에 밀사 풍산은 더욱 긴장이 되는 듯 고인 침을 꿀꺽 삼켰다.

"그 단초골을 다스리는 수장을 마을 사람들이 모두 왕처럼 떠받들고 있사옵고 그 수장의 이름은 서불이라 하옵건데…."

풍산이 다시 한 번 침을 삼키며 말을 이었다.

"서불은 곧 서복이라 할 수 있고 이는 지금으로부터 이천여 년 전 사라졌다 하는 진나라 방장 서복의 이름과 같은 것이옵니다."

"뭐라? 진나라 방장 서복!"

믿을 수 없는 말이었다. 삼남 지방 어딘가에 불로장생의 영초를 재배하며 그것으로 장수하는 사람들이 모여 산다는 소식은 접했었지만 그곳에 수천 년 전 불로초를 찾다 사라진 진나라의 방장 서복이 살아있다는 말은 도무지 믿기지 않는 것들이었다. 동명이인이거나 그의 후손일 가능성도 있다.

"네 눈으로 확인하였느냐? 그 자가 정녕 서복이라는 것을?"

난처한 듯 밀사는 고개를 숙였다.

"경비를 맡고 있는 무사들의 수가 수십이 넘고 경계를 늦추지 않는 자라 서복이란 자를 직접 보거나 만나지는 못하였습니다. 허나 불로장생의 영초를 재배하며 장수를 누린다는 사실만은 분명한 듯싶습니다."

"어떻게 확인했단 말이냐?"

"산 중에서 땔감을 마련하는 그 마을 사람 한 명을 만났는데 그의 나이가 이미 수백이 넘었다고 들었습니다. 워낙 고립된 곳에서 살다 보니 그 자들은 사람의 수명이 으레 수백 년은 족히 된다고 알고 있는 듯했습니다."

숙종으로서는 귀가 번쩍 뜨이는 말이 아닐 수 없었다. 여느 나라의 왕들처럼 일신의 장수를 위해 불로장생을 꿈

꾸었다기보다 조선 왕실의 장래와 법통을 지켜나가기 위해 후사가 확실할 때까지 수명을 연장해 보고자 하는 소망을 지닌 그였기에 풍산의 보고는 실로 믿기지 않는 낭보임에 틀림없는 것이었다.

"지금부터 짐이 하는 말을 잘 들어라. 한 치의 오차도 있어서는 안 될 것이며 기밀이 새어 나가서도 안 될 것이다."

마음이 조급해진 숙종이 풍산에게 또 다른 지시를 내렸다.

"하명 하시옵소서."

"내 친히 원정을 나갈 터이니 비밀리에 훈련된 군사들을 이끌고 한밭 일대에서 대기하도록 하라. 그리고 이번 일은 그 누구한테도 누설 되어서는 안 된다는 것을 다시 한 번 명심하여야 되느니라."

"네, 명심하겠습니다. 지금 바로 출발하도록 하겠습니다."

풍산이 처소를 빠져나간 후에도 숙종은 흥분된 마음을 가라앉히지 못한 채 동이 터 오를 때까지 침소에 들 수가 없었다.

며칠 후, 풍산과 그의 단련된 무사 백여 명은 숙종이 지정한 한밭 근처 노지로 집결 했다.

"지금부터 짐이 조선의 왕실을 위해 중차대한 명을 내릴 터이니 한 명도 이에 어긋남이 없어야 할 것이다."

"하명하여 주시옵소서."

"짐과 너희들은 지금 바로 지리산에 있다는 단초골로 내달릴 것이다. 그곳에 당도하게 되면 단초골에 살고 있는 생물은 말 한 필, 강아지 한 마리라도 살려두어서는 아니 된다."

숙종의 말을 들으며 표현하지 못했지만 무사들의 눈동자에선 작은 흔들림이 느껴지고 있었다.

"그곳을 멸한 후에 그곳에 재배되고 있는 약초를 취할 것이니 너희 모두는 무덤에 들어가는 순간까지 지금 우리가 행하려는 일들을 발설해서는 안 될 것이다. 명심하거라."

"명심, 또 명심하겠습니다."

그로부터 다시 며칠 후 수백 년간 평화롭던 지리산 자락의 마을 단초골엔 거대한 폭풍의 소용돌이가 밀려들었다. 숙종과 그가 이끄는 심복들이 단초골로 들이닥친 것이다. 이 세상에 존재할 것 같지 않았던 천상의 마을 단초골은 순식간에 풍비박산이 나고 말았다.

외부와의 철저한 단절을 통해 평화와 장수를 누려왔던 인구 삼백 여명 남짓한 마을 단초골은 달갑지 않은 불청객들의 방문에 당황하지 않을 수 없었다. 외곽을 지켜 서던 경비병들은 풍산과 호위 무사들의 칼에 제압당했고 마을에 있던 촌로들과 청년들, 아녀자, 아이들은 모두 마을 중앙으로 끌려 나왔다.

"이 마을의 수장이 누구더냐?"

풍산이 앞으로 나서 마을 사람들을 향해 외쳐보았지만 마을의 중앙에 모인 사람들은 미리 약속이나 한 듯 그 누구도 입을 열지 않고 있었다.

"수장이 나서지 않으면 아이와 여자들부터 다치게 될 것이다. 이 마을의 수장이 누구냐고 물었다."

"내가 바로 이 마을의 수장이오."

그 때 청년들 사이에 있던 나이 지긋한 노인 하나가 일어서며 풍산을 노려봤다.

"그대의 이름이 무엇이오?"

풍산이 묻자 사내는 날이 선 목소리로 이렇게 대답했다.

"내 이름은 이 나라가 생기기 전부터 서불이라 불렸소."

"정말 이 나리기 생기기 전부터란 말이오?"

"다 알고 왔을 터인데 새삼 무슨 말이 필요하겠소. 당신들이 찾는 것이 나라면 내가 바로 그 서불이니 무고한 마을 사람들을 해치진 말아 주시오."

그러나 이미 숙종의 명을 받은 풍산에게 무고한 이들에

대한 자비의 마음 같은 건 용납되지 않았다. 풍산의 뒤편에서 얼굴을 두건으로 가린 채 이 광경을 바라보던 임금 숙종은 그들조차 그가 품어 나가야 할 조선의 백성들이라는 생각이 없지는 않았다. 그러나 큰 뜻을 이루기 위해 군자는 사사로운 인정에 얽매여서는 안 된다는 것 또한 결심한지 오래다. 숙종을 향해 돌아보는 풍산에게 숙종은 고개를 끄덕여 사전에 약속했던 바의 실행을 지시했다.

"그렇소. 우리는 당신을 찾아 이곳까지 먼 길을 달려온 것이오."

풍산은 서불이라 자칭하는 자에게 다가가 그에게 어떤 질문을 던지는가 싶더니 쥐고 있던 칼을 휘둘러 단칼에 그를 베어버렸다. 서불이라는 노인은 갑작스런 풍산의 행동에 놀라움을 금치 못했지만 이미 풍산의 칼은 그의 숨통을 갈라놓고 있었다. 풍산이 서불을 베어버리는 것이 신호라도 되는 양 주위를 둘러싸고 있던 풍산의 수하들은 중앙에 모여 있는 마을 사람들을 향해 일제히 칼을 휘두르기 시작했다. 여자와 아이들이 비명을 질러보기도 했지만 살육을 목적으로 한 풍산과 수하들의 칼놀림은 남녀노소 거칠 것이 없었다. 마을 사람들은 피를 흘리며 하나 둘 쓰러져 갔고 300여명에 달했던 마을의 구성원들은 지엄한 조선 왕실의 칼날에 의해 그렇게 모두 소멸되고 말았다. 풍산의 수하들이 베어버린 시체들을 불태우기 위해 한 군데로 모으고 있는 사이 숙종과 풍산은 마을의 외곽에 위치하고 있는 밭과 창고를 둘러보았다. 언뜻 보면 나물을 재배하는 것처럼 보이기도 했지만 단초골 사람들의 텃밭에서는 과연 이름을 알 수도 없는 식물들이 군집을 이루며 재배되고 있는 모습이 보였다.

"이것이 불로장생의 영초로구나."

감회에 젖은 듯 잠시 손이 떨리긴 했지만 숙종의 얼굴엔 침착함이 묻어 있었다.

"전하, 이곳에 있는 약초들을 모두 한양으로 가져갈까요?"

"아니, 그럴 필요 없다. 이것은 우리 왕실의 보물이 될 수도 있겠지만 한편으로는 왕실을 위협하는 칼날이 될 수도 있는 법, 단 열 포기만 뿌리째 뽑아 보관하여 이송하고 나머지는 모두 불태워 그 형태를 알아볼 수 없게 해야 한다. 이 마을의 존재 역시 이제 역사 속에 묻어버려야만 한다."

숙종의 명에 따라 풍산과 수하들은 마을 전체에 불을 놓았고 그 연기는 먼 곳에서도 볼 수 있을 만큼 거대한 구름 기둥이 되어 하늘을 타고 피어올랐다. 불씨가 거의 잦아들 무렵에서야 숙종과 그의 친위부대는 환궁을 서둘러 길을 떠났다.

　단초골로부터 십여 리 떨어진 산등성이에서 사냥을 하던 일련의 사람들은 단초골에서 피어오르는 검은 연기를 보며 불길한 생각에 사로잡히고 말았다.
　"촌장님, 우리 마을에서 올라오는 연기 같습니다."
　일행 중 한 명이 텁수룩한 수염으로 얼굴이 덮인 다른 사내 하나에게 다가가 이렇게 외쳤다. 그들 역시 단초골 사람들이었다. 열흘에 한 번씩 특별한 식량을 구하기 위해 사냥 길을 나서곤 했던 이들이다. 그들 중에는 그들이 촌장이라 부르는 단초골의 수장 서불, 곧 서복도 있었다. 서복과 건장한 체격의 사내 십여 명은 사냥을 중단한 채 급히 단초골을 향해 달려갔다. 수십 년, 아니 수백 년 동안 지리산자락의 작은 마을 단초골은 어떤 이의 침략이나 방문도 허락하지 않았던 곳이었기에 단초골에서 피어오르는 원인 모를 검은 연기는 필시 불길한 징조가 아닐 수 없었다.
　2천여 년 동안 적들을 피해 안전한 그들만의 보금자리를 건설해 왔건만 범상치 않게 피어오르는 검은 연기는 누군가 서복 일족의 보금자리에 발을 들여놓았다는 것을 의미하는 것이었다. 수천 년 전 서복을 쫓던 숙적의 무리들은 그 후손들조차 모두 숨을 거두고 난 후일 터였다. 단순히 화전민을 공격하는 산적 떼들의 침입이라면 비교적 간단히 해결될 일이었지만 그것이 만약 진시황의 후손들이라도 되는 거라면 일은 복잡해 질 수밖에 없었다.

마을 어귀에 들어선 순간, 서복과 서복의 수하들은 턱 하고 숨이 막혀 버렸다. 단초골의 모든 집들과 밭은 이미 다 타 버려 검은 재로 변해 있었고 아직 불기가 가시지 않은 마을 중앙에는 단초골 주민들의 시체들이 겹겹이 싸여 그 참혹함은 이루 다 설명할 수 없는 지경이었다. 망연자실, 주위를 둘러보는 서복 일행에게 보이는 건 폐허뿐이었고 살아남아 그 현장을 증언해 줄 사람은 아무도 없었다. 더욱 심각한 사실은 폐허가 된 잔해 밑으로 단초골과 서복을 지탱해왔던 불로초가 단 한 뿌리도 남아 있지 않다는 것이었다. 분명 불로초를 노리고 난입한 적들의 공격임을 직시할 수 있는 상황.

"자청비!"

무엇이 생각났는지 서복은 거의 정신 줄을 놓아 버린 사람처럼 쌓여 있는 시체들 사이를 헤집고 다니다 어느 여인의 시체를 발견하곤 그 앞에 주저앉아 버렸다. 서복의 앞에 누워있는 주검은 바로 2천여 년 전 탐라를 떠나 서복을 따라 나섰던 여인 자청비였다.

"내, 그대의 오라비와 한 약속을 지켜주지 못했구료."

서복의 눈에서는 하염없이 눈물이 흘러 내렸다. 어느 누가 이토록 참혹한 만행을 저질렀는지 그와 근 2천여 년 동안 동고동락했던 여인의 생명마저 앗아간 이들에 대한 참을 수 없는 분노가 끓어올랐다. 서복은 다소 나이가 들어 보이긴 했지만 예전 그대로의 고운 자태를 유지하고 있었던 자청비의 얼굴을 쓰다듬어 보았다. 눈과 코, 입술 모두 그대로건만 그곳에 생명의 기운은 사라지고 없었다. 팔과 다리, 손을 차례로 만져보며 수천 년에 걸친 그의 사랑과 이별의 의식을 시행하고 있었다. 서복이 굳어가는 그녀의 손을 펼쳐 보자 그녀가 쥐고 있던 천 조각 하나가 그의 손에 느껴졌다. 그녀가 마지막까지 굳게 쥐고 있던 천 조각 하나. 무엇이 그리 소중한 것이기에 그녀는 죽는 순간까지 그것을 쥐고 있었던 겐가. 서복은 천 조각을 펴 보았다. 그 것은 단초골에서 흔히 접할 수 없는 옷고름 장식의 한 조각 이었다.

"촌장 어른, 살아 있는 아이가 있습니다."

옷고름 조각을 들고 있던 서복에게 그의 오른팔 격인 수하 공명이 손짓을 해 보였다. 겁에 질린 표정으로 시체 더미 사이로 어린 남자 아이 하나가 간신히 목숨을 건사한 듯 울어대기 시작했다. 풍산 일행의 칼끝에서 용케 살아남아 있는 유일한 생존자. 공명이 울음을 터뜨리던 아이를 진정시키며 서복의 앞으로 인도했다.

"어떤 자들의 소행인지 알 수 있겠느냐?"

공명의 물음에 아이는 도무지 알 수 없다는 표정으로 울먹이며 고개를 가로저을 뿐이다.

"그 사람들이 서복 어른을 찾았어요."

아이는 끔찍했던 기억을 떠올리며 서복에게 말했다.

"그래서? 나를 찾았는데 찾지 못하자 이 같은 일을 저질렀단 말이냐?"

또 다시 아이는 고개를 가로 저었다.

"훈장 어른이 서복이라고 하자 놈들이…."

아이는 참았던 울음보를 터뜨리고 말았다. 서복은 자청비의 손에 들려있던 옷고름 조각을 움켜쥐며 이를 악물었다. 누가 서복을 찾은 것이며 서복을 찾은 후에도 무자비하게 이 같은 일을 저질렀는지 알 수 없는 노릇이었다. 서복이 주위의 수하들을 돌아보며 소리쳤다.

"우리는 오늘의 참담하고 억울한 일을 잊지 말아야 한다. 그리고 반드시 우리 가족들의 원혼을 달래기 위해서라면 그것이 수십 년 아니 수백 년 걸리는 일일지라도 반드시 불로초를 되찾고 저들에게 합당한 응징을 해야 할 것이다."

서복은 하늘을 향해 비통한 울부짖음을 쏟아냈고 그의 수하들도 땅에 무릎을 꿇은 채 흐느끼며 하늘을 원망할 뿐이었다.

　서복이 자청비의 손에서 발견한 옷고름 조각에 새겨진 문양은 바로 배꽃 문양이었다. 가운데의 꽃술이 사방으로 펼쳐져 있고 그것을 둘러싼 다섯 개의 꽃잎이 조화를 이루는 배꽃 문양. 그것은 어렵지 않게 단초골을 엄습한 이들의 정체를 설명해 주고 있는 것이었다. 그런 배꽃 문양은 바로 조선 왕실을 상징하는 것이었고 숙종으로부터 친위대의 임무를 하명 받은 이들은 모두 옷고름 안쪽에 이와 같은 문양을 새겨 넣고 존엄한 조선 왕실을 비호하고 있는 자들임을 표방하고 있었다.

　2천여 년 전 끈질기게 서복 일행의 뒤를 쫓던 왜군 무사들의 소행인지, 아니면 중국 진나라의 법통을 재건하고자 음모를 꾸민다는 진시황제 가문의 비밀결사들인지 두 가지의 경우만을 놓고 고민하던 서복으로서는 생각지도 않았던 조선 왕실의 개입이라는 예상치 못한 변수와 마주하게 된 것이다.

　"대체 조선 왕실의 누가 이런 일을 모색했단 말이더냐."

　조선 왕실에서 자행한 일이라면 죽은 원혼들을 위한 응징과 불로초의 회수가 그리 녹록한 것이 될 수 없는 노릇이었다.

배꽃 문양의 정체를 알아 낸 직후 서복과 수하들은 한양으로 잠입하여 도성을 드나들며 조선 왕실의 동태와 불로초에 대한 소문의 수집에 열을 올렸다. 그러나 수개월이 지나도록 그들은 조선 왕실과 어떤 관료가 불로장생을 도와줄 불로초를 구했다거나 그러한 노력을 기울인다는 이야기는 들어볼 수 없었다. 조선 왕실에서 그것의 정체를 알고 가져간 것인지 아니면 왕실을 사칭한 무리들의 우연한 소행이었는지조차 좁혀내기가 쉽지 않아 보였다. 그렇게 지루한 소강상태가 지속되면서 도성 밖 한강 둔치 인근에 처소를 마련한 서복과 그의 부하들은 조선의 왕실이 개입된 이번 사건 역시 단시간 내에 해결될 수 없는 미궁으로 빠져가고 있음을 감지할 수 있었다.

숙종은 단초골에서 구해온 불로초 열 뿌리를 극비에 붙이고 그가 신임하는 전의감 대신 몇몇으로 하여금 관리하도록 하는 특명을 내렸다. 또한 불로초를 구하기 이전부터 궁내에서 '불로지'라 지칭히며 약초를 재배하던 구역에 불로문을 세우고 풍산을 비롯한 친위 무사들의 철통같은 경계를 지시하기에 이르렀다.

"지금부터 짐의 허락 없이 불로문을 넘는 자들은 모두 짐을 능멸하는 것으로 간주하여 극형에 처해질 것이다."

숙종과 대립각을 세우고 있던 사림의 관료들은 말도 안 되는 구역을 만들어 놓고 극형을 논하는 숙종을 보며 또 다른 구실을 만들어 관료들을 단죄하기 위한 숙종의 간교한 속임수로 간주해서인지 그 누구도 불로문을 넘거나 불로지에 대한 관심을 가지려 하지 않았다. 궐 밖의 사람들에게 이런 불로지와 불로문의 존재가 알려지지 않았던 것 또한 물론이었다. 덕분에 숙종은 전의감 대신들과 함께 약재 연구를 구실로 불로초를 다른 약초와 함께 불로지에 심어놓고 다량의 재배가 가능한 수준까지 불로초에 대한 연구를 끌어 올릴 수 있었다. 더불어 불로초의 복용으로 기력이 왕성해진 숙종은 전제 왕권의 강화에 더욱 박차를 가할 수 있기도 했다. 그러나 불로초의 대량 재배와 유지가 가능해진 시점부터 숙종에게는 또 하나의 근심이 자리를 잡아가고 있었다. 숙종이 불로초로 무병장수를 누리며 강력한 왕권을 휘두르며 태평성대를 구가할 수 있는 것은 단 하나, 그것의 보안이 철저하게 유지될 수 있다는 전제 하에서만 가능한 것이었다. 만약 왕실 내에서 숙종만의 비책인 불로초가 공공연히 거론되고 외척들과 당쟁의 중심이 되는 사림 세력의 거두들마저 불로초를 복용하기 시작한다면 여간 곤란한 일이 아닐 수 없는 노릇이었다. 나아가 조선을 둘러싼 중국과 일본의 외세에까지 이러한 사실이 알려진다면 숙종이 계획한 조선 왕실의 강화와 보전은 오히려 더 큰 위험에 빠질 수밖에 없는 일이다.

불로지의 출입을 물리적으로는 막는다고 해서 불로초의 실체가 언제까지고 감추어질 수 있으리라 믿는 건 불가능에 가까운 일이었다. 불로초를 구하기 전에는 불로장생의 불로초를 구하기만을 바랐었는데 작금에 와서는 그 불로초의 통제와 관리로 인해 노심초사할 수밖에 없는 심정. 모든 권력과 재물의 속성도 그러하듯 숙종이 손에 넣은 불로초도 예외가 될 수 없었다.

휘영청 달빛이 밝게 비추는 멋스러운 정자 태극정에 앉아 숙종은 시름에 젖은 술잔을 기울이고 있었다. 한 나라의 임금이란 겉으로는 가장 화려하게 보이겠지만 어찌 보면 이 세상에서 가장 외롭고 고독한 사람일는지 모른다. 달빛을 가르며 전의감의 대신 허상석이 태극정을 향해 다가왔다.

"전하, 소인 전의감 판사 허상석, 대령했사옵니다."

"짐이 그대와 논의할 것이 있어 은밀하게 보자 한 것이오."

전의감은 왕실과 그의 일족들을 진료하고 임금이 하사하는 의약, 약재를 종식하는 기관이다. 판사 허상석은 왕명에 의해 불로초를 구하는 단초골에도 대동했을 뿐 아니라 불로지에서 불로초를 재배하는 일을 도맡아 하는 숙종의 심복이기도 했다.

허상석을 좌정시킨 숙종은 주위에 둘러선 친위 무사들을 거두고 독대를 시작했다. 단연, 화두는 최근 대량 재배와 번식이 가능하도록 연구가 끝난 '불로초'였다. 잘 쓰면 약이요, 잘못 쓰면 독이 될 불로초를 어떤 방식으로 보관하고 세상의 이목으로부터 격리시킬 것인지에 대한 논의가 중심이었다. 이의 방안에 대해 이미 여러 달 전부터 숙종으로부터 직접 하명을 받은 허상석이었지만 그 역시 그에 대한 뾰족한 해답을 찾기란 쉽지 않은 것이었다.

"전하, 송구스럽사오나 소인 허상석, 여러 방도를 고민해 보았습니다만 완전무결한 해결책을 찾지는 못하였습니다. 궐 밖으로 가지고 나가 은밀한 장소에서의 재배도 생각해 보았으나 오히려 궁 내부보다 안전할 것 같지는 않사옵고 다량으로 재배하여 땅 속 저장고에 묻어 두고 더 이상의 종자는 남겨두지 않는 것도 생각해 보았사오나 저장고의 위치도 문제가 될 뿐 아니라 훗날 재고가 소진되었을 경우를 생각할 때 참담한 일이 아닐 수 없기에 그것만도 불가한 일이라 이러지도 저러지도 못하는 처지에 빠지고 말았나이다."

아무리 숙종의 신임을 받는 허상석이라 할지라도 숙종의 고민을 단번에 해결해 내지 못함에 안타까움과 더불어 예상되는 숙종의 노여움에 대한 두려움이 엄습해 오고 있었다.

"흠. 내 그럴 줄 짐작은 하고 있었다네."

"송구하옵니다. 전하."

허상석의 대답은 침울하고 암담해 보이기까지 했다.

"그래서 내가 한 가지 생각해 둔 비책이 있네만, 가능한지의 여부는 또한 자네 손에 달려 있는 것 같네."

비책. 뜻밖의 제의에 허상석은 어리둥절한 표정을 지었다.

"하명하여 주시옵소서."

숙종은 며칠 동안 밤잠을 설치며 생각해 왔던 그가 비책이라 지칭했던 바들을 허상석에게 쏟아 놓기 시작했다.

그로부터 6년 후. 숙종의 우려와 같이 절대 왕권 노선을 견제하려는 외척들과 관료들은 대비전과 취선당의 나인들까지 동원하여 궐내에서 소문이 무성해져 가던 숙종의 불로초에 대한 실체를 파악하고자 혈안이 되기에 이르렀다. 몇 해 동안 늙지도 노쇠해 지지도 않으며 왕성한 치정 활동을 하는 숙종을 바라보며 그의 허점을 노리고 있던 무리들은 그가 무언가 신비한 약초의 효능을 빌리고 있다는 것을 직간접적으로 감지할 수 있었기 때문이기도 했다. 서인과 남인 세력의 대표들은 절대적인 왕권을 휘두르며 환국과 사림에 대한 탄압을 일삼는 숙종에 대응하기 위해 서로 연합하여 숙종의 비밀을 풀어보고자 약조를 하기도 했다.

그렇게 숙종의 정적들이 불로지와 그곳에서 자라고 있는 약초의 효능에 대한 관심을 좁혀 가고 있던 어느 날. 숙종과 숙종의 친위대는 돌연 불로초의 재배지였던 불로지를 없애 버린다는 공고를 냈다. 그간 몇 년 동안 불로지의 공개를 추진하며 숙종을 옥죄었던 자들은 눈앞에서 불로지의 실체를 파헤칠 수 있는 기회를 놓쳐 버렸고 다시 한 번 숙종에게 선수를 빼앗겨 버리고 만 것이다. 닭 쫓던 개가 지붕을 쳐다보는 격으로 불로지의 폐기와 함께 의구심만 쏟아 내던 불로문 안에서 벌어지던 비밀들은 하루아침에 증발해 버리고 말았다.

불로초의 재배가 어려워져 단종이 되어 버린 것인지, 아니면 허상석의 제의처럼 충분한 양의 불로초가 재배되어 은밀한 곳으로 보관처를 옮기고 그 근거지를 없애 버린 것인지는 그 누구도 알 수 없었다. 불로지를 관리하던 전의감의 허상석도 그 이듬해 왕실의 비밀을 간직한 채 갑작스런 폐병으로 숨을 거두었고 허상석이 도맡아 연구했던 불로초의 비밀은 그렇게 역사 속으로 사라지는 듯 보였다.

숙종 임금이 궁내에서 불로초를 재배하려다 실패하고 그 밭을 갈아엎었다는 소문은 곧 궐 밖으로도 퍼져 나갔다.

이 소식은 곧 성 내에서 궐 안의 동태를 예의 주시하던 서복의 부하들에게도 전해졌고 성곽을 빠져 나온 이들은 하나 둘 서복의 안가로 모여들었다.

"임금이 궐내 불로지를 없애버리고 그 땅 위에 길을 내버렸다고들 합니다."

한 수하의 보고에 체념 어린 탄성들이 여기저기서 쏟아져 나왔다.

"그렇다면 불로초 번식에 실패하고 그 씨마저 말라 버렸다는 말 아닙니까? 공연히 그것을 가져다 씨를 말려버리다니 숙종이란 임금은 어리석기 짝이 없는 자 같습니다."

공명의 울분 섞인 탄식 또한 허공을 향해 뿜어졌다.

"글쎄, 나는 그렇게 생각하지 않는다."

서복의 좌우로 도열해 앉아 있던 수하들의 시선이 서복의 입을 향해 모아졌다.

"내 7년여 동안 한양에 와 조선 임금이 벌이는 일들과 그의 국정에 대한 해법들을 들여다 본 결과, 그가 보통 임금이 아니란 사실을 알 수 있었다."

"하오면?"

조급한 공명의 재촉이 이어졌다.

"왕실에서 임금이 불로초를 재배하고 있다는 소문이 파다해진 지금, 그대로 불로지를 놔두리 만큼 어리석은 사람은 아니라는 말이다. 분명 임금의 안위를 도모하기 위해 불로초에 대한 관심을 끊어버리려 벌인 하나의 속임수에 불과할 것이다. 불로초가 세상에 보이지 않더라도 인간의 욕망이 사라지지 않는 이상 그것은 절대 없어지지도 없어질수도 없다는 것을 명심해야 한다.”

“사람들에게 알려질 것을 눈치 채고 조치를 취했단 말씀입니까? 하오면 불로초의 행방은 어떻게 된 것으로 판단하시옵니까?”

서복의 지혜를 믿고 있는 공명이었지만 그의 우문은 계속 이어졌다.

“예상은 하고 있었지만 생각보다 그의 술책이 빨랐던 것뿐이다. 여기 모인 모두는 살아도 산 것이 아니오 죽어도 죽는 것이 아니다. 오직 우리 일족들의 원통한 죽음을 되갚고자 살아 있는 것이니 결코 섣부른 포기에 굴복해서는 안될 것이다.”

“어떻게 해야 할 것인지 분부만 내려 주십시오. 한 목숨 바쳐 왕실을 치러 가자 하시면 그리 하겠습니다.”

공명 옆에 앉아 있던 우직한 근육의 다른 수하 하나가 공명의 뒤를 이어 하명을 물어왔다.

“지금은 때가 아니다. 의욕만 앞세워 부질없이 도전함은 곧 우리의 희생마저 재촉할 뿐이니.”

"그럼 이대로 지키고 앉아 불로초가 세상 밖으로 나올 날만을 기다리자는 말씀입니까?"

고개를 가로 저으며 서복이 비장한 눈빛으로 다시 입을 열었다.

"수십 아니 수백 년이 걸리더라도 빼앗긴 것은 다시 찾아와야겠지. 그래야 먼저 간 우리 일족들의 원혼을 달랠 수 있을 뿐 아니라 우리가 열망하는 제국을 세울 수 있으니. 불로초는 본디 세상에 그 모습을 쉽게 드러내는 물건이 아니다."

서복이 뱀처럼 구부러진 손잡이에 용머리 장식이 되어 있는 자신의 검을 양손으로 받쳐 들며 결연하게 소리쳤다.

"자, 모두들 칼을 들어라."

서복의 의중을 알아차린 듯 양 옆으로 도열해 있던 수하들도 모두 자신의 검을 머리 위로 들어 올려 하늘을 쳐다보았다.

"우리의 염원이 하늘에 닿도록 천지신명께 맹세하며 이제부터 우리는 도성에 들어가 불로초를 찾는 그날까지 각자의 영역에서 최고가 되어 불로초에 근접한 자리에 설 수 있도록 앞날을 도모하여야 한다. 오늘 부로 우리는 모두들 흩어져 어떠한 적들에게도 노출되지 않도록 하여야 하며 하나의 이름 아래 은밀히 움직이는 비밀 결사가 되어야 한다."

'하나의 이름 아래?'

수하 중 하나가 나지막이 중얼거렸다.

"나는 우리 조직의 뜻을 이룰 때까지 그 비밀 결사의 이름을 '천수당'이라 칭하려 한다."

서복이 말을 마치자 부하들이 입을 모아 하나의 소리로 외치기 시작했다.

"천. 수. 당!"

6. 불로문

창덕궁 애련지 연못가에 앉아 구명한은 시형에게 조선
시대 가장 강력한 왕권을 지녔던 숙종에 대한 이야기를 늘
어놓고 있었다.

"숙종의 변덕으로 치부되기도 하는 인현왕후와 장희빈
의 일화는 사실 당파 간 정쟁을 교묘히 이용하려던 숙종의
환국정치라는 치정의 수단이었지. 그러한 견제와 균형을
통해 숙종은 그 누구보다도 가장 강력한 왕권을 지닐 수 있
었던 게야."

"그런데 왜 그런 말씀을 오늘 이 자리에서 제게 해 주
시는 겁니까?"

시형은 영란으로부터 전갈을 들었을 때부터 왜 구명한
이 자신을 이곳 창덕궁 앞에서 보자고 불렀는지 의아해 하

지 않을 수 없었다. 그런데 정작 자신을 불러다 놓고 알 수 없는 조선왕조와 숙종에 대한 이야기들만 늘어놓는 구명한을 보니 더욱 알 수 없는 노릇이기도 했다.

"당파간의 갈등 관계를 이용해 그런 절대적인 왕권을 갖게 된 숙종 임금 본인은 아마도 본인 사후 불어 닥칠 당파간의 정쟁과 왕실의 혼란에 대한 걱정과 고민 또한 깊고 깊었을 테지."

시형의 질문에는 아랑곳 하지 않고 구명한은 다시 숙종의 이야기를 이어가고 있었다.

"그 말씀은 알겠습니다. 가장 강력한 왕권을 지녔던 왕과 당파 간 싸움. 그런데 그런 숙종 임금이 저와 어떤 관계라도 있다는 말씀이신가요?"

"젊은 사람이 성급하기도 하구먼."

시형의 재촉에 구명한은 큰소리로 껄껄 웃으며 시형을 바라봤다.

"자네가 가져온 그 '동궁궐지'라는 서책이 바로 조선 숙종 재임기간에 숙종에 의해 만들어졌기 때문이라네. 자네, 저쪽을 한번 보겠나?"

구명한이 자신의 몸을 의지하고 있던 지팡이를 들어 애련지의 옆 마당에 둘러쳐진 담장을 가리켰다. 시형이 지팡이의 끝이 가리키는 곳으로 시선을 옮기자 그곳엔 특이하게 생긴 작은 문 하나가 놓여 있는 것이 보였다. 그 문은 기다랗게 이어진 담장의 연결을 중간에서 끊어 버린 채 생뚱맞은 위치에 놓여 있는 것은 물론이거니와 다른 궁 안의 문들과 달리 지붕도 없이 아무런 장식과 이음새도 없는 커다란 하나의 통 돌을 깎아 만든 석조물이었다. '∩'자 모양으로 돌을 깎아 땅에 꽂아 놓은 듯한 괴상한 형상을 하고 있었다. 시형은 그 석조물을 향해 다가가서는 천천히 그것을 관찰하기 시작했다. 가까이 보니 역시 여느 집 한옥에서는 볼 수 없었던 단순하면서도 기괴한 생김새를 하고 있었고 그 상단에는 암각 문자로 누군가가 새겨 넣은 '不老門' (불로문) 이라는 글자가 선명하게 보였다.

"이것이 무엇입니까? 불로문?"

"바로 읽었네. 이것이 바로 불로문이지. 숙종 때 만들어진 불로문."

"그렇군요. 숙종 때 만들어진 불로문이라는 건 잘 알겠습니다만 계속해서 숙종에 대한 이야기만 하시는 이유가 무엇인지는 도무지 알지 못하겠습니다."

"자네가 가져온 이 책 동궁궐지가 숙종 때의 다른 사서와 다른 점이 있다면 바로 이 불로문에 대한 언급이 유독 많이 보인다는 것일세. 그리고 그것이 바로 다른 물건들과도 연관이 있는 이유이기도 하고."

　김이 모락모락 오르는 종로 시장 통의 만두가게 앞에서 가게 주인 덕수가 만두 찜 솥의 불 조절을 하느라 땀을 뻘뻘 흘리고 있었다. 누군가의 그림자가 그의 앞에 우뚝 멈춰 섰지만 불 조절에 열중한 덕수는 그의 인기척조차 느낄 수 없었다.

　"그 동안 잘 있었나?"

　고개를 돌려 인사를 건네는 그림자 주인공의 얼굴을 바라보았지만 역광으로 눈이 부셔 금방 알아보지는 못했다. 자리에서 일어나 바라보니 바로 그는 강인국이었다. 겐조 일당에게 잡혀 있다 다른 천수당원들의 도움으로 탈출한 강인국. 덕수는 강인국을 알아보자 반가움과 불안함이 반반씩 교차하는 얼굴로 주위를 둘러보며 그를 안채로 인도

했다. 안채의 다다미 방에 마주 앉은 강인국은 자신이 학생에게 부탁한 물건이 제대로 전달되었는지부터 다급하게 물어왔다.

"저, 그게 말이여…."

머뭇머뭇 거리던 덕수는 차마 말을 꺼내지 못했다.

"혹시 그 학생이 물건을 가지고 오지 않은 거야?"

"머시냐… 그 학상이 자네가 전해 준 물건을 가져오기야 했지. 그런데 지금 그건 여기 없구먼. 아마 불태워 없어졌지 싶은디."

여러 동료의 목숨과 희생을 담보로 확보한 물건이 없어졌을 것이라는 말에 강인국은 부아가 치밀어 오름을 느낄 수 있었다.

"그게 무슨 말이야? 어디 속 시원히 이야기 좀 해 봐."

강인국의 위협에 덕수는 시형이라는 학생이 물건을 갖고 찾아오긴 했지만 천수당의 중간 보스 격인 김인환이 그 물건을 학생 편에 돌려보낸 일들을 늘어놓기 시작했다.

"그랑께 김인한 선상이 그러셨구먼. 요번 작전은 안타깝게 실패라구. 실패. 뭐 별 소용도 없는 물건을 우리들 중 누군가가 소지하고 있다간 도리어 큰 화를 입을까 두려우셨던 게 아니것어? 옛말에 사필귀정이라는 말도 있는디 지나간 일은 그만 잊어버리는 게 좋겠구먼."

어울리지도 않는 사자 성어까지 섞어 쓰며 덕수는 강인국의 마음을 잠재우려 애쓸 뿐이었다.

"뭐 보자 허니 그 학상도 어느 정도 생각은 있는 학상 같으니 거시기 뭐냐, 괜한 걱정은 안 해도 될 거 같구만. 암 그럼…."

"그 학생을 만나봐야겠군. 그 물건들 속에는 분명 우리가 알지 못했던 어떤 의미가 있을 거야. 자세히 알아보지도 못하고 애써 구한 자료들을 그냥 소각해 버린다면 우리에겐 너무나 큰 손실이 아닐 수 없다고."

단호하게 이야기하는 강인국의 말에 덕수는 의기소침해진 듯 난감한 표정을 지어보일 뿐이었다.

강인국은 황급하게 만두가게를 나와 북적거리는 시장 골목의 사람들을 헤치며 어디론가 빠른 걸음을 재촉하며 사라졌다. 그런데 그런 그의 모습을 골목 어귀에서부터 지켜보던 수상한 사람 두 명이 있었다. 두 명 모두 짧은 머리 위에 중절모를 눌러쓰고 애써 태연한 척 서로 잡담을 나누는 것처럼 보였지만 강인국이 만두가게를 빠져 나오자 서서히 그의 뒤를 밟기 시작했다. 그들은 겐조가 강인국의 탈옥을 방조한 이후부터 강인국의 뒤를 쫓아 온 730부대의 요원들이었다.

한편 겐조의 사무실에서는 겐조가 부대 내 연구원들을

모아놓고 일본 본토에서 급송된 서류 뭉치들을 살펴보고 있었다. 연구원 중 하나가 커다란 두루마리 형태로 배송된 족자 하나를 펼쳐 보이자 그곳에는 시형이 가지고 있던 두루마리에 새겨진 것과 같은 모양의 탁본이 새겨져 있었다. 크기가 조금 다른 것이긴 했지만 정확히 시형의 그것과 일치하는 모양이었다. 탁본을 떠낸 듯 먹물이 번져 있는 두루마리 속의 문양을 이리 저리 돌려보는 겐조와 730부대 연구원들의 시선들이 사뭇 진지해 보였다.

"이 글씨는 제주 정방폭포에서 탁본을 뜬 서불과차(徐市過此)가 맞습니다."

연구원 중 한 명이 입을 열었다. 겐조로서는 전혀 알아볼 수 없는 원시 시대의 상형 문자 같아 보였지만 그것은 정녕 2천여 년 전 서복이 제주를 떠나며 정방 폭포 한쪽에 새겨 넣었다는 그 문구, '서복이 이곳을 지나간다'는 서불과차였다. 오랜 시간 동안 벽에 새겨져 있던 글씨의 중간중간이 다소 퇴화되긴 했지만 오랫동안 그것의 행방을 찾아 연구해 온 730부대 연구원들은 용케도 그것을 식별해 내고 있었다.

"이것이 단서가 될 수 있다는 말인가?"

"그들은 그 후에도 여러 곳에 흔적을 남겼던 것으로 보입니다."

연구원의 이야기를 듣던 겐조가 이시하라와 다른 부하들을 불러 지시를 내렸다.

"즉시 이것을 복사하여 조선 전국 각 도의 지부에 내려보내 이와 유사한 문양이 발견되는 지역이나 이런 서체의 글씨를 알고 있는 자들은 모조리 찾아내도록 해라."

"네! 알겠습니다!"

부하들의 복창 소리가 우렁차게 들려왔다.

"그리고 조선 역사 편찬소와 자문위원들에게도 한 부씩 보내 이것이 뜻하는바와 발견지에 대한 고증을 받아오도록!"

부하들이 하명을 받고 분주하게 흩어지자 겐조는 의미심장한 미소를 지으며 다시 중얼거리기 시작했다.

"그렇다면 이제 서책만 다시 손에 넣으면 한결 수월해질 수 있겠군."

오른쪽 볼에 깊게 패인 오래된 칼자국의 상흔 위로 겐조의 눈빛이 반짝거렸다.

구명한의 화두에 따라 불로문 앞으로 다가 선 시형은 여전히 불로문의 형태가 마냥 신기하기만 한 듯 불로문을 어루만지며 관찰하고 있었다.

"참 이상하면서도 신비로운 일이군요. 이 문에서는 이음새라고는 전혀 찾아 볼 수가 없습니다. 궁내의 다른 문들과는 태생부터가 다른 것 같은데요?"

불로문의 모서리와 ㄱ자로 꺾인 부분들을 어루만지며 시형이 말했다.

"다른 문들과 다른 점이 어디 이음새뿐이겠는가?"

"그리고 이 글자 '불로문'. 글씨체 역시 꽤 특이하군요. 여염집도 아니고 임금이 살았던 궁내에 이런 문이 있었다니 정말 수수께끼 같은 일이 아닐 수 없는데요?"

"항간에 알려진 이야기로는 이 문 자체가 단순히 장수를 기원하는 왕실의 유머에서 빚어진 것이라고도 하지. '불로문'이라는 글귀를 새겨 넣고 왕실의 일족들이 드나들며 불로장생을 기원했다나. 허나 정말 수수께끼 같은 것은 그 문 안쪽에 놓여 있다네."

시형의 연이은 탄성과 달리 구명한이 심드렁한 표정으

로 말을 받았다.

구명한의 이야기에 시형이 문의 안쪽을 들여다보았다. 그러나 문의 안쪽에는 휑한 마당과 길이 놓여 있을 뿐 별다르게 눈 여겨 볼만한 것은 아무것도 없었다.

"그 말도 일리가 있겠군요. 옛날 사람들은 수명이 짧았다고 하지 않습니까? 특히 왕족들은요. 그래서 이런 문을 만들어 놓고 드나들며 무병장수를 기원했던 거 아닐까요?"

"그러기엔 그 문이 너무 작다고 생각되지는 않나?"

시형의 발상을 비웃기라도 하듯 자조적인 웃음을 띠며 구명한이 반문했다.

가만히 보니 정말 왕족들이 드나들었다고 하기엔 그 높이와 폭이 좁고 무엇보다 지나치게 단조롭다는 생각이 들었다. 왕실의 무병장수를 기원하는 문을 기왕 만들라치면 보다 화려하고 멋스럽게 만드는 것이 일반의 이치 아니겠는가. 조선에는 당시 내로라하는 석공들이 즐비했을 터이고 궁내의 다른 조형물과 건물들은 최대한 화려하게 만들어 왕실의 존엄함을 내비치고자 했으면서 이처럼 아무런 장식도 없이 얇은 두께의 밋밋한 돌문을 만들었다는 것이 의아하지 않을 수 없었다. 게다가 이 둔탁하고 괴기스런 돌문이 궁의 담장 중간에 놓여 있는 것, 그리고 문의 앞뒤엔 그야말로 황량한 길과 공터만이 있을 뿐 무병장수 기원과 관련된 건물이나 조형물이 없다는 것 역시 이 문에 대한 의문을 쏟아지게 하는 요인 중 하나였다. 진실로 왕명에 의해 왕의 무병장수를 깊이 기원하는 것이라면 당대 왕이 직접 쓴 현판이 문 위에 걸리는 것은 기본이요, 이보다는 더 크고 웅장하게 만들었을 것이다. 왕실의 일족들은 높은 관을 쓰고 폭이 넓은 왕실의 의복을 입고 다녔다고 알고 있는바 허리를 숙이지 않는 것으로 알려진 왕과 그의 일족들이 이같이 불편한 문을 드나들었다는 것 자체가 언뜻 이해가 되지 않는 부분이기도 했다.

시형이 머리를 싸매고 있는 사이 약간 떨어진 곳에서 순시병 두 명이 순시를 돌다 말고 구명한과 시형을 바라보며 감시와 의혹의 눈길을 던지고 있었다.

"여기서는 이 정도로 하고 보다 자세한 이야기는 이만 돌아가서 저녁에 다시 만나 하도록 하세. 집에서 보여줄 것도 있고. 오래 간만에 집 밖을 나섰더니 몹시 피곤하기도 하구먼."

순시병들을 의식한 듯 구명한이 지팡이를 짚으며 일어섰다.

구명한은 시형의 진지하고 학구적인 반응에 내심 만족했다는 듯 흐뭇한 미소를 띠며 프란다스를 앞세우고 돈화문을 향해 걸어 나갔다.

"내 직감으로는 앞으로 자네가 이곳에 아주 관심이 많아질 것 같네. 이것을 자네에게 빌려줄 테니 이곳에 들어오고 싶을 때는 언제고 마음 놓고 들려보게나."

구명한은 허리춤에서 총독부 사료 연구원에서 발행한 출입 허가증을 꺼내 시형에게 건넸다.

그 날 저녁.

수수께끼 같은 과제를 안은 채 하숙집으로 돌아온 후 시형은 아무 일도 손에 잡히지 않았다. 잠시 동안 해답을 생각해 보라는 구명한의 주문이 있었지만 시형의 궁금증은 시형으로 하여금 어서 빨리 구명한의 집으로 달려가 정답을 얻고자 하는 열망으로 들끓게 했다. 괴이하게 생긴 불로문과 시형이 가져왔던 물건들과 어떤 연관성이 있다는 것인지 몹시 궁금하지 않을 수 없었다. 약속된 시간이 다가오자 시형은 다시 하숙집을 나섰다. 시형이 궁금증을 견뎌내기에 반나절은 결코 짧은 시간이 아니었다. 시형이 불을 끄고 하숙집의 문을 나서 골목을 빠져 나가려는 순간 골목 어귀의 어둠 속에서 낯익은 목소리 하나가 날아들었다.

"박시형 군!"

시형이 소리 나는 쪽을 향해 바라보자 시형이 알아볼 수 있도록 밝은 곳으로 걸어 나오는 이는 지난날 시형으로 하여금 혼란의 소용돌이 속에 빠지게 만들었던 장본인, 강인국이었다. 일본 경찰에게 끌려가 처형된 것으로만 알고 있던 강인국이 이 야밤에 멀쩡한 모습으로 시형의 앞에 서 있다는 것만으로도 시형에게는 놀라운 일이 아닐 수 없었다. 한편으로는 그를 다시 만나 다행이라는 생각도 들었다. 처음부터 강인국이 그리 나쁜 사람은 아니라는 것도 알고 있었지만 그로부터 받은 물건으로 인해 수수께끼 같은 과제에 휩쓸린 시형으로서는 과제를 함께 풀어나갈 동지를 만난 것 같아 그 자체로 반가운 일이기도 했다.

물건의 행방에 대해 묻는 강인국에게 시형은 그간의 이야기와 그 물건의 실체를 밝혀줄 인물인 구명한에 대한 이야기도 해 주었다. 역시 예상대로 강인국은 천수당의 다른 사람들과 달리 그 물건에 숨겨진 의미가 있을 것이라 믿고 있었고 역사학자인 노인 구명한에 대해서도 강한 호기심을 나타냈다. 시형은 강인국과 함께라면 구명한이 내준 과제와 물건의 실체에 대한 규명이 어느 정도 가능하리란 생각이 들었다.

"자네가 서책과 탁본을 시형 군에게 주었던 사람인가?"
구명한의 집에 당도하여 구명한에게 강인국을 소개하자 곧바로 구명한의 질문이 이어졌다.

"방금 탁본이라고 말씀하셨습니까? 그것이 탁본이었군요. 그리고 서책이라면 그 안에는 무슨 내용이 적힌 것이었습니까?"

강인국이 구명한을 압박하듯 다가서며 물었다.

"허허, 이 사람. 시형 군만큼이나 성격이 급하기도 하구만. 난 자네가 누군지 자네의 정체도 모르는데 어찌 그리 서두르는가? 무언가 알고 싶어 나를 찾아온 거 같은데 그렇다면 더더욱 예의가 아니지."

구명한의 타박이 이어졌지만 서로의 정체를 모르는 건 강인국 입장에서도 마찬가지였다. 더욱이 총독부 밑에서 일하는 노인을 믿을 수 있을지를 판단하는 것은 그에게 있어 첫 만남에 판단 지을 수 없는 일이기도 했다. 강인국이 말하기를 주저하는 가운데 그런 강인국을 발견한 시형이 눈을 마주치며 고개를 끄덕이자 강인국에게도 작은 용기가 생겼는지 망설임 끝에 말을 꺼냈다.

"저는 만주와 조선에서 독립 운동을 하고 있는 천수당이라는 조직의 일원입니다."

"천수당이라… 처음 듣는 이름인 걸? 그 조직을 운영하는 최고 책임자의 함자는 어떻게 되는가?"

"죄송합니다. 그건 말씀드릴 수가 없습니다. 아니 정확히 말씀 드리자면 저도 조직의 최고 책임자가 누구인지 알지 못합니다. 다만 조국의 독립과 번영을 위해 뜻을 모으고 헌신하는 조직이라는 것만 알아주셨으면 합니다. 그 동안 많은 일을 벌이기도 했었고요."

"조직의 안전을 위해 보안을 철저히 한다 이거구먼. 천수당이라는 조직이 이런 일에 관심을 갖는다는 걸 보면 필시 범상한 독립 운동 단체는 아닌 듯싶네만."

시형과 구명한, 강인국이 구명한의 집에서 이야기를 나누기 시작하는 시간, 730부대의 상황실은 비상이 걸린 듯 분주해지기 시작했다.

"강인국의 움직임이 포착됐습니다. 구명한이라는 원로 역사학자의 집에 잠입했다는 보고입니다."

이시하라의 다급한 보고에 월척을 낚았다는 듯 회심의 미소를 짓는 겐조의 표정은 한결 여유로워 보였다.

"그래? 역사학자라… 이거 의외로 일이 한꺼번에 술술 풀리겠는걸. 그럼 어디 역사적인 현장으로 행차를 나가 보실까."

외투를 걸친 겐조가 서랍에서 가죽 뭉치를 꺼내 책상 위에 펼쳐 놓았다. 그곳엔 겐조의 짧은 단도 십여 개가 나란히 꽂혀 있었고 단도들을 능숙하게 뽑아낸 겐조는 양 팔의 소매와 가슴 쪽 주머니, 정강이 등에 있는 주머니에 하나씩 꽂아 넣으며 장착을 하고 있었다. 번뜩이는 단도의 칼 끝 만큼이나 겐조의 표정이 날카롭게 빛났다. 쌀쌀해진 저녁 공기에 외투의 깃을 어루만지며 밖으로 나온 겐조는 이미 준비하고 있던 차에 올라 수십 명의 군인들이 탑승한 군용 트럭과 함께 구명한의 집으로 이동하기 시작했다.

어줍지 않은 통성명이 끝나고 난 후 구명한, 강인국, 시형은 책상 위에 놓인 서책 '동궁궐지'를 사이에 두고 둘러 앉아 있었다.

조명이라고는 선반 위와 책상 위에 하나씩 놓인 호롱불이 전부인 구명한의 서재는 마치 어두운 동굴 속을 연상시키는 분위기이기도 했다.

"자, 이것이 자네가 건네 줬던 '동궁궐지'라는 서책일세. 조선 숙종 때 편찬한 것으로 이미 널리 알려진 '궁궐지'라는 책의 부록과 같은 셈이라고나 할까?"

"궁궐지의 부록이라는 말씀입니까?"

강력한 왕권을 지닌 숙종, 그 숙종이 펴낸 '동궁궐지'. 시형은 그제야 왜 구명한이 숙종을 화두로 이야기를 시작했는지 조금은 짐작할 수 있었다.

"원전에서 다루지 못한 상세한 사항이나 또는 공표되지 말아야 할 은밀한 내용들을 따로 모아 편찬해 둔 일종의 비서(秘書)라고 할 수 있지.”

서책의 표지를 향해 모두의 시선이 모아졌다.

“아직 다 해석을 하지는 못했네만 이 서책은 창덕궁 그 중에서도 애련지라는 연못과 그곳의 정자인 애련정 주변의 조성 경로와 상세한 설명들을 왕명에 의해 기술하고 있다는 점이 특징이라고 할 수 있네.”

“그렇다면 거기에 그 동안 알려지지 않았던 어떤 은밀한 내용이라도 있다는 말씀이십니까?”

조급함을 견디지 못한 강인국이 물어왔다.

“자, 이걸 한번 보겠나?”

구명한이 서랍에서 다른 고서 한 권을 꺼내 강인국과 시형의 앞에 펼쳐 보였다. 그것은 ‘동궁궐지’가 쓰이기 전 역시 숙종의 명에 의해 기술되었다는 ‘궁궐지’의 필사본으로 구명한이 펼쳐 놓은 페이지에는 창덕궁 일대의 그림 지도 한 장이 그려져 있었다. 그것은 창덕궁의 건물과 조경을 세세하게 그리고 설명해 놓은 말 그대로 궁궐도였다.

　"기존에 알려진 여기 '궁궐도'와 비교해 보면 알 수 있겠네만 숙종이 애련지와 애련정을 만들기 이전에 그 옆으로 불로문과 함께 불로지라는 연못인지 밭인지 모를 일련의 공간이 있었다는 것이네."

　구명한이 가리키는 그림을 들여다보니 정말 그곳에는 불로문과 함께 불로문의 안쪽에 불로지라는 지명이 선명하게 쓰여 있는 것이 보였다.

　"그러던 것이 숙종 18년. 그 옆에 애련지와 애련정을 만들면서 돌연 불로지라는 지명과 표기는 자취를 감추어버렸고 오로지 불로문만 덩그러니 남아있게 되었다는 말이지."

　"교수님과 함께 창덕궁에서 봤던 그 불로문 말이군요."

시형은 구명한이 왜 불로문으로 자신을 데려 갔었는지 의문이 풀려가고 있었다.

"그렇지. 바로 그 불로문 말일세."

"그럼 불로지라는 곳은 어떤 곳이었을까요?"

강인국이 시형에 이어 질문을 던졌다.

"좋은 질문이네. 그 해답의 실마리를 바로 자네들이 가져온 걸세."

구명한의 이야기에 강인국와 시형은 어리둥절한 표정으로 서로를 쳐다볼 뿐 말을 잇지 못하고 있었다.

"기존에 알려진 고서 '궁궐지'에는 방대한 궁궐 내부의 구조와 그에 대한 설명들이 주를 이루었지만 실상 이곳 불로지와 불로문에 대해서는 자세한 유래나 설명 같은 것이 표기되어 있지 않아 후대의 사람들이 연구하는 데에 애를 먹게 했지. 그러나."

'그러나'라는 말과 함께 구명한은 호기심이 발동한 강인국과 시형을 자극하기라도 하듯 긴 호흡을 내뿜으며 뜸을 들였다.

"자네들이 가져온 이 서책 '동궁궐지'에는 그런 불로지와 불로문을 만들게 된 배경과 관리에 대한 기록들이 비교적 상세히 기술되고 있다는 것일세."

구명한이 이번에는 '동궁궐지'를 펼쳐 보았다.

"이번에는 여기를 한번 보겠나?"

'동궁궐지'에도 궁궐지에서와 마찬가지로 역시 창덕궁의 내부 배치가 비교적 정밀하게 그려져 있었고 구명한이 지목한 자리에는 불로문과 불로지의 표기가 남아 있었다.

"이것은 불로지와 불로문의 그림일세. 그리고 '궁궐지'와 다른 점이 있다면 이 뒤쪽으로 그에 대한 설명이 상세히 기록되어 있다는 것이지."

구명한은 불로지와 불로문이 따로 그려진 페이지와 그 뒤의 페이지들을 차례로 보여주며 말을 이었다.

"적혀있는 한자가 고문들이라 저희들로선 봐도 모를 것 같습니다."

어지러운 한자들로 가득 찬 페이지들을 강인국이나 시형이 해석할 리 만무했지만 그것이 불로문과 불로지를 설명하고 있는 내용이란 건 알 수 있었다.

"불로문은 불로지를 드나들기 위해 만들어 놓은 문에 불과한 것이야. 실상 중요한 것은 불로지라는 곳이 어떤 곳이었냐 하는 것인데, 바로 이 부분에서 숙종은 즉위 후 11년 되던 해에 이곳에 전의감의 관료들로 하여금 불로지를 만들게 했다고 적혀 있지."

"전의감이라면?"

역사에 문외한인 강인국에겐 전의감이란 단어조차 생

소한 용어이기도 했다.

"왕실의 가족들을 위해 약재를 대는 왕실 전용의 약방 같은 기관이었지. 서책에서는 숙종이 이곳에 불로지를 만들면서 '조선 왕실의 존엄한 권위를 영구히 보전하기 위해 불로지를 만들어 관리하고자 한다'라고 선포했다는 내용이 있네."

마치 설명이 적힌 문구를 읽어 내려가듯 훑어보며 구명한이 말을 했다.

"조선 왕실의 존엄한 권위를 영구히 보전한다? 그런데 이상하군요."

구명한의 말을 되씹던 시형이 의아한 듯 물었다.

"기왕 왕명에 의해 만든 불로지라면 크고 웅장하게 지었을 수도 있을 텐데 어찌해서 그런 기이하고 초라한 모양으로 문을 만든 걸까요? 낮부터 궁금했던 일이었습니다."

"이제야 말이 좀 통하는 것 같군."

구명한이 흐뭇한 미소를 지으며 말했다.

"그건 바로 그 문이 왕실과 궁내의 사람들이 드나들도록 만든 게 아니라는 것을 반증하는 것이라고 할 수 있겠네."

"아무나 드나들 수 있는 문이 아니라구요?"

"그렇지. 불로지는 철저히 전의감의 일부 대신과 숙종

에 의해 통제되는 금단의 구역이었네. 아무나 드나들 수 없는 곳이기에 다른 문들과 확연히 다른 모습을 하고 있을 뿐 아니라 일부러 그 높이와 폭도 좁게 만들어 놓은 것이지.”

“철저한 통제에 의해 전의감의 일부 대신들만 드나들 수 있는 곳이었다면 약초나 뭐 그런 것을 재배했던 곳이었군요. 이름이 불로지니까 이를 테면 일종의….”

강인국이 무심코 말을 꺼내다 그 의미를 깨달은 듯 시형을 쳐다보자 시형도 그제야 무언가를 알았다는 듯 두 눈이 휘둥그레졌다.

“불로초!”

시형과 강인국은 거의 동시에 불로초라는 말을 합창하듯 내뱉으며 구명한의 반응을 기다렸다. 구명한은 대답대신 은근한 미소를 보이는가 싶더니 잠시 눈을 감았다 뜨며 놀라운 사실을 토해 냈다.

“선대와 후세의 수많은 사람들이 그렇게 찾고자 노력했던 ‘불로초’를 숙종은 궁 안에서 직접 재배하고 있었던 것으로 여겨지네. 바로 이곳 불로지에서 말일세.”

불로초라는 말을 입 밖에 낸 것도 놀라운 일이었는데 숙종 임금이 불로초를 재배하고 있었다는 구명한의 이야기는 더더욱 믿기 어려운 이야기였다.

“설마… 그런 이야기는 정말 처음 듣는 이야기인데요.

그럼 전설에만 나오는 불로초가 실제로도 존재했었다는 말씀입니까? 사실 숙종도 결국 그리 오래 살지 못하고 죽지 않았나요? 불로초가 있었다면 숙종은 왜 죽었을까요?"

"나는 존재한다고 믿고 있네. 불로초는 늙지 않고 무병장수를 누릴 수 있게 해 주는 묘약이긴 하지만 사람을 불사신으로 만들어 주는 것은 아니지. 불가피한 상황으로 인한 죽음 앞에선 그 약초의 효능도 어쩔 수 없다는 말일세."

시형의 어찌 보면 당연한 질문에 구명한은 이와 같은 간단한 이치로 답을 끊었다.

불로초는 늙음을 지연시키고 장수를 도와줄 수 있는 명약일 수 있지만 갑작스런 변고에 의한 운명적인 죽음까지도 빗나가게 해 줄 수는 없는 것이란 걸 말하고 있었다. 이를 테면 정적에 의한 독살이나 피습 또는 불의의 사고 같은 경우는 어떠한 무병장수의 신체 조건을 가진 인간이라도 그 죽음을 피해 갈 수 없는 것이다.

"그렇다면 숙종도 불로초를 복용했지만 결국 사고로 인해 죽음을 맞이했다는 말씀인가요? 이를테면 피습을 당했거나 남모르게 암살을 당했다는?"

"숙종은 60세가 되던 해에 승하했는데 그 이전 윗대의 임금인 효종, 현종, 그 다음 경종에 이르기까지 독살설에 휩싸이지 않은 임금이 없었다는 것을 본다면 충분히 가능성이 있는 이야기지. 게다가 숙종의 증손자인 정조마저도 독살 당했다는 학설은 우리 모두가 익히 알고 있던바 아닌가? 왕권에 도전하고자 하는 외척과 당파의 수장들에게 임금의 교체야말로 필연적이었고 수단과 방법을 가릴 대상이 아니었지. 애석하게 그것을 너무도 잘 알고 있기에 불로초까지 재배했던 숙종마저도 결국은 그들의 한계를 넘어서지 못한 것으로 해석할 수 있겠네."

"불로초를 연구하고 재배까지 성공했지만 영생을 누리지 못했다니 허망하기도 하고 역사의 순리라는 것이 숙종 입장에서 보자면 씁쓸했을 것 같군요."

시형이 애석하다는 듯 고개를 가로저었다.

"허허허. 그런가? 허나 조선 임금들의 평균 수명이 40대를 넘지 못했다는 걸 본다면 60년을 산 숙종은 그래도 장수한 임금에 속한다고 볼 수 있지."

시형의 진지한 반응이 재미있다는 듯 구명한이 웃으며 말했다.

"그렇다면 후대의 다른 왕들에게 불로초의 비법이 전수될 수는 없었을까요?"

이번에는 숙종 이후 불로초의 향배가 궁금했던 강인국이 질문을 던졌다.

"애석하게도 그렇다고는 볼 수 없을 것 같네. 숙종의 핏

줄을 이어받은 아들 영조가 83세의 최장수 임금으로 승하한 것으로 볼 때 혹 불로초가 영조에게 전수된 것이 아닌가 하는 생각도 해 봤네만 기록을 보자면 꼭 그런 것 같지는 않네. 영조가 장수할 수 있었던 건 불로초 복용으로 인한 유전자의 영향 정도로만 해석해 볼 수 있을 것 같고.”

“유전자의 영향이라고요?”

“영조가 직접 복용했다는 증거도 없고 불로초를 관리했던 것으로 보이지는 않네. 숙종의 임종 이후로는 신비의 약초니 불로초에 관한 기록이 전혀 남아 있질 않으니.”

“숙종의 죽음과 함께 불로초는 영원히 역사의 뒤안길로 사라졌다 이 말씀이시군요.”

“그렇다고 볼 수 있겠네. 조선 최고의 장수 왕인 영조는 직접 불로초를 복용했다기보다 불로초를 복용한 숙종의 불로장생 유전자를 타고 내어나 장수를 했을 뿐, 실제 불로초를 복용했다면 그보다 더 오래 살 수도 있었을 것이란 추측도 해 볼 수 있겠네.”

“그렇다면 숙종 이후로는 왜 불로초의 실체가 전해지지 않았던 걸까요? 숙종 때 불로초의 재배가 실패했거나 멸종되었던 겁니까?”

돌연 사라진 불로초. 마치 실타래처럼 얽혔던 미스터리를 추적해 가다 해답을 얻기 직전 바로 코앞에서 그 실마리의 끝을 놓친 것 같은 기분이 들기만 했다.

강인국의 당연스런 질문 공세에 막힘없이 설명을 해 가던 구명한도 다소 난처해진 듯 곤란한 표정을 지어 보였다.

"그게 바로 미궁 속에 빠져버린 일일세. 숙종이 불로지를 만들고 철저한 보안 속에 불로초를 재배했다는 것은 명백한 사실인 듯하지만 불로지를 만든 지 8년 되던 숙종 18년, 돌연 그 자신이 불로지를 없애버리고 역사 속으로 묻어버렸으니 말이야."

"숙종 임금이 불로초 재배에 실패했던 건 아닐까요?"

"실패하지는 않았을 걸세. 만약 성공하지 못했다면 그 불로지를 급작스럽게 없애버렸어야 할 이유 또한 없지 않았겠나? 연구를 계속 했어야 옳겠지."

구명한의 말이 맞았다. 불로초 재배에 심혈을 기울였던 숙종이 재배와 종자 번식에 성공하지 못했다면 그의 재임 기간 중 없애 버렸어야 하는 게 아니라 그가 죽는 그날까지 전의감의 대신들과 함께 불로지에서의 연구에 박차를 가했어야 하는 것이 맞았을 것이다.

"그렇다면 불로초 재배에 성공한 숙종이 조여 오는 숙적들의 감시망을 피해 어딘가에 그것을 숨겨놓고 그 흔적을 지워버리려 했다. 뭐 그런 얘기들이 성립될 수 있겠군요."

"그런데 돌연 숙종 자신이 예기치 않은 일로 사망하게 되면서 그 후손들은 그것의 행방조차 찾지 못하게 된 것이다."

시형이 그럴싸한 가설을 내세우자 그에 맞추어 강인국이 맞장구를 쳐 주었다.

'쾅, 쾅'

구명한과 강인국, 시형이 둘러 앉아 이야기를 나누는 가운데 누군가가 요란하게 문을 두드리는 소리가 들려왔다.

"구명한 선생! 안에 계십니까?"

문 밖의 목소리는 겐조와 함께 구명한 집의 문 앞에 당도한 이시하라의 목소리였다.

범상치 않은 목소리에 귀를 기울이던 구명한은 직감적으로 몸을 낮추어 창밖을 내다보았다. 그러나 이미 집을 둘러싸고 있는 일본 군인들의 총구가 그들을 겨누고 있다는 것을 발견할 수 있을 뿐이었다. 저들이 왜 이 집을 둘러싸고 있으며 왜 문을 두드리고 있는지는 알 수 없는 일이었으나 강인국과 분실되었던 서책이 구명한의 집에서 발견된다면 그것만으로도 여간 곤란한 일이 아닐 수 없었다.

"누구요!"

큰 소리로 대답을 하였지만 그것은 시간을 벌기 위한

대답일 뿐이었다. 지팡이를 짚으며 안절부절 못하던 구명한은 강인국과 시형을 2층 계단으로 안내했다.

"2층의 창문으로 나가면 옆집 지붕을 통해 빠져 나갈 수 있을 걸세."

"교수님은요?"

구명한이 걱정되었던 시형이 물었다.

"내 걱정은 말게나. 저들도 나는 함부로 할 수 없을 테니."

말을 마치자마자 출입구 쪽에선 문이 부서지고 구명한의 개 프란다스가 사납게 짖는 소리가 들려왔다. 강인국과 시형은 황급히 2층 계단을 뛰어 올라 창문을 통해 난간을 넘어 옆집의 지붕 위로 뛰어 내렸다. 강인국과 시형을 올려 보내고 서재로 돌아와 안도의 한숨을 쉬며 주위를 둘러보던 구명한은 책상 위에 '동궁궐지'가 놓여 있는 것을 발견했다. 강인국과 시형을 도피시키려다 미처 동궁궐지를 치우지 못한 것이었다. 구명한은 다급해진 나머지 동궁궐지를 빠르게 집어 들고는 뒷문을 통해 나가려 빠져 나가려 문고리를 잡았다. 동궁궐지가 일본군의 손에 들어간다면 난감한 상황. 절뚝거리며 문을 열어젖힐 즈음, 어디선가 날아든 겐조의 단도 하나가 구명한의 코앞으로 날아와 문에 꽂혔다. 얼어붙은 듯 부동자세로 멈추어 선 구명한이 돌아보자 이미 겐조가 서재 안에 들어와 있는 모습이 보였다.

"구명한 선생! 우린 서로 많은 이야기가 필요할 것 같은데요."

밀어닥친 군인들은 1층과 2층을 샅샅이 수색하고 강인 국과 시형이 사라졌음을 눈치 채자 이시하라와 일부의 군인들은 집 밖으로 뛰어 나가 다시 뒷문과 주변을 훑기 시작했다.

7. 다가서는 진실

실험실에 홀로 앉아 현미경을 들여다보던 마쓰다 교수가 피곤함을 느낀 듯 안경을 벗어 들고 양 미간을 손으로 누르며 고개를 뒤로 젖혔다. 다음날까지 제출을 약속한 실험 결과가 있었기 때문에 피곤한 몸이었지만 늦은 밤의 연구를 게을리 할 수는 없는 일이었다.

"아, 그러고 보니 시형 군이 맡기고 간 샘플의 배양이 다 되었겠군."

물을 한잔 마시고 돌아와 다시 현미경을 들여다보려던 그가 행동을 멈추고 중얼거렸다. 시형이 가져온 물건들 중 서책과 두루마리의 문양은 구명한이 해석해 줄 것이라 믿고 소개를 해 주었었지만 작은 유리병에 담긴 식물 뿌리의 정체를 밝히는 일은 마쓰다 교수의 몫이었던 것이다.

무거운 몸을 이끌고 자리에서 일어나 작은 유리병 샘플들이 그득히 담긴 온열기의 문을 연 마쓰다는 며칠 동안 배양해 두었던 납작한 유리관 샘플 하나를 집어 들고 현미경이 있는 자리로 돌아왔다. 유리관을 열고 스포이트를 이용해 배양된 샘플을 빨아들였다가 두어 방울 떨어뜨려 재물대 위에 올려놓고 대안렌즈로 눈을 가져갔다. 사실 너무 바싹 마르고 오래된 뿌리의 표본이었기 때문에 그것을 배양한다는 것도 배양된 샘플을 관찰한다는 것도 그리 큰 의미가 있는 것처럼 보이지는 않았지만 어떤 세포 구조를 가지고 있고 어떤 종의 식물인지 정도는 이야기해 줄 수 있을 것 같았다.

별 의미 없이 현미경을 통해 배양액을 들여다보던 마쓰다는 졸음 때문인지 아니면 현미경 너머의 결과가 믿기지 않아서인지 여러 차례 눈을 비벼가며 들여다보기를 반복했다.

"이럴 수가…."

현미경이 전해 준 배양액의 모습이 충격적이라는 듯 졸음에 겨웠던 표정은 간데없이 입을 벌린 채 혼잣말로 탄성을 쏟아내고 있었다.

다음 날 아침.

영란이 수업을 마치고 교문을 나서는데 교문 옆 기둥에 몸을 숨기고 있던 시형이 나타나 그녀를 불렀다.

"미츠꼬 상!"

갑작스런 호명에 놀라기도 했지만 그보다 간밤에 있었던 구명한의 체포 소식을 접한 그녀였기에 시형의 출현을 반가워만 할 수는 없는 일이었다.

"무슨 일이에요? 구 교수님이 일본군 수사대에 잡혀 가셨다는데."

영란은 안부를 묻는 대신 간밤에 일어난 일에 대한 질문부터 쏟아냈다.

"쉿! 자세한 이야기는 걸어가면서 하죠."

직접적으로 시형이 쫓기고 있는 것은 아니었지만 불안한 듯 주위를 둘러보며 영란에게 자연스럽게 걸어가며 이야기할 것을 제안했다.

"어젯밤, 구 교수님이 체포될 때 저도 같이 있었습니다."

"정말이요? 그렇다면 시형 씨도 위험한 것 아닌가요?"

"다행히 놈들은 아직 저에 대해선 모르고 있는 것 같아요. 천수당원 한 명 쯤으로 알았는지 하숙집도 그렇고 학교로도 찾아오는 사람은 없더군요."

"그런데 교수님은 무슨 일로 잡혀가신 거예요? 시형 씨

가 가지고 있다는 그 물건 때문인 건가요? 그게 그렇게 위
험한 물건이었군요.”

“저도 아직 자세한 건 모르겠습니다. 그냥 숙종 때 쓰인
고서이고 창덕궁에 관한 내용들이 적힌 것인데 그것이 일
본군에게는 어떤 의미가 있길래 그렇게 혈안이 되어 찾는
것인지 도통 알 수가 없더군요.”

“시형 씨도 이렇게 돌아다니면 위험할 텐데… 제게 찾
아오신 이유가 무언가요?”

“미츠꼬 상이랑 같이 다녀야 의심을 받지 않을 것 같아
서요. 저랑 잠깐 어디 좀 같이 가주시겠습니까? 구 교수님
이 알아내지 못한 것을 알아내야 할 것 같아서요.”

시형은 영란과 함께 창덕궁 돈화문 앞에 도달했다.

구명한이 체포되어 자칫 시형과 영란, 마쓰다 교수에게
도 화가 미칠 수 있을 것이었지만 구명한이 쉽사리 입을 열
지 않는 이상, 시형과 다른 이들에게 불길이 번질 확률은
그리 크지 않아 보였다. 구명한에게서 받았던 출입증을 보
여주자 창덕궁 경비병들은 시형과 영란을 쉽게 통과시켜
주었다.

“이곳은 어떻게…”

부용지 인근에 다다르자 영란이 시형에게 물었다.

"미츠꼬 상은 전에 이곳에 와 본 적이 있나요?"

"그럼요. 제 전공이 사학이기도 하고 구 교수님이 주관하셨던 창덕궁 복원 공사에 몇 번 참여했었거든요. 저도 여기 출입증이 있어요."

"미츠꼬 상이랑 같이 오길 잘했군요."

시형은 미처 생각하지 못했던 영란의 대답만으로 왠지 든든한 지원군이 하나 생긴 것 같았다. 순시하는 군인들이 그들 옆으로 다가오자 시형은 최대한 자연스럽게 보이려는 듯 잘 알지도 못하는 창덕궁의 건물들을 돌아보며 주저리주저리 떠들었고 순시병들도 두 명의 방문자들이 사료를 연구하는 학생들 쯤으로 여겨졌는지 대수롭지 않게 스쳐 지나가 버렸다.

"그런데 갑자기 여긴 왜 오자고 하신 거예요?"

순시병들이 시야에서 멀어지자 기다렸다는 듯 영란이 물었다.

"이곳에서 무언가를 찾아봐야 할 것 같은데, 도움을 좀 받았으면 합니다."

"무언가를 찾는다고요?"

"네."

"무엇을요?"

"지금은 없지만 예전엔 있었던 것을요."

"지금은 없지만 예전엔 있었던 것. 어렵네요."

몇 차례의 선문답과 같은 대화가 이어지는 사이 그들은 시형이 구명한과 함께 왔었던 불로문에 당도할 수 있었다. 시형은 영란에게 강인국과 함께 구명한을 찾아가 들었던 이야기들이며 숙종의 비밀 작업, 조선의 왕들에 대한 야사들까지 모두를 이야기해 주었다. 비록 영란이 미츠꼬라는 일본인의 신분을 지니고 있었지만 시형은 영란에게 그 모든 이야기를 해주어야만 한다는 생각이 들었다. 사학을 전공한 영란이 시형보다 더 많은 역사를 알고 있을 것이었지만 조심스런 구명한이 영란에게는 시형에게 해 주었던 이야기는 하지 않았을 것이란 확신이 들었다. 시형의 생각대로 영란은 숙종과 불로문의 관계에 대해선 아는바가 없기도 했다.

"아직 확실한 건 아닙니다만 제 소견으로는 숙종이 불로지에서 불로초 재배에 성공했고 그런 사실을 정적들에게 알리지 않기 위해 어딘가에 감추어버렸을 거라는 생각이 들더군요."

"어딘가에 감추어 버렸다고요? 어딘가에 일부러 감추어 둔거라면 누군가는 알고 있었을 것이고 나중에라도 후대의 왕들이 찾아내지 않았을까요? 썩어 없어졌을 수도 있고 그런 진귀한 것이 아직까지 남아있을 리가요?"

영란의 반문은 일견 타당한 구석들이 있어 보였다.

"아뇨. 감추어졌으나 후손들은 불로초의 존재조차 까맣게 잊은 채 수백 년의 세월을 보낸 것일 수도 있겠죠. 그렇기에 이런 사실들을 알게 된 일본군들도 그것을 찾고자 적극적으로 나오는 것이 아닐까 싶고요."

시형은 일본군이 본토에서 '동궁궐지'를 갖고 입성한 것과 그것이 구명한의 집에 있다는 사실을 귀신같이 알아낸 것 모두가 불로초의 단서를 찾아 헤매는 일본군들의 필사적인 노력의 한 조각들이란 생각이 들었다.

"그러니 우리가 먼저 그 장소를 찾아내야 될 것 같아요. 아니 꼭 찾아내야죠."

아득한 전설 속에서만 거론되던 불로초를 찾겠다고 나서는 시형을 보며 영란은 시형이 한편으로는 정말 순수한 사람이라고 생각이 들었다. 자신이 공부해온 전공에 비추어 보건대 고서들에서 불로초라 불리는 것들은 실제 불로장생을 가져다주는 실존의 약초라기보다 그 약효가 과장되고 사람들의 바람이 만들어낸 가공의 약초인 경우가 대부분이었다. 사람들의 욕심이 과장을 낳았고 그 과장됨이 부풀려져 더 큰 신화들을 만들어 낸 것이다. 그리고 그런 사료들은 인류의 오랜 염원과 풍속들을 엿볼 수 있는 하나의 지표들로만 삼을 수 있는 것이라고 생각했다. 실제 불로초가 존재했다면 진즉에 알려졌을 것이요, 사료에도 많은 흔적이 남아 있었을 것이고 조선의 왕들도 모두 무병장수 했을 것이나 실상은 그렇지 못했음을 영란은 잘 알고 있었다. 상식적인 수준에서 봤을 때 시형이 격앙된 어조로 영란에게 하는 이야기들은 먼 옛날 동방삭이 삼천갑자를 살았다는 이야기와 다를 바가 없어 보였다. 그러나 한편으로 일본군들이 희생을 감수해 가면서 그 서책에 대한 관심을 보인다는 것을 볼 때 불로초라기보다 그 서책에 얽힌 진귀한 자료들에 대한 관심이 기울여지기도 했다. 하루 빨리 구명한을 만나 서책에 담긴 비밀들을 알아보고 싶다는 생각이 앞서고 있을 뿐이었다. 영란의 이러한 생각에도 불구하고 시형은 두어 시간 가량을 불로문에 붙어 불로문과 씨름을 하고 있었다. 시형은 불로지를 없애면서 불로문은 그대로 남겨 놓았다는 것이 상식적으로 납득이 되지 않는 만큼 불로문 어딘가에 불로초를 찾기 위한 단서들을 남겨 놓았을 것이란 생각이 들었기 때문이다.

"시형 씨! 시형 씨의 생각이 사실이더라도 이 근처에 그렇게 쉽게 단서들을 남겨 놓았을 것 같지는 않은데요. 서책을 좀 더 연구해 본 후에 다시 와 보는 게 좋을 것 같아요."

"그렇지만 구 교수님이 잡혀계신 이상, 시간이 그리 없을 것 같아서요."

"아, 맞다. 불로초라고 하니 생각나는 것이 있어요. 사실 창덕궁 안에는 불로초가 많이 있는데."

가볍게 던지는 영란의 말에 귀가 번쩍 뜨이는 시형이 영란에게 다가갔다.

"새삼스러운 일이겠지만 정말 조선의 임금들은 불로초의 존재에 대해 많은 생각을 갖고 있었나 보군요. 이곳저곳에 불로초를 가꾼걸 보니."

"어디죠? 이곳저곳이라니. 진짜 불로초가 궁 내 이곳저곳에 많다는 말인가요?"

"그럼요. 자, 저기를 한번 보세요."

영란이 가리킨 곳은 애련정의 기와지붕이었다.

"저기 기와지붕 끝을 마무리한 문양들이 보이죠? 저게 바로 불로초예요."

　멋스럽게 얹어진 기와의 끝에는 마치 거미와 같은 모양
의 문양들이 연이어 새겨져 있었다. 영란의 말에 의하면 기
와의 문양들은 불로초요, 그 사이에 빗살무늬 같이 보이는
것은 목숨 수(壽)자를 본 떠 만든 것이라고 했다.

　"저게 정말 불로초를 상징하는 것이라고요? 그렇다면
저 기와, 그러니까 저 애련정 아래에 불로초를 숨겨 놓았을
가능성이 있겠군요. 이렇게 쉬운 걸 왜 몰랐을까요?"

　시형이 어렵게만 느껴졌던 수학 문제를 단번에 풀어낸
수험생처럼 기쁘고 들뜬 표정을 지어 보였지만 영란의 얼
굴에서는 웃음기가 가시질 않고 있었다.

　"그런데 어쩌죠."

"네? 어쩌다니요."

"불로초를 형상화한 기와의 마무리는 저기 있는 애련정 뿐이 아닌데. 창덕궁 내의 거의 모든 건물과 담장의 지붕이 바로 저 불로초 문양의 지붕이에요. 시형 씨 말대로라면 창덕궁 내 수십 개의 지붕을 열어봐야 불로초를 찾을 수 있다는 말이겠군요."

그랬다. 창덕궁의 거의 모든 기와지붕의 마무리는 불로초 문양을 하고 있었고 그것만으로는 시형이 찾고자 하는 불로초의 단서가 될 수 없었던 것이다. 또다시 허탈한 표정으로 애련정과 불로문을 번갈아 바라보는 시형의 모습을 바라보며 웃음을 참지 못하던 영란은 그 옆의 연못 애련지로 눈길을 돌렸다. 애련지 위에는 초록색 융단이 깔린 듯 수련의 잎들이 표면을 뒤덮고 있었고 개화 시기가 가까워졌는지 몇몇 연잎의 위로 연꽃이 봉오리를 지어가고 있는 것이 보였다.

"어머, 벌써 연꽃이 피려고 해요. 내가 제일 좋아하는 꽃인데."

골똘히 생각에 잠겨있는 시형을 향해 영란이 탄성을 자아내듯 말했다.

"시형 씨는 연꽃의 꽃말이 뭔 줄 아세요?"

"글쎄요."

불로문과 애련정의 주변을 관찰하느라 정신이 빠진 시형의 심드렁한 대답이었다.

"연꽃의 꽃말은 깨끗하고 청순한 마음이라고 해요. 더러운 시궁창에서도 단아하게 피는 꽃. 참 깨끗하죠? 이 연못을 만든 숙종 임금도 연꽃을 너무 사랑한 나머지 이 연못의 이름을 애련지(愛蓮池)라고 지었다는데 봉오리가 맺혔으니 이제 며칠 안으로 탐스러운 연꽃이 피겠는걸요."

"네 정말 그렇네요. 미궁 속에 빠진 이 사건의 결말에도 꽃이 피었으면 좋겠습니다."

고민에 빠져있는 시형은 아랑곳하지 않은 채 영란은 봉긋하게 솟아오른 연꽃의 봉오리에 마음을 빼앗기고 있었다.

간밤 겐조의 부하들에게 잡혀 온 구명한은 결박을 당한 채 종로 경찰서의 지하 감옥에 감금되어 있었다. 경찰들의 손에 이끌려 들어간 어두컴컴한 취조실에는 유일한 조명인 백열등 하나가 구명한을 비추고 있을 뿐이었다. 몇 명인지 모를 인사들이 구명한의 맞은편에 앉아 불편한 시선으로 그를 바라보고 있다는 느낌이 느껴졌다. 장시간의 취조를 당했는지 구명한의 입술은 바싹 말라있었고 헝클어진 머리며 그의 멍한 눈빛은 안 풀리고 있는 취조의 과정을 고스란히 보여주고 있는 듯했다. 취조실의 문이 열리고 겐조가 들어서자 구명한을 제외한 모두가 일어나 경례를 붙였다. 겐조는 구명한의 결박을 풀어주라 지시한 후 예의 음흉한 미소를 지으며 독대를 시작했다.

"왜 아무 말씀도 없으신 겁니까? 구명한 선생! 선생의 이러한 행동은 그것이 어떤 이유에서건 대일본 제국이 선생에게 베풀어준 은혜에 대한 배신이라는 것쯤은 알고 계시겠지요?"

겐조는 구명한의 행동과 묵비권 행사를 배신행위로 몰아가고 있었다.

"대체 내게 왜 이러는가? 나도 모르는 사람들이라고 하지 않았나? 이 늙은이가 잘못한 게 있다면 그냥 감옥에 넣어주게. 단죄를 받을 테니."

구명한의 기세도 만만치 않았다.

"허면 선생이 황급히 가지고 나가려 했던 이 서책마저 모른다고 하실 건가요? 와타나베 부대장의 목숨을 해하고 저들이 가져갔던 이 서책 말입니다."

겐조는 '동궁궐지'를 들어 보였다.

"나는 모르는 일이네. 단지 그자들이 나에게 그 서책을 가져와 해석을 해 달라고 부탁했을 뿐, 그 이상도 그 이하도 아니란 말일세."

"좋습니다. 정 그러시다면 선생의 말씀은 믿어드리도록

하죠. 그러나 대일본 제국의 역사 편찬 위원으로서 저희들이 하는 일을 좀 도와주셔야 하겠습니다. 선생께서 학자적인 식견과 양심이 있으시다면 결코 거절할 수 없는 일이기도 합니다."

겐조는 일본에서 보내온 두루마리를 꺼내 취조실 탁자 위에 펼쳐 놓았다. 그것은 정방폭포에 새겨졌던 '徐市過此' 글씨의 탁본.

"이것이 무언 줄 아시겠지요? 역시 선생의 서재에서도 발견된 것입니다."

"진귀한 탁본이긴 하나 그것이 뜻하는 바가 무엇인지는 모르겠네. 자네들은 나라고 모든 걸 알 수 있으리라 생각을 하는 겐가?"

구명한은 무언가를 아는 눈치였지만 끝내 입을 열지 않고 있었다.

"이것은 조선의 명필이라는 추사 김정희가 제주도에서 귀향 할 때 떠놓은 탁본입니다. 바로 제주 남쪽 정방 폭포 바위에 새겨진 글씨를 탁본 뜬 것이지요."

제주도라는 말이 튀어나오자 구명한의 시선은 다소 동요하는 듯 보였으나 그것은 호기심에 가까운 것에 불과했다.

"추사 김정희는 이 탁본을 근거로 유배지에서 연구를

거듭한 끝에 추사체라는 독특한 필체를 완성했다고 하더군요."

"글쎄, 그건 금시초문이로구먼. 그렇다면 그 탁본 글씨의 장본인은 누구란 말인가?"

오히려 구명한이 겐조에게 물어왔다.

"구 선생께서는 제주의 서귀포가 어떻게 오늘날의 서귀포라는 이름을 갖게 되었는지 알고 계시나요?"

"글쎄, 낸들 알 수 있겠나? 점점 나와는 상관없는 이상한 질문들을 하고 있구먼."

"아주 오래된 이야기일 수도 있겠습니다만 제주의 서귀포는 2천여 년 전 진나라 시황제의 명을 받고 불로초를 구하고자 제주에 왔던 진나라 방장 서복이 제주에서 서쪽으로 다시 돌아간 곳이라 하여 서귀포(西歸浦)라 이름 지어졌다고 합니다. 그리고 이 탁본의 글씨는 서복 자신이 이곳을 거쳐 떠나간다는 내용으로 적어놓은 '서불과차'라는 문구이지요. 서복과 제주는 참 깊은 인연이 있었던 것 같습니다."

구명한은 겐조의 불로초라는 말에 흠칫 놀라는 시선으로 그를 바라봤다. 어느 정도 짐작은 하고 있었지만 겐조는 구명한이 생각했던 것보다 훨씬 많은 것을 알고 있을 것이란 생각도 들었다.

"내 알기로 제주의 서복은 불로초를 구하지 못해 진시황에게 돌아가지 못한 것으로 알고 있네만, 어디로 돌아갔다는 말인가?"

"하하하하. 그건 제가 구 선생에게 묻고 싶은 말이기도 합니다만 당연히 지금의 조선 반도 내륙이었겠지요."

"조선 반도의 내륙?"

"서복이 새겨 넣은 '서불과차'라는 문구는 조선 통영 근처의 소매물도에서도 이미 오래 전에 발견된바 있습니다. 이를 토대로 볼 때 서복은 불로초를 가지고 삼신산 중 또 다른 줄기의 하나인 경상 북부 지역의 봉래산 일대로 잠입했던 것으로 여겨져 왔습니다."

구명한은 2천여 년 전의 서복이 불로초를 구해 한반도로 잠입했었다는 이야기도 처음 접한 것이었거니와 이 자리에서 일본 군 부대의 수장이 왜 자신을 잡아 놓고 이런 이야기들을 늘어놓는지 그 저의를 알 수 없었다. 그러나 와타나베가 왜 '동궁궐지'와 함께 이 탁본을 함께 가지고 있었는지를 생각해 보자 그것의 공통점은 곧 '불로초'로 함축될 수 있다는 걸 깨달을 수 있었다. 생각이 여기까지 미치자 구명한 자신도 불로초라는 것의 어쩌면 공상만이 아닌 현실의 문제였을 수 있다는 생각이 들기도 했다.

"그렇다면 자네들은 설마 2천년도 넘은 서복의 보물을

지금 찾고 있다고 말하려는 겐가? 도대체 언제부터?"

구명한이 겐조의 말을 끊고 단도직입적으로 물음표를 던졌다. 그러자 겐조는 구명한에게 다가서며 의자의 양쪽 팔걸이에 손을 짚고 구명한의 코앞으로 얼굴을 바짝 들이댔다.

"정확하게 말한다면 이번이 두 번째 시도겠지요."

"두 번째라고?"

"네. 맞습니다. 두 번째. 이미 조선 선조 임금 때 대일본 열도를 통일했던 도요토미 히데요시는 존엄한 일본 황실을 보전하고자 대단위의 무사들을 조선으로 보낸 적이 있었습니다."

"뭐라? 그렇다면, 임진… 년에 말인가?"

겐조가 늘어놓는 이야기들은 구명한에게 실로 충격적인 내용들이 아닐 수 없었다.

겐조의 말에 따르면 임진왜란의 목적 중 하나가 조선 반도 내륙에 숨어 있을 불로초를 구하기 위한 것이었다는 것이다. 정말 믿지 못할 이야기들이었다.

"당시 조선에서는 이순신 장군의 활약으로 전라도 지방을 안전하게 고수했다고 여겼겠습니다만 사실 대일본의 무사들은 전라 지방엔 아무 관심도 없었습니다. 명나라를 치러가겠다는 정명가도의 명분도 대외적인 포장에 불과한 것이었지요. 황제의 명을 받은 목적은 오로지 하나였을 뿐이죠."

놀라는 구명한의 표정이 대수롭지 않다는 듯 겐조는 임진년의 일들에 대해 계속 읊조리고 있었다.

"그렇다면 불로초가 경상도 지역에 있을 것이라 믿고 그것을 찾아 북상을 했었다는 말인가?"

"소매물도의 이정표 경로를 근거로 임진년에 대일본 황제의 무사들은 조선 반도 동쪽의 봉래산을 찾아 북으로 북으로 올라갔던 게지요."

"그래서 무언가 찾은 것이 있었던가?"

역사학자로서의 학자적인 호기심까지 발동한 구명한이 오히려 겐조에게 질문을 던지고 있었다.

"애석하게도 이순신의 활약과 정유년 탐방 시 토요토미 히데요시의 갑작스런 승하로 인해 그것을 찾기도 전에 계획은 수포로 돌아가고 말았습니다. 그러나 일본 황실은 그 이후로 한 번도 이러한 노력을 포기해 본 적은 없었습니다."

"한 번도, 라고 했나?"

서복이 조선 반도로 건너왔다고 한 지는 2천년이 넘었고 임진왜란이 끝난 지도 3백년이 넘었건만 그 세월 동안 일본 황실에서 불로초의 끈을 놓지 않고 있었다는 말 역시

장구한 역사를 뛰어 넘는 충격으로 다가왔다. 무엇엔가 얻어맞은 듯한 표정으로 앉아 있는 구명한에게 예의 회심의 미소를 띠며 겐조가 계속 말을 이었다.

"황실 직속의 우리 부대 역사가 350년을 넘기고 있다면 믿으시겠습니까? 시간이 지나도 달라지지 않는 것은 있기 마련입지요."

겐조는 자리에서 일어나 구명한의 주위를 천천히 돌다 이전보다 더욱 신중한 태도로 말을 꺼내기 시작했다.

"그런데 우린 최근에서야 재미있는 첩보를 하나 입수하게 되었습니다. 서복의 치밀한 계산에 2천여 년이나 우리가 속아 왔다는 사실 말이죠."

같은 시각. 종로 시장 통의 덕수네 만두가게 안채에는 덕수, 강인국과 함께 천수당의 중간 보스인 김인환이 마주 앉아 있었다. 강인국은 시형과 함께 구명한의 집에 찾아가 들었던 말이며 그 서책이 의미하는바에 대해 김인환에게 보고를 했다.

"구 선생이라는 자가 정말 그렇게 말했단 말인가?"

"네, 그렇습니다."

"내가 크나큰 실수를 저질렀었군. 그 시형이라는 학생을 돌려보낸 후 상부에서도 그 일에 대해 질책이 있었다네.

우리 천수당에서 찾는 것도 그 안에 있는 것이 분명한 듯싶으이. 그런데 그 서책에 숙종이 숨겨놓았다는 불로초의 행방에 대한 단서들도 있다고 하던가?"

김인환은 시형에게 물건의 소각을 부탁하며 돌려보낸 이후에도 계속 찜찜한 생각이 들고 있던 차였다.

"그런데 아직 구명한 선생이 그 책의 내용을 전부 해석하진 못한 상태였던 것 같습니다. 그런 와중에 일본군들이 들이닥쳐서 손을 쓸 수 없게 되었으니 안타까울 따름입니다."

"워쩐다. 그 서책만이라도 다시 가져왔다면 쪼까 얘기가 달라졌을 텐디… 홀라당 놈들에게 빼앗겨 버렸으니 겁나게도 안타깝구만."

덕수가 강인국의 말을 거들었다. 김인환이 탁자 밑에서 꺼낸 납작한 상자 하나를 강인국에게 내밀었다. 상자를 열어보니 그 안에는 권총 한 자루와 실탄이 들어 있었다. 권총을 들어 보이는 강인국을 향해 김인환이 비장한 목소리로 말을 이었다.

"우리 천수당이 결성된 이래 대대로 찾고자 했던 조선의 보물이 바로 구 선생이 이야기했다던 그 불로초와 연관이 있을 것으로 보이네. 찾고자 했다기보다 지키려고 했다는 게 맞는 표현일 듯싶군."

"그렇다면 우리 천수당에서도 불로초의 실체에 대해 이미 알고 있었다는 말씀입니까?"

"어떠한 일이 있어도 불로초가 숨겨진 곳을 찾아내 적들의 손에 들어가기 전에 가져왔으면 하네. 가져올 수 없다면 저들이 영원히 찾을 수 없도록 없애버려도 무방하다는 상부의 지시일세."

김인환의 입을 빌어 강인국에게 천수당의 새로운 임무가 부여되고 있는 현장이었다.

"긍께 머시냐. 그 불로초와 우덜이 목숨 바쳐 일하는 독립 운동과는 어떤 관련이 있다는 말씀입니까요?"

추임새를 넣듯 거들던 덕수가 질문을 던지자 잠시 머뭇거리던 김인환이 결심이 선 듯 이야기했다.

"관련이 있다마다. 동서고금을 막론하고 강력한 왕권을 떨친 나라의 군주들은 그들의 영속적인 집권을 위해 대대로 불로장생에 대한 관심을 기울여 왔다네. 인간의 욕심이란 그런 것이고 일본도 마찬가지지. 절대적인 권력을 언제까지고 휘두르려는 저들의 손에 그것이 들어간다면 조선의 독립과 번영도 영원히 보장될 수 없는 것 아니겠는가? 조선의 자존과 독립을 위해선 그 물건이 저들에게 들어가는 것을 반드시 막아야만 하는 것이네."

"그렇다면 우리 조직에서도 불로초에 대해 오래 전부터

알고 있었다는 말인가요?”

강인국도 최초 지시를 내렸던 천수당 상부의 목적이 무엇이었는지 이제 명확히 알 수 있을 것만 같았다.

“아… 듣고 보니 고것이 고렇구만요. 그런디 그 불로초라는 놈은 도대체 그 동안 어디에 숨어있다가 하늘에서 뚝 떨어진 것 모냥 사건을 일으키는 것인지. 지도 그 불로초라는 거 한 뿌리만 얻어서 다려 먹어 봤으면 소원이 없겠구만요.”

욕심이 그득한 얼굴로 이야기를 하다 김인환과 눈이 마주친 덕수가 쑥스러워진 듯 말 꼬리를 돌리며 허공을 바라봤다.

영란의 안내로 마쓰다 교수의 실험실 앞에 멈춰선 시형은 자못 상기되어 있었다.

“시형 씨, 들어오세요.”

영란을 따라 들어간 마쓰다 교수의 실험실은 역시 각종 실험 자재들로 어지러워져 있었고 연구에 몰두하고 있는 마쓰다 교수의 뒷모습은 그들의 등장조차 알아채지 못하고 있는 듯 했다. 시형과 함께 실험실로 들어온 구명한의 개 프란다스가 마쓰다에게 뛰어가 구두를 핥자 그제야 그들의 존재를 알아차린 듯 돌아봤다.

"구 교수님 댁에 갔더니 빈집에 며칠 째 프란다스만 지키고 있더라고요. 먹을 것도 없고 측은하기도 해서 데리고 왔어요."

영란이 프란다스를 데려 온 이유를 설명했다.

"구 교수는 아직 풀려나지 않은 게로군."

프란다스와 그의 주인이 안쓰럽다는 듯 마쓰다의 얼굴이 어두워지고 있었다.

"교수님. 저를 부르셨다고요?"

시형의 말에 그제야 시형의 존재도 알아차렸다는 듯 시형을 보며 반갑게 맞이해 주었다.

"아, 그래 시형 군! 자네에게 정말 놀라운 사실 하나를 알려줘야 할 것 같아서 불렀다네. 자, 이쪽으로….."

마쓰다는 자리에서 일어나 시형과 영란을 실험실 안쪽으로 인도했다.

실험실의 안쪽에는 얼핏 보아도 고가인 실험용 현미경 대여섯 대가 나란히 비치되어 있고 온열기며 각종 실험관들이 가득 차 있어서 입구 쪽보다 더욱 어지러운 형상을 하고 있었다.

"우선 이것을 한번 보겠나?"

마쓰다가 배양 온열기 속에서 꺼낸 샘플 두 개를 나란히 놓인 현미경의 클립에 끼워 넣으며 말했다. 현미경 중 하나의 초점을 맞추어 본 뒤 권유하자 시형은 대안렌즈로 눈을 가져가 보았다. 호기심에 생물학 강의를 듣고는 있지만 사실 전문적인 생물학에는 문외한인 시형의 눈에 체세포로 보이는 세포 샘플들이 눈에 들어왔다. 깊은 지식은 없었지만 세포들은 죽어 있는 듯 활동이 멈춰있을 뿐 아니라 드문드문 괴사되고 있는지 부패되어 있는 모습이 보였다. 시형이 눈을 떼고 마쓰다 교수를 바라보자 고개를 끄덕이며 또 다른 현미경으로 그를 인도했다.

"자, 이번에는 이쪽 것을 보게나."

샘플 중 다른 하나가 걸린 현미경을 들여다보자 그곳에는 먼저 것과는 달리 체세포들의 크기가 크고 싱싱한 모습이 보였다. 활발한 활동을 하는 것처럼 조금씩의 움직임도 느껴질 만큼 갓 채취한 세포들의 모습이기도 했다. 시형에 이어 영란도 신기한 듯 현미경을 들여다보았다. 그렇지만 왜 이런 것을 보여주고자 하는지 시형과 마찬가지로 의문의 시선으로 마쓰다 교수를 주목할 뿐이다.

"어떤가? 둘 간의 차이점이 있어 보이나?"

너무도 상식적인 질문에 뭐라고 이야기해야 될지 망설이다 시형이 대답했다.

"네. 하나는 채취한 지 오래된 동물 세포로 거의 활동이 멈춰 괴사되고 있는 것으로 보이고 다른 하나는 이제 막 채

취해서 올려놓은 세포 샘플 같은데요?"

"아이, 아버지도 그렇게 쉬운 질문이 어디 있어요."

시형의 대답에 영란도 웃음을 지으며 거들었다.

"허허허. 그렇지. 그런데 둘 다 일주일 전 채취된 체세포의 동일한 시료들이라네. 하나는 그냥 수용액 속에 넣어 자연 상태로 방치해 두었던 것이고 또 하나는 자네가 가져온 뿌리에서 추출한 배양액 속에 담가 놓았다는 것이 다를 뿐이지."

"아버지, 그게 무슨 말씀이세요?"

"하나는 정상적으로 괴사되어가는 시료의 반응인데 반해 하나는 놀라울 정도로 세포가 살아있고 심지어 활성화가 일어나고 있다는 말이지."

놀라는 시형과 영란을 바라보며 계속 말을 이어갔다.

"그 효능은 태백산 고니보다도 수십 배는 뛰어날 뿐 아니라 죽어가는 체세포를 거의 원형 그대로 복원시킬 수 있다네. 그 뿌리의 정체가 무엇인지 알고 있나?"

질문을 던지면서 스스로 격앙된 마쓰다의 목소리가 떨리고 있었다.

"알고 있습니다."

마쓰다의 반응에 비해 이미 그러한 결과를 짐작하고 있었다는 듯한 시형의 목소리는 점잖다 못해 차분함마저 배어 있었다.

"알고 있었다고? 정말 놀라운 일들의 연속이군!"

자신의 제자, 그것도 전공도 아닌 법학과 학생이 그런 엄청난 사실을 알고 있었다는 것에 대해 마쓰다는 보다 고무된 표정이었다.

"알고 있었다기보다는 어느 정도 짐작을 하고 있었습니다. 구 교수님 말씀을 통해서요."

"시형 군. 이것은 정말 대단한 발견이 아닐 수 없다네. 이것이 어디서 났고 또 어디에 서식하는 지까지 알 수 있다면 그건 인류의 역사를 바꿔버릴 대사건이 될 수 있을 걸세."

흥분된 어조의 마쓰다 교수가 재촉하듯 시형에게 다가서며 이야기했다.

"그렇습니다. 그런데 문제는 지금 그것이 어디에 숨겨져 있는지 아무도 알지 못한다는 것입니다."

마쓰다 교수의 상기된 표정에 찬물을 끼얹듯 시형의 풀죽은 대답이 돌아왔다.

"일본이 서복에게 속아 왔었다니 그게 무슨 말인가?"

종로 경찰서의 지하 취조실에 결박당한 구명한은 겐조가 2천여 년 동안이나 서복에게 속아 왔었다는 말을 이야기하자 이렇게 반문했다.

"서복이 그를 쫓는 무리들을 따돌리고자 획책했던 간교한 속임수에 대일본이 넘어갔었다는 말이죠."

"간교한 속임수라니 어떤 것을 말하는 겐가?"

"서복은 경상도 쪽으로 방향을 틀지 않았었습니다. 또한 소매물도를 거쳐 갔던 사실도 없었구요. 그의 부하 중 일진이라는 심복이 있었는데 그가 서복에게 충성을 다하고자 소매물도 글씽이굴이라는 곳에 서불과차라는 똑 같은 글을 남기고 태백산으로 들어가 죽을 때까지 서복 행세를 했던 것입니다."

겐조는 서복에게 자신이 직접 속임수를 당한 것처럼 분개하는 목소리로 이야기했다.

"서복이 시켰는지 일진이라는 부하의 충정인지는 모르겠으나 서복의 뒤를 쫓는 자들은 그에 속아 서복이 소매물도를 거쳐 태백산자락으로 숨어 들어간 것으로 알았지만 사실 서복은 동쪽이 아닌 서쪽 방장산 즉 지리산 산중의 단초골이라는 곳에 자리를 잡고 있었던 것이지요."

전설 속의 인물 서복이 지리산으로 숨어들었다는 말은 역사학자인 구명한에게 새로운 소식이자 연구 과제이기도 했다.

"서복은 그곳에서 성과 이름까지 바꾸고 남은 수하들과

함께 일가를 번창시켜 작은 왕국을 건설한 다음 조용히 그리고 오랫동안 살고 있었다고 합니다. 무려 1,800여 년 동안 말이죠."

"1,800년 말인가? 불로초의 힘으로? 그 사실은 또 언제 어떻게 알게 되었다는 말인가?"

꼬리에 꼬리를 물고 이어지는 구명한의 궁금증은 아군 적군을 가릴 것 없이 학구적인 해답을 갈구하고 있었다.

"우리는 임진년 정벌 이후에 비로소 그 사실을 알 수 있었습니다."

"그렇다면 어찌하여 다시 그 단초골이라는 곳을 찾아가지 않은 것인가?"

"일본 본토의 정국이 수습된 이후에 재차 찾아가려 하였었지요. 그러나 그 사실을 알고 있었던 것은 비단 일본의 황실만은 아니었습니다. 바로 조선의 왕실에서도 이 같은 사실을 알고 있었던 것이죠."

"조선 왕실이?"

"당시 조선은 국권이 강건하여 일본에서 직접적인 공세는 취하지 못하고 임진년 이후 100년이 지난 후에야 밀사들을 파견할 수 있었습니다만 밀사들이 단초골에 도달하였을 때 단초골은 이미 폐허로 변해 있었다고 합니다."

"폐허로 변해 있었다?"

그제야 구명한은 시형이 가져왔던 두 가지 물건, '동궁
궐지'와 '서불과차 탁본'의 연결고리를 희미하게나마 의식
할 수 있었다. 전혀 관련성이 없을 것이라 생각하며 두루마
리의 탁본은 신경을 쓰지 않았었는데 겐조의 이야기를 듣
고 보니 모두 불로초라는 물건을 매개로 이어지는 것들이
었다.

　　"이미 짐작하고 계시리라 생각됩니다만 단초골을 그렇
게 만든 사람은 바로 조선의 숙종이었습니다."

　　구명한의 머릿속이 복잡해지기 시작했다. 겐조의 말을
정리해 보자면 진시황의 방장 서복이 불로초를 구한 다음
진시황의 군대와 일본 천황의 무사들을 피해 조선 반도로
상륙했고 그의 뒤를 쫓는 이들을 따돌리고 지리산에 들어
가 불로초로 연명하며 수천 년을 살아왔다는 것이다. 그리
고 그렇게 잘 살아가던 어느 날, 불로초의 행방에 관해 알
게 된 조선 숙종의 침입을 받아 불로초도 빼앗기고 단초골
과 함께 그도 목숨을 잃었다는 이야기였다.

　　'궁궐지'와 '동궁궐지'의 해석을 통해 숙종이 불로지
라는 곳에서 불로초와 같은 약재를 재배했었다는 사실은
얼추 추리해 볼 수 있었지만 그 불로초라는 것이 수천 년
전의 한반도에 온 진시황의 방장 서복과 관련이 있고 원
래 그의 것이었다는 사실은 실로 충격적인 말들이 아닐

수 없었다.

"숙종은 비밀리에 구해온 서복의 불로초를 왕명에 의해 전의감으로 하여금 연구토록 하였고 과감하게도 궁내에서 재배까지 하였다고 합니다. 그것이 바로 이 책 '동궁궐지'에 기록된 것이지요. 맞지 않습니까?"

조각조각 흩어져 있었던 사실들을 꿰어 맞추는 장황한 설명에 이어 겐조가 구명한에게 질문을 던질 차례가 돌아왔다.

"서복이 제주에 새겨 넣었던 '서불과차'의 글씨체와 불로문에 새겨진 글씨체가 낯설지 않게 여겨졌었습니다. 그것은 바로 숙종이 서복의 불로초 밭을 본 따 만들었기 때문이 아닐까요? 그 문 자체를 단초골에서 가져왔을 수도 있겠군요."

"그 서책은 그냥 정설이 아닌 통설일 수도 있네. 속된 말로 여기저기 떠도는 말들을 정리 해 놓은 거 말일세."

"후후. 과연 그럴까요?"

구명한의 앞으로 서책 동궁궐지를 밀어놓는 겐조의 예리한 눈빛을 번득였다.

"천황 직속의 비밀 부대인 우리들이 조선으로 건너온 이유가 뭐라고 생각하십니까?"

"…"

딱히 구명한이 대답을 할 수 있는 성격의 질문은 아니었다.

"바로 숨바꼭질이 아직 끝나지 않았기 때문이죠. 서복 그리고 숙종과 불로초를 가운데 두고 함께 해 왔던 숨바꼭질 말입니다."

"자네들이 추적을 해 왔다니 하는 말이네만 혹시 그 불로초라는 것이 있었다 하더라도 후대의 문헌에서는 자취를 감춘 것을 보건대 이미 숙종 대에서 없어져 버린 것은 아닌가? 가뭄이나 병해로 인해 씨가 말랐다든지 약효가 떨어져 더 이상 제 구실을 못하게 되었다든지 말일세."

구명한은 자신이 알고 있던 역사적 사료들을 돌이켜 보건대 그 '불로초'라는 것이 자취를 감춘 이유는 그에 상응하는 타당한 이유가 있었기 때문이라는 생각이 들었고 그것은 당연한 추론이기도 했다. 이를 테면 멸종과 같은.

"우리도 처음엔 그렇게 생각하기도 했었죠. 그래서 우리 부대의 임무도 서복의 불로초를 대신할 세상의 다른 약재들을 찾아내고 신약을 연구하는 것으로 바뀌었었으니까요."

"허면, 그 사이 그런 생각을 뒤엎을만한 다른 물증이라도 등장했다는 말인가?"

"네, 물론입니다."

구명한은 아직까지 겐조가 그에게 그가 몰랐던 고대의 과거사들을 주저리주저리 이야기해 주는 저의를 파악하지는 못했지만 겐조가 이야기하는 것들은 적어도 구명한을 속이기 위해 꾸며내는 거짓으로 보이지는 않았다.

"작년 말, 대일본 제국의 역사학자들이 숙종의 무덤을 출토하던 중 우연히 잘 말려져 숙종의 유골 곁에 놓였던 식물 뿌리 한 개를 발견해 우리 부대로 보낸 적이 있었습니다. 그 뿌리를 연구한 결과 우리는 놀라운 사실을 알게 되었죠. 바로 그것이 진설 속에서만 이야기되던 불로초의 흔적이었다는 사실 말입니다."

그제야 구명한은 시형이 두 가지 물건을 가지고 자신을 방문했을 때 마쓰다 교수에게 함께 있던 식물 뿌리의 표본에 대해 감식을 의뢰했다고 했던 말을 기억해 냈다.

"와타나베 장군과 제가 조선을 방문하던 첫날 애석하게도 불의의 공격을 받아 그 뿌리의 표본을 분실하긴 했습니다만 우리는 그것이 이 세상에 남은 불로초의 마지막 자취라고는 생각하지 않고 있습니다."

겐조는 이제 구명한에게 어느 정도의 상황 설명이 되었다고 생각했는지 부하들을 시켜 작은 궤짝 하나를 가지고 오도록 지시했다. 부하들이 힘겹게 가지고 온 궤짝을 열어 제치자 그 안에는 퀴퀴한 냄새와 더불어 오래된 고서들 수십 권이 들어차 있었다.

"이 서책들은 모두 숙종이 직접 집필하거나 숙종의 명에 의해 쓰인 고서들입니다. 해석상의 한계가 있어 완전히 풀이되지 못한 채 남아 있습니다만 이제 구 선생께서 학자적인 양심과 소양으로 불로초의 행방에 관한 단서들을 찾아주셔야 할 차례가 된 것 같습니다."

"그런 말이 어디 있는가?"

구명한이 어이가 없다는 듯 말을 내뱉자 겐조가 고서들 가운데 한 권을 들어 보였다.

"이 책은 당시 전의감의 일지와 같은 것입니다. 이에 따르면 숙종은 숙종 18년, 불로지를 없애고 불로지에서 나온 것들을 숙종의 명에 의해 모두 숙종이 지정한 곳으로 옮겨 놓았다는 문구가 있습니다. 또한 지정된 곳을 잊어버리지 않기 위해 표석을 세워 명기해 두었다는 말도 있고요. 그곳이 어딘지 찾아야 합니다. 그 표석 뿐 아니라 그와 관련된 모든 것을 찾아 주십시오."

"내가 왜 이러한 일에 개입이 되어야 하는가?"

겐조의 당돌한 요구에 미력하나마 저항을 해보려는 듯 고개를 세우며 구명한이 물었다.

"잊으셨습니까? 선생은 5년 전 독립군의 진공 작전 모의 협의로 동료들과 함께 체포되셨었습니다. 각서를 쓰고 조선 역사 편찬 사업에 협조를 한다는 조건으로 홀로 풀려나셨죠. 그런데 다시 독립 운동을 모의하는 자들과 내통을 하셨더군요. 부대장을 시해한 테러범들과 말입니다. 이 서책을 접한 그 순간부터 이미 선생은 너무도 깊숙이 개입되어 있다는 사실을 잊으시면 안 될 것 같습니다."

무섭게 노려보는 겐조의 눈빛이 구명한의 마음을 꿰뚫어 보고 있는 듯 구명한의 심장에 비수처럼 다가왔다.

8. 자취를 쫓다

덕수가 가게 밖에 놓인 찜통에서 찐빵 몇 개를 꺼내 접시에 옮겨 담고는 길 건너에서 이쪽을 감시하듯 주시하는 두 명의 남자를 힐끔힐끔 쳐다보며 가게 안으로 들어갔다. 가게 안에는 탁자를 사이에 두고 시형과 영란이 마주 앉아 있었다.

테이블 위에 잘 익은 찐빵을 올려놓으며 덕수가 낮은 목소리로 속삭였다.

"쩌어기 저 길 건너에 서있는 외간 남자들 보이지?"

시형이 고개를 돌려 바깥을 응시하자 정말 길 건너에 어색한 듯 서서 이쪽을 바라보는 사내 두 명이 보였다.

"지난번 강인국 동지가 탈출해 나왔을 쩍부텀 놈들이 미행을 했음에 틀림없구먼. 며칠 전부터도 저렇게 지키고 섰더란 말일세."

덕수가 찐빵에만 시선을 모으며 말을 던지고는 한쪽 구석으로 가 열심히 만두를 빚기 시작했다. 내심 바깥의 감시자들에게 시형과의 친분을 노출시키지 않으려는 노력이 역력해 보였다. 시형도 역시 시선은 영란과 찐빵에 고정한 채 나직하게 이야기했다.

"구 교수님이 잡혀가신 지 여러 날이 지났지만 종로서에 계시다는 것만 알 뿐 어떻게 되신 건지 궁금하기도 하고 어떤 방도가 있을까 하여 찾아 왔습니다."

"그려. 김인환 선생한테 자네 말은 전해 보지. 그런데 저렇게 저놈들이 뭔가 눈치를 챈 상황이라 강인국 동지나 김인환 선생도 움직이시기가 쉽지 않을 걸세."

길 건너 사내들을 턱으로 가리키며 덕수가 만두 빚기에 열중하고 있었다.

덕수가 만두를 빚는 대로 2~3미터는 족히 되어 보이는 찜판 위로 만두를 던지면 신기하게도 만두들이 나란히 열을 맞추어 정렬되고 있었다. 그 속도 또한 달인의 경지에 오른 듯 제대로 쳐다보지도 않으면서 순식간에 만두 한판을 빚어 허공에 날린 후 판 위에 착지시키는 모습이 놀랄만한 솜씨였다.

"어머, 어떻게 그렇게 정확하게 던지실 수 있죠?"

시형과 함께 신기한 듯 이 모습을 쳐다보던 영란이 질문을 했다.

"아, 이거 말이여? 허허허. 아버지 대부터 대대로 만두 장사를 해서 손에 익어 그런 것도 있지만 원체 내가 정확히 던져 넣는 것을 잘 하거등."

"가까운 거리도 아니고 대단하시네요."

심각한 상황은 잠시 떠나 덕수의 묘기에 박수를 보내며 시형이 말했다.

"이건 뭐 아무것도 아니지. 나가 어렸을 때는 말이여, 10미터는 족히 되는 감나무에 올라가서도 감을 딴 다음에 나무 밑에 있는 팔뚝만한 삼태기 안에 정확히 던져 넣었다는 거 아니겠어? 나가 세상을 잘못 타고 태어나서 말이지 가볍거나 무겁거나 뭐든 정확히 던져 넣는 것은 선수라니께."

어깨를 으쓱하며 말하는 덕수의 몸동작이 우스꽝스러워 보였는지 영란이 웃음을 터뜨리고 시형과 덕수도 덩달아 웃음이 터졌다.

다음 날 오후, 종로 경찰서 구치소 입구로 덕수가 등장했다.

보자기에 싼 무언가를 들고 들어가는 덕수의 표정이 다

소 긴장되어 보이긴 했지만 역시 자연스러워 보이려 최대한 노력을 하는 몸짓이 역력했다. 오히려 그런 것이 다른 사람들의 눈에 띨 수도 있었지만 사람들이 복잡 대는 종로경찰서인지라 누구도 덕수의 그런 모습을 눈 여겨 보지는 않았다.

구치소의 초병 앞으로 다가가자 초병이 허름한 복장의 덕수를 위아래로 훑어보며 제지했다.

"무슨 일입니까?"

"뭐시냐… 안에 계신 구명한 선생님 제자로부터 사식 배달입니다요."

덕수는 초병의 의심 어린 눈초리를 의식한 듯 보자기를 풀어 안에 든 찬합의 뚜껑을 열어보았다. 찬합 안에는 찐빵들이 가득 들어있었고 덕수가 그 중 하나를 집어 초병에게 건네주자 한입 베어 먹어보고는 귀찮다는 듯 통과시켜 주었다.

구치소 지하 감옥으로 내려간 덕수에게 다른 초병 하나가 붙더니 구명한이 갇혀 있는 독방의 문 앞까지 대동했다.

"빨리 전달해 주시오."

덕수의 곁에 서서 초병이 재촉했다.

구명한이 갇혀 있는 작은 독방 안에는 덩그러니 놓인 좌탁 하나가 전부였고 구명한은 그 옆에 놓인 궤짝의 고서들을 하나씩 꺼내 안경 너머로 진중하게 훑어보고 있었다. 초병과 덕수가 문 앞에 당도하고 초병이 식기 반입구를 열어주자 덕수가 보따리를 들이밀었다.

"미츠꼬 상이 보내는 사식입니다요. 어르신 입맛에 맞으실지는 모르겠습니다만 따뜻할 때 드시구 빈 그릇은 내일 이맘때 찾으러 오겠습니다."

구명한은 초병과 덕수가 물러가는 소리가 멀어지자 보따리를 좌탁 위에 올려놓고 풀어보았다. 갇혀 있는 처지에 사식이 반가운 것이 아니라 영란이 구명한을 위해 준비했다고 하니 그 정성과 마음 씀씀이가 고마울 따름이었다.

찬합을 열자 그 안에는 커다란 찐빵 네 개가 가지런히 놓여 있었다. 찌자마자 바로 가져 왔는지 찐빵의 온기가 그대로 느껴졌다.

"찐빵이라…"

한 번에 먹기에는 그 크기가 너무 큰지라 그 중 하나를 집어 들고 반으로 쪼개 입으로 가져갔다. 그런데 무심코 들여 들여다 본 찐빵의 내용물 사이로 잘 접은 쪽지 하나가 들어 있는 것이 보였다.

그 날 저녁, 독방에서 고서 탐독에 열중하던 구명한은 겐조와의 면담을 요청했다. 겐조는 구명한이 언젠가는 스스로 자원하여 이번 일의 중심에 서 줄 것을 예상했지만 구명한의 빠른 면담 요청은 의외였고 그가 무슨 말을 할지 궁금했다.

겐조의 사무실로 이시하라가 구명한과 함께 들어오자 이전의 위협적인 태도는 간 데 없고 친근한 미소를 지으며 구명한을 맞이했다.

"구명한 선생, 종로 구치소에 모시게 되어 송구스럽습니다. 좁고 불편하셨더라도 양해를 부탁 드렸으면 합니다. 종로서에서 선생이 독립군들과 접촉했다는 사실 만으로도 구속을 시켜야 된다고 하도 성화를 해서 말이죠."

구명한은 위로 반 위협 반이 섞인 겐조의 겉치레에 전혀 개의치 않는다는 듯 자리에 앉아 시선을 중앙에 고정시켰다.

"제게 하실 말씀이 있으시다고요?"

역시 거만한 겐조의 본론이었다.

"내 일찍이부터 일본의 녹을 먹긴 했네만 나도 조선인으로서 조선을 배반하면서까지 자네들을 돕고 싶은 생각은 추호도 없었네."

비장한 구명한의 목소리가 무언가를 결심한 듯싶었다.

"충분히 이해하고 있습니다. 계속 말씀하시지요."

"허나 자네들이 말한 수수께끼 같은 이야기와 서책들을

들여다보고 있자니 잊혀져 간 역사 앞에 밝혀야 할 진실은 있다는 생각이 들었네. 일종의 소명 의식 같은 것도 들고.”

“이제야 선생님과 이야기가 좀 되어가는 듯싶군요.”

겐조의 얼굴에서 야릇한 화색이 돌고 있었다.

“협조하겠네. 동서고금을 막론하고 오랜 시간 찾고자 노력했지만 찾지 못했던 그것. 지금 자네들의 손을 빌어서라도 찾지 못한다면 영영 묻혀버릴 것 같으니 그 용처는 차치하고 우선 찾는 데 협조하도록 하겠네.”

“좋습니다. 환영하구요. 그런데 선생께서 뭔가 실마리를 찾으신 것 같군요.”

눈치 빠른 겐조는 구명한의 목소리에서 구명한이 무언가 불로초 추적에 단서를 찾아냈다는 확신을 가질 수 있었다.

“단, 조건이 있네. 들어줄 수 있는가?”

호흡을 가다듬고 이야기하는 구명한의 자세에는 배수의 진을 친 듯한 비장함이 흘렀다.

“불로초를 찾게 되면 모르긴 몰라도 그 약효로 인해 일본 황실이 그 영속을 이어가게 될 상황이니 일본 정부와 황실의 이름을 걸고 약속을 해 주었으면 하네.”

“말씀해 보시지요.”

“5년 전 진공작전 수행을 모의하다 체포되었던 광복군과 독립 운동 단체 인사 200명을 풀어주게. 그리고 또….”

협상하기 어려운 조건을 말하려는 듯 숨을 골랐다.

"조선의 일부라도 좋으니 조선인들에게 자치권을 약속해 주었으면 하네."

구명한의 다소 무리한 요구 사항에 당황할 만도 하건만 겐조의 표정은 이전 그대로 여유로워 보였다.

"그것뿐입니까?"

구명한의 요구가 그리 대수롭지 않다는 듯 부드러운 표정으로 말했다.

"좋습니다."

무엇이 좋다고 하는 것인지 구명한은 어리둥절한 눈빛으로 겐조를 노려봤다.

"이렇게 하시지요. 선생께서 만주로의 석방을 원하시는 인사 200명을 적어주시면 그 중 100명은 내일 당장 풀어주도록 하겠습니다. 그리고 나머지 100명은 불로초를 찾은 이후 석방하도록 하지요."

약삭빠른 겐조의 즉각적인 타협안이었다.

"그리고 천황폐하의 직속 부대로 우리는 천황폐하의 명예를 걸고 조선의 전부는 아니더라도 선생께서 만족하실 정도의 영토에 대해 자치권을 할애 받을 수 있도록 천황폐하와 일본 정부에 직접 요청하도록 하겠습니다. 그 대가가 불로초라면 천황폐하와 일본 정부에서 거절할 이유도 없을 겁니다. 필요하시면 서면으로 천황폐하의 약조를 공증 받아 상해 임시 정부로 발송하도록 하겠습니다.”

“그것만 보증된다면 최대한 협조할 수 있도록 하겠네.”

겐조의 타협안이 다소 미흡하긴 했지만 구명한으로서는 불로초를 대신해 조선에 할 수 있는, 자신이 할 수 있는 최선의 선택이라는 생각이 들었다.

주인이 종로 구치소에 잡혀가 있는 개 프란다스를 앞세우고 시형이 산책하듯 창덕궁 궐내를 걷고 있었다. 이따금 마주치는 순시병들이 경계어린 시선으로 시형과 프란다스를 바라보긴 했지만 구명한이 주었던 신분증 덕에 창덕궁 경내를 자유롭게 돌아다닐 수 있었다. 주위를 둘러보며 천천히 걷고 있었지만 사실 시형의 마음은 조급한 생각으로 가득 차 있었다.

“어디서부터 찾아 봐야 하는 거야.”

빈 그릇을 찾으러 구치소로 향했던 덕수를 다시 만난 것은 오늘 아침이었다.

역시 계획했던 대로 구명한은 시형이 보낸 쪽지를 보았고 찬합의 바닥에 회신을 적어 덕수 편에 보내왔던 것이었다. 일단은 안부만 묻고자 함이었는데 구명한이 보낸 쪽지에는 실로 구체적이고 놀라운 내용들이 적혀 있었다.

'비밀은 창덕궁 내 13이라고 적힌 돌기둥 뒤에 있다.'

구치소에 갇혀 있었지만 구명한은 '동궁궐지'와 고서들을 탐구한 끝에 그와 같은 결론을 도출해 냈던 것이고 그것을 함께 읽은 강인한과 시형은 더욱 고무되지 않을 수 없었다. 그 쪽지의 글대로라면 그들이 화두로 올리고 있는 불로초가 창덕궁 내에 존재하고 있으며 13이라는 숫자가 적힌 돌기둥 뒤에 있다는 것이다.

너무 쉽지만 한편으론 너무 어려운 메시지가 아닐 수 없다.

강인국은 상부에 보고를 하러 가면서 시간이 촉박해진 만큼 창덕궁 출입이 자유로운 시형에게 창덕궁에서의 수색을 부탁했다.

구명한의 메시지와 강인국의 부탁으로 창덕궁 안에 들어오긴 했지만 시형으로서는 여간 막막하지 않을 수 없었다. 창덕궁의 구조도 잘 모르거니와 영란이라도 함께 한다면 도움을 받을 수 있으련만 그녀가 마침 경주로 사료 탐방을 떠나 있는 상황이라 시형 혼자 장님이 코끼리 더듬듯 둘러볼 수밖에 없는 것이었다.

강인국의 말대로 구명한이 쪽지를 통해 찾아볼 것을 알렸다면 이는 곧 일본군들도 그것을 알게 될 시급을 다투는

사안이라는 말이고 단서에 불과한 것이기는 하지만 일본군
들이 나선다면 13이라는 돌기둥을 찾는 것은 일도 아닐 거
라는 생각이 들었다.

제일 먼저 불로문과 애련지로 향했다. 분명 남들의 이
목도 두려웠을 것이고 먼 거리를 이동했다면 기밀 누설이
우려될 상황이므로 불로지에서 채취한 불로초는 불로문에
서 그리 멀지 않은 곳에 불로초를 은닉시켰을 가능성이 커
보였다.

애련지에 도착하자마자 목이 말랐는지 프란다스가 뛰
어가 혀를 날름거리며 애련지의 연못물을 연신 들이켰다.
프란다스는 유난히도 애련지의 연못물을 좋아하는 듯 보였
다. 시형도 뙤약볕에 목이 마르고 벌써부터 지쳐왔지만 연
못물을 마시지는 못하겠고 빨리 주변 수색을 끝내야겠다는
생각만이 들었다. 시형은 제일 먼저 애련지의 정자 애련정
주변을 둘러보았다. 애련정이 불로지를 없앨 무렵에 지어
진 정자이므로 이 정자의 어느 곳에 불로초를 숨겼을 가능
성이 있었다. 정자의 바닥과 천장을 둘러보고 여기저기 흔
적을 더듬어 봤지만 정자를 통째로 드러내고 그 밑을 보면
모를까 표면적인 정자의 모습을 봐선 불로초 같은 것을 숨
길 곳이 없어 보였다. 그리고 13이라고 씌어진 돌이라니
'十三'이라고 쓰인 글을 찾아 인근을 둘러보았지만 그런 숫

자도 그런 돌도 찾아볼 수 없었다.

난감해진 시형은 해가 뉘엿뉘엿 저물기 시작할 때까지 시형이 드나들 수 있는 구역의 창덕궁은 모두 돌아본 것 같았다.

"도대체 13이라고 적힌 돌기둥이 어디 있다는 건지. 숫자는커녕 돌기둥 하나 찾아보기 힘드니."

혼잣말로 중얼거리며 다시 애련지로 돌아와서는 그 자리에 털썩 주저앉아 버렸다.

그런 애매한 단서로는 시형뿐 아니라 제아무리 일본군이라도 불로초의 행방을 찾기란 쉽지 않을 거란 생각도 들었다. 적막한 궁궐의 오후, 순시병들의 발걸음조차 보이지 않고 아무도 없는 애련지의 정경이 한없이 평화롭고 고요해 보였다. 옛날 임금들은 이곳에 앉아 세상을 생각하고 풍류도 즐겼겠지. 사람들로 북적거리는 종로 거리를 떠나 이렇게 한적한 곳에 앉아 있으니 마음도 가라앉고 참 좋다는 생각도 들었지만 몇 날이고 이런 곳에만 앉아 있으라고 한다면 답답하고 좀이 쑤셔 오래 견딜 수 없을 것이란 생각도 들었다. 그러고 보면 왕은 외로운 존재라는 말이 맞는 것 같았다. 왕이라는 지위에 올라서는 순간 진심으로 마음을 열고 소통할 친구를 사귈 수도 없는 것이요, 마음에 드는 처자와 애틋한 사랑을 엮어 나갈 자유연애를 할 수도 없는 것이요, 세상의 좋은 경치와 풍류를 맞이하며 마음껏 즐길 수 있는 자유도 제한되었을 것이다.

'바다를 본 임금은 몇이나 될까?'

제 아무리 궁이 넓고 그 안에 없는 것이 없다 하더라도 궁이라는 제한된 공간에 갇혀 제한된 즐거움을 즐겼을 그들을 생각하니 갑자기 생뚱맞은 의문이 떠올랐다.

북한산 자락 궁궐에서 호의호식했다고 한들 그들은 마음대로 바다 한번 보지 못했을 것이라는 생각이 들었다. 교통수단도 발달되지 않았을 뿐더러 험준한 산을 넘어야 하는 동해 바다는 더더욱 보지 못했으리라. 그렇게 생각하고 나니 왕이라는 자리가 반드시 동경의 대상만은 아닐 것이라는 생각도 들고 여러 가지 꿈을 가져볼 수 있는 자신의 처지가 더욱 나은 것 같은 위로를 가져 볼 수 있었다.

이런 저런 생각으로 하염없이 애련지를 바라보고 있자니 얼마 전 봉오리가 졌던 연꽃들이 새파란 물과 연잎을 배경 삼아 연분홍의 꽃잎을 해맑게 피우고 있는 모습이 눈에 들어왔다. 왠지 연꽃의 단아한 자태가 시형의 머릿속에서 영란의 얼굴을 떠올리게 했다. 조금은 부끄러운 마음에 시선을 돌리자니 전에 이곳에서 영란이 했던 말이 떠올랐다.

'연꽃의 꽃말은 여러 가지가 있겠지만 깨끗하고 청순한 마음이라고 해요. 제가 제일 좋아하는 꽃이죠.'

마쓰다 교수의 딸 미츠꼬로만 생각하려고 했었는데 연민과는 다른 영란에 대한 애틋한 감정들이 이미 시형의 마음속에 자리 잡아가고 있음을 느낄 수 있었다.

시형은 자리에서 일어나 미소를 머금고 연못가에 엎드려 연못 위로 손을 뻗쳤다. 손에 닿는 곳의 연꽃 하나를 뿌리 채 건져 올린 시형이 혼잣말처럼 다시 물을 핥아 먹고 있는 프란다스에게 말을 걸었다.

"프란다스, 오늘 불로초를 찾기는 틀린 것 같고 이거라도 건져가서 점수 좀 따야겠다."

어둑어둑해져서야 창덕궁을 나온 시형은 마쓰다 교수의 실험실로 향했다. 전설의 불로초는 아무래도 영원히 전

설 속의 모습 그대로 남아있을 가능성이 컸지만 시형과 천수당에서 알지 못하는 것들을 일본군이 알아내고 또 불로초를 찾게 된다면 그 뒤의 일들은 생각하고 싶지 않을 만큼 어마어마한 것들이었다.

이대로 아무 해답도 찾지 못한 채 손을 놓고 있다간 시형의 책임 또한 가볍지 않을 거란 생각을 하니 불로초의 실체를 알고 있는 마쓰다 교수에게라도 논의를 해 보아야 조금이라도 고민이 덜어질 수 있을 것 같았다.

"그 천수당에서는 뭐라고 하던가?"

실험을 하고 있다 장갑을 벗으며 마쓰다 교수가 물었다.

"일단 구 교수님이 나오셔야 뭐든 시도가 가능할 것이란 의견입니다. 저쪽에서 먼저 움직이면 몰라도 지금의 몇 가지 단서로는 아무 것도 건질 것이 없으니까요."

"흠. 그래. 섣불리 움직였다간 오히려 일본군에게 덜미만 잡힐 가능성도 있겠지. 어렵겠지만 일단 자네가 그 불로문 주변을 탐색해 보고 또 얻게 되는 정보가 있으면 내게 먼저 알려주게. 불로초를 발견한다 해도 장기간 보관되었을 것이니 부패 정도가 심해서 약용으로 쓰일 수도 없으니 나 같은 전문가가 나서봐야 하지 않겠나?"

"글쎄요. 과연 그런 것이라도 찾을 수 있을지 모르겠습니다."

"내 보기엔 천수당도 조직원이 그렇게 많다면 믿기만 해서도 안 될 거 같네. 점조직처럼 움직인다 해도 어느 조직이나 조직이 커지면 반대 의견을 가진 사람이나 첩자도 분명 있기 마련이거든."

"네, 알겠습니다."

하숙집으로 돌아온 시형은 호롱불에 불을 붙이고 가방 안에서 조심스레 연꽃을 꺼냈다. 뿌리까지 가져왔으니 영란이 돌아올 날까지는 꽃의 상태가 유지될 수 있을 것 같았다. 두리번거리던 시형은 꽃을 곳을 찾다 물이 담긴 양철 주전자를 발견하고는 주전자 뚜껑을 열고 물에 뿌리를 담근 다음 연꽃을 살짝 띄워 놓았다.

어두침침하고 궁색해 보이는 시형의 방안이었지만 연꽃으로 인해 한결 화사하고 온기가 있어 보였다. 좀 과장되게 표현한다면 영란이 방안에 들어와 있는 기분이 들기도 했다.

꽃을 보다 책상으로 다가 앉은 시형은 다시 창덕궁 일원의 지도를 펴 들고 자신이 둘러본 곳에 X표를 표기해 가며 지도를 훑어보기 시작했다.

"이제 거의 다 돌아본 것 같은데, 13이라고 써진 돌기둥이라니…."

혼잣말로 중얼거리는 시형의 목소리에는 막막함이 배어 있었다.

730부대의 경성 지부 울타리로 검은색의 승용차 한대가 미끄러지듯 흘러 들어와 정차를 하고 차에서 내린 겐조가 이시하라의 안내로 서둘러 건물 안으로 들어가고 있었다.

"그 늙은이가 협조는 하기로 했는데 아직 아무 단서도 내놓지 않고 있다 이건가?"

"네. 그렇습니다. 어떤 단서를 발견한 것 같긴 합니다만 왠지 시간을 끌고 있다는 생각이 듭니다."

이시하라가 그간의 취조 결과를 이야기했다.

"제 아무리 구명한이라도 자기 밖에 없다는 착각에 빠져 있는 듯싶군. 다른 역사 감정 위원들에게도 의뢰해 두었으니 곧 어느 쪽에서든 답이 나오겠지."

겐조가 자신의 사무실 앞에 멈춰서 문고리를 잡자 이시하라가 급하게 달려와 속삭였다.

"기다리고 계신 분이 있습니다."

겐조가 고개를 끄덕이며 사무실 안으로 들어가자 겐조의 자리에 앉아 겐조를 기다리는 노신사의 뒷모습이 보였다.

"외부에 노출이 되면 안 되는 원로 어른께서 어인 일로 행차를 하신 겁니까? 너무 위험한 일 아닌가요?".

뒷모습만 보고도 누구인지 알아 볼 수 있다는 듯 빙그레 웃으며 겐조가 말했다.

노신사는 겐조의 인기척에도 창밖을 보고 있다 천천히 뒤로 돌았다.

그는 바로 마쓰다 교수였다.

"겐조 상이 일을 매끄럽게 처리했다면 내가 이리 찾아올 이유도 없었겠지?"

"이번 건은 전적으로 제게 맡겨 달라고 본토에도 말씀 드렸었습니다."

"그것 역시 자네의 정보력이 지금쯤 불로초의 행방에 관해 해답을 얻었을 때의 일 아닌가? 말해 보게, 어떤 정보를 가지고 있는지."

"그건… 조금 더 기다려 주십시오."

마쓰다의 추궁에 난처한 듯 겐조가 항변했다.

"천수당의 손에 불로초가 들어가고 난 다음까지 말인가?"

천수당이라는 말에 겐조가 화들짝 놀란 표정으로 마쓰다를 노려봤다.

"마쓰다 상께서 어떤 중요한 정보라도 가지고 계신 겁니까?"

겐조의 질문에 겐조를 비웃기라도 하는 듯 쓴 웃음을

지으며 다시 뒤돌아 창밖의 조명들을 내다보던 마쓰다가 운을 떼기 시작했다.

"있다마다. 자네는 13이라는 숫자와 돌기둥에 대해 들어봤나?"

그 자리엔 시형과 영란 앞에서 한없이 온화한 모습을 지녔던 마쓰다 교수는 간데없고 안경 너머 냉엄한 눈빛을 지닌 730부대의 생화학 실험 총책임자 마쓰다가 서 있을 뿐이었다.

마쓰다로부터 그가 던진 13이라는 숫자와 돌기둥의 단서가 구치소의 구명한으로부터 흘러 나왔다는 사실을 접한 겐조는 다시 구명한을 그의 사무실로 불러들였다.

"선생이 제시한 조건을 수용한다 말씀 드렸거늘 어찌하여 우리를 기만하시는 겁니까?"

"도통 무슨 말인지 모르겠네."

"그럼 13의 숫자와 돌기둥에 대해 한번 이야기해 보시겠습니까?"

시종일관 시치미를 떼려던 구명한은 겐조의 입에서 13과 돌기둥이라는 말이 나오자 올 것이 왔다는 듯 두 눈을 지그시 감고 말았다.

구명한이 덕수를 통해 메시지를 전해 주었었지만 천수

당과 시형이 불로초를 쉽게 찾아낼 수 있으리라고는 생각하지 않았다. 다만, 천수당에서 오랫동안 그것의 정체를 추적해 왔다고 하니 구명한이 전해 준 단서와 더불어 불로초의 행방에 관해 좀 더 폭을 좁혀 갈 수 있으리란 소망을 가졌을 뿐이었다.

겐조의 추궁 끝에 구명한은 할 수 없이 '동궁궐지'의 후반부 중 한 페이지를 펼쳐 겐조 앞에 내 보였다. 그곳에는 '숙종이 불로지를 폐하고 그 옆에 애련지와 애련정을 만든 이후 귀하게 여긴 화초를 따로 가꾸어 두라고 명한 후 그 화초를 따로 가꾸어 둔 곳의 단서의 어지를 '十三石柱'로 가는 길목의 돌 6개에 각각 새겨 넣었다'라는 내용이 적혀 있었다. 필시 귀하게 여긴 화초라 함은 불로초가 분명할 것이요, 그것을 둔 곳의 단서만을 어지로 따로 표기해 두었다 하니 이는 정적들에게 함부로 노출 되는 것을 꺼린 숙종의 트릭이었을 것이다.

"이시하라! 당장 출동 준비를 서둘러라!"

겐조는 다급한 목소리로 부대원들의 출동을 명하고 구명한과 함께 차에 올랐다.

"그 십삼석주(十三石柱)라는 것은 무엇을 뜻하는 것입니까?"

이동하는 차 안에서 구명한을 노려보며 겐조가 물었다.

"그건 나도 자세히 모르겠네. 십삼 석주라는 것이 열 세 개의 돌기둥을 의미하는 것인지 십삼(十三)이라는 숫자가 적힌 돌기둥을 의미하는 것인지는 나도 파악을 못했어."

답답한 듯 주먹으로 차창을 때리며 겐조가 분노의 적개심을 토해냈다.

이미 해는 지고 어두워진 상황. 어둠을 뚫고 730부대의 군인들을 실은 군용 트럭 3대가 겐조의 차량을 선두로 창덕궁 정문 앞에 속속 도착하고 있었다.

잘 훈련된 군인들은 트럭이 멈추어 서자 질서 정연하고 신속하게 하차하여 돈화문 앞에 도열해 섰다.

승용차의 문이 열리고 차에서 내린 겐조는 절뚝거리는 구명한을 강제로 이끌며 군인들 앞에 나아가 섰다.

겐조를 대신하여 이시하라가 잘 정렬된 군인들을 향해 소리쳤다.

"1조는 동쪽으로, 2조는 서쪽으로 3조는 정 중앙으로 흩어져 수색을 실시한다. 다시 말하지만 십삼(十三)이라고 쓰인 돌기둥이든 뭐든 수상한 것이 발견되는 즉시 보고하도록 하라! 시작!"

이시하라의 명령이 떨어지기 무섭게 군인들은 일제히 횃불에 불을 붙여 들고 창덕궁의 안으로 뛰어 들어 갔다.

부하들의 돌진을 바라보던 겐조는 차의 보닛 위에 서책

과 지도를 펼쳐 놓고 횃불을 비추어 보았다. 서책의 펼쳐진 페이지 위에 놓인 돋보기 안으로 '十三石柱'라는 글씨가 선명하게 투영되고 서책과 지도를 번갈아 쳐다보며 돌기둥을 찾으려는 겐조의 눈이 바빠지고 있었다.

"예전부터 창덕궁은 내 손바닥 같이 알고 있지만 그런 표식을 본 적이 없네. 물론 들어본 적도 없고."

겐조의 흥분된 행동을 바라보고 있던 구명한이 말을 꺼냈다.

"당연히 숙종의 단서가 그리 쉽게 노출되어 있지는 않았겠지요."

구명한의 이야기는 들리지도 않는다는 듯 지도를 접으며 겐조도 횃불 하나를 집어 들었다.

절뚝거리며 지팡이를 짚어 가는 구명한을 앞장세우고 겐조도 창덕궁에 대한 본격적인 수색에 들어갔다.

730부대의 동태를 살피던 천수당에서는 일단의 군인들이 구명한을 데리고 부대를 출발하여 창덕궁으로 향했다는 소식을 접하자 역시 비상에 걸렸다.

이 소식은 김인환을 통해 강인국에게 전달되었고 강인국은 급한 대로 덕수를 포함한 천수당원 5명을 모아 창덕궁으로 향했다. 천수당원 5명으로 무슨 일을 할 수 있으랴

마는 아무 저항도 없이 적들에게 불로초를 순순히 내어줄 수는 없는 노릇이었다.

창덕궁에 도착한 강인국 일행은 돈화문의 삼엄한 경비를 피해 북쪽으로 돌아 담을 타고 창덕궁 안으로 넘어 들어 갔다.

"그런디, 워디서 워떻게 우리가 먼저 손을 써야 하는 건감?"

다소 겁에 질린 덕수가 강인국에게 물었다.

"글쎄. 이 야밤에 출동한 것으로 봐서는 몹시 다급해진 것 같은데 아직 구체적인 위치는 파악이 안 된 것으로 보이네. 잠자코 기다리고 있다 적들이 물건을 손에 넣는 순간 사생결단을 내려야 할 것 같아."

350여 년을 기다려 불로초를 찾고자 혈안이 돼 있는 730부대원들만큼이나 천수당원들의 의지 또한 깊고 강인해 보였다.

9. 격전의 현장

초저녁부터 시작된 겐조와 군인들의 창덕궁 수색은 날이 새고 아침이 밝아 올 때까지 계속됐다. 구역을 나누고 흩어져 풀 한 포기까지 샅샅이 훑어 오던 부하들도 밤샘 수색으로 기진맥진하며 한 곳으로 모여들고 있었다. 지친 기색은 부하들만 아니라 겐조도 마찬가지였다.

"이보게, 더 이상은 안 되겠네. 날이 완전히 밝으면 오후에 와서 다시 시작하든가 해야 하지 않겠는가?"

거친 숨을 헐떡거리며 힘에 부친 듯 구명한이 한계를 토로했다.

그러나 몸은 지쳤지만 불로초를 찾겠다는 일념으로 똘똘 뭉친 겐조에게 휴식이란 단어는 있을 수 없었다.

"다시… 다시 수색을 실시한다!"

날이 좀 더 밝아지자 군인들이 다 타버려 흰 연기만을 뿜어대는 횃불을 한자리에 모아 던지고 흩어져 지나온 곳에 대한 수색을 다시 시작하는 모습이 보였다.

지친 모습이 역력한 군인들 사이에는 일본군 복장을 한 덕수의 모습도 섞여 있었다. 부대 간 구분이 모호해 진 틈을 타 일본군으로 위장한 천수당원들이 일본군들과 뒤섞여 수색을 나서고 있던 것이었다. 가급적 고개를 숙이며 얼굴을 노출시키지 않으려는 덕수의 모습이 우스꽝스러워 보이기도 했지만 지쳐가는 일본 군인들 중 그 누구도 덕수와 강인한 일행을 알아 볼 사람은 있지 않았다.

날이 완전히 밝고 한나절이 지나도록 문제의 13이라는 숫자의 의미를 지닌 돌기둥은 발견되지 않았다. 겐조의 말대로 이미 수백 년 동안 감추어져 왔던 숙종의 비밀이 그렇게 쉽게 노출되리라고는 생각하지 못했지만 정밀 수색을 통해서도 드러나지 않는 단서의 정체는 불로초의 행방을 영원한 미궁 속으로 밀어 넣고 있는 듯 했다. 땀에 흠뻑 젖은 군인들, 지팡이를 짚고 간신히 쩔뚝거리는 걸음을 옮기느라 힘들어 하는 구명한, 의지는 살아 있으되 역시 기운이 빠져 수척해진 겐조, 일본군들 틈에서 서로의 존재를 확인하며 눈짓을 주고받는 천수당원들. 모두가 힘들어 하고 있었다.

오후의 수색마저도 성과 없이 저물어 가고 또 다시 해가 뉘엿뉘엿 기울어지기 시작할 무렵, 땀으로 뒤범벅이 된 겐조와 구명한 일행은 지친 몸을 이끌고 창덕궁의 소요정과 옥류천 앞에 멈춰 섰다.

　　기력을 거의 잃은 구명한은 소요정 정자 한 귀퉁이에 걸터앉고 겐조와 이시하라도 옥류천의 바위에 주저앉아 버렸다.

　　"너무 무모한 수색 아닌가? 결국 숙종의 비밀이란 것은 이대로 역사 속에 묻어 버려야 할 것만 같군."

　　땀을 쓸어내리며 숨이 가쁜 구명한이 입을 열었다. 수색 내내 겐조의 눈치가 보여 그 어느 누구도 말을 하지 않았지만 구명한이 용기를 내 헛된 수색 여정에 종지부를 찍고자 했던 것이다.

　　막막한 듯 잔뜩 찌푸린 얼굴로 주위를 둘러보던 겐조는 대답 대신 갈증이 난 듯 옥류천으로 다가가 고여 있는 물을 한 움큼 움켜쥐고는 얼굴을 쓸어 내렸다.

　　이때 어디선가 개 짖는 소리가 들리고 그 쪽으로 시선을 돌리자 구명한의 개 프란다스가 뛰어 오고 있었다. 그 뒤로는 시형과 영란이 옥류천을 향해 걸어오고 있는 모습이 보였다.

　　"교수님!"

영란이 못내 걱정스러운 듯 구명한을 향해 뛰어 왔지만 곧 옥류천 주변의 군인들에 의해 저지당한 채 더 이상 가까이 다가갈 수 없었다.

겐조가 세수를 하려 숙이고 있던 그 모습 그대로 눈을 들어 시형 일행과 구명한을 바라봤다. 구명한의 집에서 강인국과 함께 있다 도주한 남학생이 있다고 들었는데 그것이 바로 지척에 서 있는 시형이라고 생각하니 의심스러운 눈빛에 힘이 들어가는 것은 당연한 것이었다.

"경성 제대에 다니는 내 제자들일세. 창덕궁 복원 사업에 동원됐던 제자들."

겐조의 눈빛을 의식한 듯 구명한이 변명하듯 이야기했다.

겐조가 이시하라에게 고개를 끄덕이자 이시하라는 군인들의 제지를 풀도록 지시했다.

"들여보내라."

시형과 영란은 기진맥진 쓰러지다시피 기대앉은 구명한에게 뛰어 왔다.

"교수님, 괜찮으신 건가요? 안색이 무척 안 좋아 보이십니다."

구명한이 잡혀간 이후로 일본군들이 이 노인에게 어떤 일을 자행했는지 몰라도 수척해진 낯빛과 행색으로 볼 때 여간 곤욕을 치른 것이 아니라는 느낌이 전해졌다.

"난 괜찮네. 잠을 못 자서 잠시 고단할 뿐이야. 그런데 자네들이 여긴 웬일인가?"

구명한의 질문에 시형이 잠시 당황하는 기색을 보이자 영란이 눈짓을 교환하며 이야기했다.

"창덕궁 사료 수집 차 답사 나왔어요. 좀 있다 다른 학생들도 합류하기로 했구요."

구명한과 영란 일행이 사제지간임을 확인하고는 별 관심이 없다는 듯 다시 연거푸 세수를 하던 겐조가 고개를 들어 하늘과 옥류천 주변의 나무와 바위들을 차례로 둘러봤다. 인조가 만들었다는 옥류천은 풍류를 아는 임금의 지혜가 담겨져 있다고 할 만큼 주변 경관과의 조화가 훌륭했고 바위에 인공적으로 '∩'자 형의 골을 파 물이 굽이쳐 흐르게 만든 물골은 인상 깊은 모습이었다.

잠시의 휴식이 여유를 가져다주었는지 옆에 있던 이시하라가 물골을 바라보는 겐조를 향해 이야기했다.

"저것은 조선의 임금이 신하들과 풍류를 즐기며 술잔을 띄우던 물길이라고 합니다. 경주에 가면 저와 유사한 것이 있는데 술잔이 돌아 자신 앞에 흘러올 때까지 시를 지어내지 못하면 벌주를 들었다고 하더군요."

이런 상황만 아니라면 겐조도 저 곳에 앉아 정종 한잔 기울이면 좋겠다는 생각이 들었다.

"자, 곧 있으면 해가 저물 것이니 빨리 수색을 마무리해야 된다. 좀 더 넓게 퍼져서 저 위쪽으로 수색의 범위를 넓혀라!"

겐조를 대신해 이시하라가 주위로 몰려와 휴식을 취하고 있는 군인들을 일으켜 세우고 수색을 재개하고 있었으나 겐조는 여전히 옥류천 소요암의 '∩'자 물길을 바라보고 있었다.

"흠, 골이 패인 모양이 흡사 불로문 같구나."

겐조는 무심코 내뱉은 자신의 말에 스스로 놀라고 말았다. 그제야 그는 왜 자신이 이곳까지 와 바위에 앉아 있게 되었는지를 알게 된 사람처럼 옥류천의 작은 물줄기와 소요함을 자세히 둘러보기 시작했다.

겐조의 눈에 기울어져 가는 햇살을 받아 번득이는 바위 위에 '玉流川'이라고 새겨진 글씨가 들어왔다. 그리고 그 위에는 누가 장난을 쳐 놓은 것처럼 5언 절구의 시구가 새겨져 있었는데 처음엔 호기심 많은 이가 바위에 장난삼아 새겨 놓은 것이겠거니 생각했었는데 자세히 보니 꽤 명필로 공을 들려 새겨 놓은 흔적이 역력했다.

飛流三百尺
遙落九天來
看是白虹起
翻成萬壑雷

겐조가 호기심이 발동한 듯 구명한을 바라보며 말했다.

"구 선생. 여기 써져 있는 이것, 이것은 무엇이오?"

겐조의 질문에 소요정에 걸터앉아 시형, 영란과 대화를 나누던 구명한이 고개를 돌려 대답을 했다.

"거기에 써져 있는 것은 조선 인조가 써 넣었다는 '옥류천'이라는 이곳의 지명이네. 그리고 그 위의 글은 너무도 잘 알려진 옥류천에 대한 숙종의 오언절구 시가 아니겠는가."

구명한의 대답에 더욱 끌린다는 듯 겐조의 질문 공세가 이어졌다.

"가만, 지금 숙종이라고 했습니까? 이 글의 뜻은 무엇인가요?"

자리에서 일어나 시형과 함께 겐조의 뒤로 다가가 바위 위에 새겨진 오언절구를 바라보며 구명한이 읊조렸다.

"비류삼백척(飛流三百尺)하고 요락구천래(遙落九天來)라,
즉 폭포는 삼백 척을 날아 흐르고 멀리 구천에서 떨어지는구나.

간시백홍기(看是白虹起)하고 번성만학뇌(飜成萬壑雷)라.
보고 있자니 흰 무지개가 일고 골짜기마다 우뢰소리 가득하도다."

구명한이 우렁찬 목소리로 오언절구의 음과 뜻을 풀어 이야기하자 겐조와 시형, 영란의 시선이 1미터 남짓한 높이로 졸졸 흐르는 옥류천의 물줄기로 옮겨져 갔다.
이렇게 작고 엉성한 물줄기를 폭포라고 표현하고 졸졸 흐르는 소리를 우뢰소리에 비견했다고 하니 한편으론 이 시를 지은 숙종의 상상력이 풍부하다고 할 수 있겠고 한편으론 바깥세상을 구경하지 못하는 임금들이 오죽 답답하면 바깥세상의 자연을 동경하며 옥류천을 만들고 이곳에 앉아 풍류를 즐겼을까 생각하니 조선의 임금들이 부럽지만도 않다는 생각이 새삼스레 그들 위를 맴돌았다.
"고작 이런 개울을 두고 삼백 척을 흘러 구천 척을 떨어지는 폭포라고 표현하다니 숙종도 어지간히 허풍이 심했

었나 보군."

조소 띤 표정으로 이야기하던 겐조가 한바탕 크게 웃어대자, 그 옆의 이시하라와 부하들도 따라 웃기 시작했다. 그러나 그것도 잠시뿐, 오언절구의 시구를 보며 허탈한 웃음을 보이던 겐조의 표정이 갑자기 굳어졌다. 심상치 않은 겐조의 표정을 살핀 이시하라가 부하들의 웃음을 제지했다.

"13이라는 숫자와 돌기둥…."

겐조가 무엇엔가 홀린 듯 혼잣말을 중얼거렸다.

"무슨 일이십니까?"

이시하라가 걱정스러운 듯 겐조에게 다가섰으나 겐조의 시선은 오직 오언절구의 시구가 박힌 바위에 고정된 채 말이 없었다.

"무슨 일인가?"

구명한조차 겐조의 갑작스런 경직에 놀랐다는 듯 겐조와 옥류천 바위를 번갈아 보며 상황을 살폈다.

"이시하라!"

모든 상황이 정지된 듯 멈춰서 소리치는 겐조의 우렁찬 소리가 울려왔다.

"네!"

바로 옆에 서 있다 화들짝 놀란 이시하라가 대답하자 겐조의 명령이 이어졌다.

"모든 병력을 즉시 이리로 집결시키게."

이시하라가 병력을 집결시키기 위해 군인들을 부르고 있는 사이, 부동자세로 서 있던 겐조는 돌에 새겨진 오언절구로 다가가 손으로 바위를 쓰다듬기 시작했다.

바위의 뒤에서는 일본 군복의 덕수가 이 광경을 빠끔히 내려다보고 있었다.

"이것이 바로 우리가 찾던 돌기둥인 것 같소. 아니, 확실한 듯싶은데."

돌기둥을 찾아 헤매던 겐조가 오언절구가 적힌 옥류천의 소요암이 바로 돌기둥이라고 이야기하자 모두들 공감하기 힘들다는 표정으로 겐조를 쳐다봤다.

이시하라와 함께 인근 십여 명의 군인들이 모여들기 시작했고 그 중에는 군복을 입은 강인국과 천수당 일원들의 모습도 함께 보였다.

"이 바위가 어째서 13석주라는 말인가?"

구명한이 물었다.

"여기 쓰여 있는 오언절구의 시를 보십시오."

겐조는 오언절구 시의 글자 하나하나를 손으로 가리키며 말했다.

"삼백 척, 구천, 만학. 모두 숫자가 나오지 않습니까? 그 숫자의 앞자리인 삼, 구, 일을 더해보면 그 합이 바로 13!"

겐조의 놀라운 추리력에 구명한과 시형, 영란 그리고 주변에 있던 군인들은 감탄을 자아내지 않을 수 없었다. 이 시를 쓴 사람은 바로 숙종. 언뜻 운치 있는 조선 임금의 풍류 가락처럼 보일 수 있는 이 시를 통해 숙종은 자신만의 메시지를 남기고자 했던 것이다. 실로 놀라운 표식이며 시대를 관통하는 은유였던 것이다.

"그렇다면 저 바위 주변에 불로초가 있는 것입니까?"

부하들과 함께 달려온 이시하라가 물었다.

우연히 오언절구가 새겨진 바위 뒤에 서 있던 덕수는 이시하라의 말에 재빨리 바위 주변을 훑어보기 시작했다. 자신이 서 있던 바위 뒤편 바닥에는 이름 모를 이끼들이 돋아나 있을 뿐 바위와 잔돌 이외엔 아무것도 있지 않았다.

'이것이 불로초?'

행여 누가 볼 새라 확인해 볼 겨를도 없이 덕수는 발밑의 이끼를 한 움큼 뜯어 입으로 가져갔다. 무슨 맛인지도 모르고 씹어 삼키고는 아무 일도 없었다는 듯 뒤로 물러섰다.

"숙종이 그렇게 어수룩할 리가 있나. 여기는 단서의 시발점일 뿐. 이곳으로 오는 길목의 돌 여섯 개를 찾아야 한다."

그 소리에 덕수는 억울한 표정으로 입에 넣었던 이끼 풀들을 소리 죽여 뱉어 냈다.

찾고자 했던 돌기둥을 찾은 기쁨도 잠시일 뿐, 다시 여섯 개의 알 수 없는 돌을 찾아야 한다는 겐조의 말에 힘이 풀렸는지 이시하라가 부하들을 대신해 반문했다.

"다시 여섯 개의 돌을 말입니까?"

"13석주는 단서일 뿐 불로초의 위치는 그 여섯 개의 돌에 쓰여 있다."

순간 무언가가 생각난 듯한 시형이 내색하지 않으려고 상기된 표정으로 마른 침을 삼키고 있었다. 구명한 교수가 체포된 이후 하루도 빠짐없이 이곳 창덕궁에 와 살다시피

한 시형인지라 창덕궁의 풀 한 포기, 돌 한 조각 시형이 보지 않은 것은 없었던 것이다.

"저 학생이 뭔가를 알고 있는 듯싶습니다."

시형의 표정을 읽은 이시하라가 겐조에게 귓속말로 속삭이자 겐조가 시형에게 다가가 멱살을 부여잡았다.

"경성제대 학생이라고 했나? 학생이 뭔가를 알고 있는 눈치구만."

겐조가 소매에서 단도를 뽑아 시형의 목에 가져다 대며 이야기했다.

"여기 온 목적이 뭐지? 함께 오기로 했다는 동료 학생들이 나타나지 않는 이유는 뭔가?"

"무슨 짓이에요? 우린 그냥 학생들일 뿐이라고요!"

영란이 겐조를 말리며 소리 질렀다.

"창덕궁을 공부한 학생이라면 이곳으로 오는 길목에 뭐가 있는지 정도는 알 수 있을 것 같은데?"

겐조가 목을 더욱 바싹 조이며 위협하자 당황한 시형은 아무 말도 할 수가 없었다.

"그런 억지가 어디 있어요?"

다급한 목소리로 영란이 겐조의 칼을 쥔 팔목을 붙잡았다. 그러자 시형을 놓고 이번에는 영란을 끌어다 영란의 목에 단도를 들이대며 말했다.

"이 아가씨가 학생의 목숨을 살리겠다고 안달이군. 그렇다면 학생은 이 아가씨가 죽어가게 놔둘 셈인가?"

겐조의 칼끝이 영란의 목을 누르고 조금 더 저항하다간 영란의 목숨이 위태로워질 것만 같았다.

"전 그저…."

"말을 해!"

겐조의 협박에 식은땀을 흘리며 어찌할 바를 모르던 시형은 난처함에 시선을 돌리다 일본군들 사이에 섞여 있던 강인국을 발견할 수 있었다. 강인국은 고개를 끄덕이며 눈빛으로 시형에게 말을 해도 좋다는 신호를 보냈다. 이에 결심한 듯 입을 여는 시형.

"자세한 건 몰라도 이쪽으로 오는 어귀의 돌들은 당신들도 보았을 것 아닙니까?"

"뭐라고?"

부릅뜬 눈을 굴리며 그 말의 뜻을 되짚어보다 다시 시형을 다그쳤다.

"어귀의 돌들이라니 무슨 말인가?"

창덕궁의 입구로부터 창덕궁의 깊숙한 안쪽에 자리 잡은 옥류천까지 오는 길에는 수많은 괴석들이 정자와 건물 입구에 들어서 있었다. 수석이라고 하기엔 돌의 모양새가 없고 비석이라고 하기엔 다듬어지지 않은 바위들이 잘 갖추어진 받침대 위에 자리 잡고 있었는데 그의 용도와 세워진 연유를 제대로 알고 있는 사람은 아무도 없었던 것이었다.

겐조와 그의 부하들은 창덕궁의 오솔길을 따라 옥류천에서 존덕정을 향해 걷기 시작했다. 아니 걷는다기보다는 거의 뛰다시피 걸음을 옮기고 있었다.

날은 새로 저물기 시작하여 어둠이 깔린 지 오래였고 부하들이 횃불을 가져와 앞길을 비추었다. 걸음걸이가 불편한 구명한이었지만 시형과 영란의 부축을 받아 겐조 일행의 뒤를 잇고 있었다.

지붕이 이층 구조로 되어 특이한 정자, 존덕정 앞에 다다르자 그 앞에 우뚝 서 있는 괴석 하나가 보였다. 괴석 자체로는 아무런 문양도 인공적인 손길도 느껴지지 않아 받침대가 없다면 일부러 갖다 놓은 바위라고 생각하지 못할 물건이었다.

"바로 이것. 이런 괴석이 궁궐 내에 있다는 사실 자체를 처음부터 의심했었어야 했다."

"그런데 여기엔 아무런 문구도 써 있지 않습니다."

이시하라의 걱정 어린 조언을 뒤로 한 채 괴석을 만져 보며 이리저리 살펴보던 겐조가 부하들에게 외쳤다.

"이 돌을 들어내라!"

겐조의 말이 떨어지자 힘 좋은 그의 부하 서너 명이 달려들어 장대를 지렛대 삼아 돌을 기울이듯 들어올렸다.

겐조가 부하들과 함께 있는 힘껏 받침대 위의 괴석을 밀어 넘어뜨리자 돌이 놓여 있던 좌대 바닥에 새겨진 글자가 보인다.

'隱'(은)

그 뜻이 어떻게 쓰였는지 알 수 없는 글자 하나로는 불로초로 가기 위한 열쇠를 만들 수 없음이었다.

주위를 두리번거리던 겐조가 바로 지근거리의 언덕 위에 있는 괴석 하나를 더 발견하고는 달려가 역시 같은 방법으로 쓰러뜨리자 이번에도 역시 바닥에 쓰인 글자가 나타났다.

'市老'(불로)였다.

"이 일대에 있는 괴석이란 괴석은 모두 뒤집어 나타나는 글자를 모조리 적어 가져오도록 해라!"

한껏 고무된 겐조는 피곤도 잊은 채 들뜬 목소리로 명령을 내렸다.

곧 산개하여 괴석 찾기에 나선 겐조의 군인들은 여기저기에서 호루라기를 불며 길가를 따라 배치된 괴석의 발견을 알려왔다.

"여기에 있습니다. 이 밑에도 글자가 나타났습니다."

"여기도 있습니다."

부하들의 괴석 쓰러뜨리는 소리와 흥분된 목소리가 고요한 창덕궁의 밤하늘을 가르고 있었다.

쓰러진 괴석들 중 좌대 바닥에 글자를 가지고 있던 괴석은 정확히 6개였다.

시형의 추측과 겐조의 확신이 정확히 맞아 떨어지는 순간이었다.

겐조의 명령으로 창덕궁 존덕정 앞의 뜰 중앙에 간이탁자를 놓고 지휘 본부를 설치한 일본군들은 괴석의 좌대 바닥에 쓰였던 글씨를 적어와 한 군데에 모으기 시작했다. 탁자 위에는 이미 한두 자씩 한자가 적힌 5조각의 종이가 있었는데 뒤늦게 도착한 마지막 종이와 함께하니 6조각의 한자들이 순서 없이 나열된 꼴이었다.

적혀 있는 한자들은

'隱'(은), '市老'(불로), '凡'(범), '其在'(기재), '之下'(지하), '圓屋'(원옥)의 여섯 조각이었다.

난해한 글씨의 조각들에 절치부심하던 겐조는 새로운 단계의 고비를 즐기는 듯 식지 않은 흥분을 유지하고 있었고 이리저리 글자의 조합으로 뜻을 찾아내고자 하고 있었다. 꼬리에 꼬리를 무는 듯한 글자 놀이라고 생각하면서도 불로초를 향해 한걸음씩 나아간다고 생각하니 천황의 부름을 받은 가문과 본인의 영광이 비로소 완성되어 간다는 자부심도 밀려왔다.

이미 지칠 대로 지친 구명한은 묵묵하게 겐조의 글자 조합을 들여다 보다 겐조를 밀어내고 재빠르게 글자의 조합을 완성시켜 보여 주었다. 빨리 지루한 이 과정을 끝내고 불로초의 실체를 보고 싶은 것은 그의 소망이기도 했다. 또한 일본군들 사이에 숨어있는 천수당의 존재를 안 이상 결과야 어떻게 되었든 불로초를 찾는 일에 매진하는 것이 당장의 책무였고 시대가 요구하는 것이기도 했다.

탁자 위에 올려진 글자 조합의 순서는 다음과 같았다.

'隱', '市老', '其在', '凡', '圓屋', '之下'

"은불로기재 범원옥지하라. 이 뜻은 무엇을 말하는 것이오?"

겐조가 다급하게 재촉했으나 구명한은 보다 신중을 기하려는 듯 말을 아끼다 겐조에게 반문했다.

"나와의 지난 약속을 잊은 건 아니겠지? 구치소에서 했던 약속 말일세."

지난 밤 진공작전을 모의하다 잡힌 독립운동가들의 석방과 조선의 일부 자치를 요구했던 구명한이 그의 약속을 확인하려 하는 뜻은 알겠지만 겐조와 그의 일본군에게는 코앞에 놓인 불로초의 확인이 무엇보다 급한 사안이 아닐 수 없었다.

"그건 이미 약조해 드린 일 아닙니까? 걱정 말고 이야기해 보시오. 어서!"

다소 불쾌한 듯 짜증 섞인 어투로 겐조가 내뱉었고 구명한은 내키지 않는 듯 천천히 그의 뜻을 이야기했다.

"숨겨진 불로초는 무릇 평범한 둥근 지붕 아래 놓여 있다는 뜻이네."

"둥근 지붕 아래?"

"내 생각엔…."

겐조의 반사적인 질문에 구명한이 무언가를 말하려다 머뭇거리고 있었다.

이때 갑자기 구명한의 말을 막으며 시형이 그의 팔을 붙잡았다.

"안 됩니다. 교수님! 저들에게 협조는 어쩔 수 없는 선에서만 한다고 하시지 않았습니까? 조선의 역사와 동포들을 생각해 보십시오."

구명한의 말을 막으려 극렬하게 소리쳐 보았지만 곧 날아온 이시하라의 곤봉 앞에 시형의 저항은 힘을 잃고 말았다.

"말해 주시지요. 선생! 그 둥근 지붕이란 것은 어디를 말하는 건가요? 선생은 분명 알고 계시지 않습니까?"

겐조가 돌연 권총을 뽑아 구명한의 이마에 대고 나직이 속삭였다.

"신사적으로 물어볼 때 답하시는 게 좋을 겁니다. 서로의 계약을 위해서도요."

"선생님, 말씀하시면 안 됩니다."

시형은 여전히 군인들에게 양팔이 잡혀있음에도 몸부림치며 소리치고 있었다.

"내 자네의 총부리가 두려워서 이야기하는 것은 아니니 오해는 말게. 말 할 테니 시형 군과 미츠꼬를 풀어주게나 둥근 지붕을 한 곳은 단 하나, 청의정이라는 정자가 있을 뿐이네."

청의정. 청의정은 다채로운 창덕궁의 정자 중 유일하게 둥근 모양의 초가지붕을 얹고 있는 정자였다. 조선 인조 때

처음 세워진 것으로 정자 둘레로 논을 만들어 벼를 심었고 수확 후에는 거기서 난 볏짚으로 정자의 지붕을 덧대어 만듦으로써 농사의 소중함을 백성들과 나누었던 정자였다.

겐조와 부하들은 횃불을 들고 창덕궁의 제일 안쪽에 위치한 청의정을 향해 달리기 시작했다. 뒤에 쳐져 걷는 구명한을 부축하며 시형이 물었다.

"어찌하여 청의정이라고 생각하시는 겁니까?"

"청의정은 임금이 농사를 중히 여겨 백성들에게 모범을 보이고자 스스로를 낮춰 논농사를 직접 짓던 곳에 지은 서민적인 정자일세. 임금이 백성들과 교감하고자 하는 어찌 보면 보잘 것 없는 곳이었던 만큼 사대부나 다른 외척들에겐 관심 밖의 공간이었지. 궁 안에서 유일하게 서민적이면서도 관심을 끌지 않는 곳, 그곳보다 불로초를 감추기에 적합한 곳이 또 어디 있단 말인가?"

관람정, 취한정 등의 정자를 지나고 숲길을 거쳐 청의정으로 향하는 행렬은 금광을 찾아 헤매는 서부 개척민들의 돌진과도 같은 모양새였다.

절뚝거리는 구명한 또한 영란과 시형의 부축을 받으며 남은 힘을 모아 청의정으로 향했다. 본인의 두 눈으로 역사적인 현장을 확인하고 싶었던 것이다.

　가쁜 숨을 몰아 쉬며 청의정 앞에 멈춰선 겐조와 그의
부하들은 차오르는 벅찬 감정을 누르기가 힘들었다. 등잔
밑이 어둡다는 말이 있듯 볏짚으로 얹은 둥근 지붕을 가진
소박하고 아담한 정자 하나가 비밀의 열쇠를 쥐고 있다고
생각하니 평범함 속에 특별함을 숨긴 숙종의 지혜가 존경
스러워 보이기까지 했다. 그것을 찾아낸 겐조 자신에게도
뿌듯함은 함께 밀려들고 있었다.

　"둥근 지붕… 그래 둥근 지붕이 맞구나. 이렇게 가까운
곳에 불로초가 있었다니. 어서 저 지붕을 거두어내고 안에
든 것을 확인해라!"

　전열을 정비한 겐조가 부하들에게 지시를 내렸다.

　"잠깐! 그렇게 쉽게 일을 끝낼 수야 없지!"

　어디선가 들려오는 목소리가 앞으로 나서며 겐조의 명
령에 불복했다.

　겐조와 함께 부하들과 섞여 뒤따르던 일본군 복장의 강

인국과 천수당원들이었다.

그들은 옆구리에서 총을 뽑아 들고 청의정을 뒤로 한 채 앞으로 나서며 겐조와 군인들을 향해 겨누며 대치하기 시작했다.

그제야 강인국의 얼굴을 알아차린 겐조가 분개하듯 강인국을 향해 외쳤다.

"너희들이 원하는 게 무엇이냐?"

"우리들이 원하는 건 단 하나 조선의 독립일 뿐이다."

강인국이 당연한 질문이라는 듯 대답했다.

"조선의 독립? 조선의 독립을 핑계로 불로초를 손에 넣고자 하는 너희들의 속셈을 모를 줄 알고? 불로초를 손에 넣는다고 한들 고작 너희들 몇 놈이서 그것을 갖고 이곳을 빠져나갈 수 있을 것 같더냐? 투항하면 목숨만은 보장하지."

"하하하. 누가 불로초를 갖고 나간다고 했던가?"

겐조의 위협에 가소롭다는 웃음을 날리며 강인국이 손짓을 하자 대치하고 있던 천수당원 중 한 명이 메고 있던 가방에서 물통을 꺼내 청의정 위로 물통 속 액체를 뿌려대기 시작했다.

"지금 무슨 짓을 하고 있는 겐가?"

겐조의 목소리는 다급했지만 대답하는 강인국의 목소

리는 오히려 침착했다.

"조선의 독립이 이루어지기 이전에 불로초가 네놈들 손에 들어가게 놔둘 순 없지. 총을 내려놔라!"

강인국이 한 손으로는 총을 겨눈 채 한 손으로 주머니에서 라이터를 꺼내 불을 켰다. 겐조와 부하들은 겨누고 있던 총을 바닥에 내려놓으며 협상으로 강인국을 설득시켜 보려 했다.

"설사 모두 태워버릴 수 있다 해도 네놈들이 이곳을 살아서 빠져 나갈 수 있을 것 같더냐?"

겐조가 위협의 공세를 높여갔다.

"우린 생과 사를 중요시 여기지 않는다. 오직 정의와 독립을 위해 목숨을 바칠 뿐!"

강인국이 라이터를 켠 손을 들어 청의정의 초가 지붕으로 던지려는 순간, 겐조가 소매 속에서 재빠르게 뽑아 든 단도를 던져 강인국의 라이터를 떨어뜨리고 이어진 단도로 석유통을 들고 있는 천수당원의 가슴을 명중시켰다. 당황한 강인국과 일행들이 총을 발사하자 몸을 날리며 겐조와 부하들 역시 총을 집어 응사하며 순식간에 청의정 앞은 총격전으로 아수라장이 되고 말았다.

수적으로 열세인 천수당원들이 총에 맞고 쓰러져 가고 강인국 역시 라이터를 집으려다 겐조가 쏜 총에 가슴을 맞고는 소기의 목적을 달성하지 못한 채 쓰러져 버렸다. 겁을 먹은 덕수만이 적들의 눈을 피해 몸을 굴려 바위 뒤로 몸을 피했을 뿐 다른 천수당원들은 모두 그 자리에서 겐조와 부하들의 공격에 소멸되고 말았다.

모든 상황이 종료되었다고 생각할 즈음, 겐조가 돌아보니 땅에 떨어진 라이터를 주워 켜고 청의정을 향해 절뚝거리며 돌진하는 사람이 있었다. 구명한이었다.

구명한은 쓰러진 강인국을 돌보는 척하다 그의 라이터를 주워 들고 청의정에 불을 붙이기 위해 사력을 다해 전진했던 것이었고 괘씸하다는 듯 겐조는 권총을 들어 그런 구명한을 겨누고 있었다.

"교수님!"

이를 지켜보던 시형과 영란이 외마디 소리를 질렀다.

이때 구명한의 개 프란다스가 주인을 보호하기 위해 겐조를 향해 으르렁 거리며 달려들자 겐조는 프란다스를 향해 한 발의 권총을 발사했다. '깨갱' 소리를 내며 프란다스가 총을 맞고 쓰러지자 발이 불편한 구명한은 청의정에 미치지 못한 채 중심을 잃고 넘어지고 말았다. 아무도 청의정에 불을 붙이지 못한 상황. 이렇게 상황은 종료되는 듯싶었다. 그러나 어디선가 다시 날아드는 불이 보였다. 바로 던지기의 명수인 덕수가 멀리 떨어진 바위 뒤에서 횃불을 던져 청의정 지붕 위로 정확히 던져 넣은 것이었다. 그러나 그의 그런 노력에도 불구하고 청의정 지붕에 붙은 불은 겐조의 부하들에 의해 타다 말고 곧 진화되었고 어수선해진 틈을 타 덕수는 도주했지만 결과는 천수당의 완전한 패배로 끝이 나고 말았다.

겐조의 부하들이 곧 사다리를 놓고 청의정의 지붕으로 올라가 지붕에 덮인 볏짚을 하나 둘씩 거둬 내고 둥근 지붕의 아래를 탐닉하기 시작했다.

기대에 찬 눈으로 청의정의 지붕을 바라보는 겐조. 그러나 청의정의 지붕을 모두 드러내고 지붕의 안쪽과 바닥까지 샅샅이 살펴보았지만 그곳엔 아무것도 들어있지 않았다.

"볏짚과 나무 이외엔 아무것도 없습니다."

청의정 위에서 부하 중 한 명이 소리쳤다.

"그럴 리가… 그럴 리가 없다."

혼잣말로 나직이 되뇌는 겐조의 목소리는 일종의 절규에 가까운 것이었다.

이시하라와 부하들이 모두 체념한 듯 겐조를 바라보자 부하들을 제치고 지붕 위로 올라간 겐조만이 정신이 나간 사람처럼 이곳저곳을 헤집으며 실낱같은 희망을 버리지 못했다.

하늘에는 타다만 지푸라기의 식은 연기가 피어오르고

있었고 땅에선 피를 흘리며 쓰러져 신음하는 프란다스를 두 손으로 받쳐 안으며 침통해 하는 구명한이 시형과 영란의 부축을 받고 있었다.

그 동안 공들여온 계획들이 모두 수포로 돌아간 것을 깨달은 겐조와 부하들은 망연자실 그렇게 오랫동안을 아수라장이 된 청의정 위에 서 있을 수밖에 없었다.

10. 해후, 다시 만난 기억

평생의 기억으로도 잊지 못할 격전장에서 빠져 나온 시형은 구명한 교수를 집에 모셔다 드리고 영란과 헤어져 하숙집으로 돌아왔다.

무척 피곤한 하루였지만 그보다도 풀리지 않은 의혹들로 인해 시형의 머릿속은 더욱 더 복잡해져 가는 것만 같았다. 책상 위 호롱에 불을 붙이고 책상에 다가앉은 시형은 다시 창덕궁의 지도를 찾아 펼쳐 보았다.

대체 불로초는 어디로 갔단 말인가. 숙종이 그의 보물을 숨겨 놓은 곳이 청의정이 아니었던 것인지, 아니면 청의정이 맞았지만 유구한 세월이 지나는 동안 중간에 누군가 그것을 훔쳐 가져간 것인지 시형으로서는 도무지 알 수가 없는 것이었다.

어디서부터 다시 가닥을 잡아가야 할 지 막막하기만 했다.

"창덕궁. 둥근 지붕…."

혼잣말로 중얼거리던 시형은 몰려오는 피곤함으로 인해 그대로 책상에 앉아 졸기 시작했다.

그렇게 졸다가 책상에 엎드려 잠이 든 지 두세 시간쯤이 흘렀다고 생각했을 무렵, 시형은 무언가 '타닥' 하는 소리와 함께 타 들어가는 냄새를 맡을 수 있었다. 책상에 엎드려 잠이 든 가운데 무심코 휘저은 시형의 손이 책상 위의 호롱을 넘어뜨렸고 거기서 새어 나온 기름들이 책상 위를 뒤덮어 불길이 번지기 시작했던 것이었다.

잠이 덜 깬 시형은 왼쪽 손마저 기름에 젖는 것도 모른 채 고개를 들고 일어나다 왼쪽 손에 불이 옮겨 붙은 것을 알게 된 뒤에야 정신이 번쩍 들었다. 그러나 이미 시형의 왼손은 불길에 휩싸인 후였다.

'으악'

활활 타오르는 팔을 감싸 쥐고 외마디 비명을 지르며 담요로 불을 끄긴 했지만 심하게 다친 왼손의 상처는 시형에게 이루 말할 수 없는 고통을 가져다주었다. 화상을 진정시킬 것을 찾고자 본능적으로 주위를 두리번거리던 시형은 급한 대로 애련지에서 가져온 연꽃이 담긴 주전자를 발견하고 물속으로 재빨리 손을 담가버렸다. 주전자에서는 연기가 피어오르고 시형의 고통스러운 표정은 쉽사리 가실 수 있을 것 같지가 않아 보였다.

아수라장에서 사무실로 돌아온 겐조는 이시하라로부터 상황 보고를 받고 있었다.

"누군가 미리 손을 써서 가져 간 것은 아닌가?"

겐조가 이시하라에게 불로초의 행방에 대해 질문을 던졌다.

"1년에 한 번씩 볏짚 지붕을 보수하고 있다고 합니다만 예전부터 거기엔 아무것도 없었다고 합니다. 그럴 공간도 없어 보인다고 하고요. 청의정이 초가지붕이라 매년 사람들의 손이 가기 마련인데 숙종이 그곳에 불로초를 놓아두었을 리 만무하다는 것이 관리인들의 중지입니다."

"다시 한 번 청의정 일대를 수색해 보도록 지시하게. 지상뿐 아니라 의심 가는 곳은 청의정을 통째로 드러내서라도 확인해 봐야 한다. 땅속 깊이라도 말이야."

"예, 알겠습니다."

하명을 받은 이시하라가 문을 닫고 퇴장하자 의자 깊숙이 눌러앉은 겐조가 혼잣말로 중얼거렸다.

"숙종에게 속은 건지, 노인에게 속은 건지 도무지 알 수가 없군."

다음날 아침.

요란하게 문을 두드리는 소리에 잠을 깬 영란이 현관으로 나가보니 거기엔 시형이 와 있었다. 왼손을 심하게 다친 듯 명주천으로 붕대 삼아 돌돌 말은 시형의 몰골이 몹시 가련해 보였다.

"시형씨…."

이른 아침부터 해괴한 모습으로 나타난 시형을 보며 영란은 간밤에 또 무슨 일이 있었는지 걱정부터가 앞섰으나 마쓰다 교수를 만나러 왔다는 시형의 말에 영란이 먼저 물어볼 수는 없는 노릇이었다.

마침 일찍 일어나 서재에서 신문을 보고 있던 마쓰다가 그런 시형을 맞이했다.

"시형군, 자네가 이른 아침부터 웬일인가? 오늘은 아침부터 손님들이 많이 찾아오는구먼."

이른 아침의 방문객은 시형만이 아닌 듯했다.

"누가 또 찾아왔었습니까?"

"응. 구 교수가 아침 일찍 다녀갔다네. 별일도 아니었는데 말이야."

"구 교수님 댁에 다녀오는 길입니다. 안 계시더군요."

시형의 몰골로는 다른 사람의 안위를 살필 처지가 아니

었다.

"그런데 자네는 무슨 일인가?"

"교수님께서 말씀하신 불로초의 행방을 알 수 있을 것 같습니다."

"뭐라고?"

흉악한 몰골로 나타나 불로초의 행방을 알 수 있다고 내뱉는 시형을 보며 마쓰다는 보던 신문을 떨어뜨리며 안경 너머로 반신반의의 질문을 날렸다.

"자네가 어떻게 알 수 있다는 말인가?"

시형은 대답 대신 명주천으로 꼼꼼히 감긴 왼손을 들어 천천히 붕대를 풀기 시작했다. 붕대를 풀어 보이기 전까지는 대단히 큰 상처일 것이라고 생각했으나 시형이 보여준 왼손은 뜻 밖에도 아무런 상처 없이 깔끔한 손 그대로였다. 지난 밤 화상으로 몸부림치던 시형의 그 왼손이 아니었다.

"그 손이 뜻하는바가 뭐지?"

시형의 다소 엽기적인 행동에 의미를 찾지 못한 마쓰다가 다시 물었다.

그랬다. 시형은 분명 지난밤에 극심한 화상을 입었고 지금쯤이면 불구가 된 손을 어루만지며 자신의 실수를 한탄하고 있어야 되는 것이 맞는 것이었다.

그러나 시형은 지난 밤 화상 직후 본능적으로 연꽃이

담겨 있던 주전자 물에 손을 담갔었고 하루가 채 지나지 않은 다음날 아침 씻은 듯이 상처가 치유된 것이었다.

시형과 영란, 마쓰다는 분주하게 창덕궁을 향해 길을 나서고 있었다.

"그 연꽃 뿌리, 애련지에서 가지고 왔던 것이 맞나?"

"네, 틀림없습니다. 애련지에서 가져와 주전자에 며칠 동안 담가두었고요, 상처가 치유된 이유는 연꽃 뿌리에서 나온 성분에 의한 것이 분명합니다."

"이거 큰일이군. 아침에 구 교수가 찾아와선 집 주변에 잡초가 무성하다고 하면서 강력한 제초제와 살균제까지 달라고 하지 뭔가."

"얼마나 주신 겁니까?"

"여러 번 주려면 손이 많이 간다고 하기에 살균제까지 합쳐서 4~5리터는 족히 준거 같네만. 그것도 실험실에 있는 가장 독성이 강한 놈들로 말이야."

"구 교수님 자택 주변은 석회를 발라놔서 잡초가 자랄 수 없습니다."

시형의 말에 길을 걷던 마쓰다는 무언가 얻어맞은 듯 멍해 지지 않을 수 없었다.

"그렇다면 혹시 구 교수님이?"

영란은 구 교수가 혹시 제초제로 자살하려 하는 것은 아닐 지 불길한 예감에 사로잡혀 있었다.

"평소 같지 않게 표정이 어두웠던 게 걱정이구만. 허튼 일 벌일 친구는 아니겠네만.

영란에 이어 마쓰다도 구명한에 대한 걱정을 보탰다.

시형과 영란이 출입증을 보여주자 돈화문의 초병들은 어제의 난리에도 불구하고 그들을 순순히 들여보내 주었다. 겐조에게 소식을 전하지 못한 채 집을 나섰던 마쓰다는 시형과 영란 몰래 적어 놓았던 쪽지를 초병에게 쥐어주며 눈짓을 해 보였고 시형 일행이 통과한 후 쪽지를 펴본 초병은 눈이 휘둥그레진 채 황급하게 초소의 전화기를 돌려 어딘가로 연락을 취했다.

빠른 걸음으로 영화당을 지나 애련지로 향하는 길목에서 영란이 물었다.

"이곳에 그것이 있단 말인가요? 지난 밤 일본군들이 그렇게 찾아 헤매던 바로 그곳인데…."

"등잔 밑이 어둡다는 말도 있잖아요. 일단 우리는 실체만 확인하고 존재 유무는 비밀에 부쳐야만 할 것 같습니다. 놈들이 알면 우리까지 가만두지 않을 테니까요."

대화를 나누며 길을 가는 시형, 영란과 달리 마쓰다 교

수는 헐떡이는 숨을 참으면서도 벌써 저 멀리 앞으로 나아
가고 있었다.

　애련지에 먼저 도착한 마쓰다는 눈앞에 펼쳐진 광경을
보며 아연실색한 표정으로 굳어 버릴 수밖에 없었다. 뒤를
이어 따라오던 영란과 시형도 마쓰다와 별반 다를 수는 없
었다. 그것은 바로 구명한이 이미 그들보다 먼저 와 있었기
때문이었고 애련지 연못가에 아무 표정 없이 걸터앉아 있
는 그의 옆에는 제초제와 살균제가 담겼었던 통들만이 속
을 비운 채 나뒹굴고 있었기 때문이었다. 다 쏟아 붓고 남
은 제초제 통 하나에서 제초제 방울들이 연못을 향해 똑똑
떨어지고 있는 모습이 보였다. 그리고 더 놀라운 광경은 바

로 연못으로 시선을 옮기자 연못 위의 모든 연꽃과 연잎들이 시커멓게 변색되어 있는 모습이었다.

"아니, 이럴 수가…."

마쓰다 교수가 황급히 몸을 숙여 최대한 가까운 곳에 떠있는 변색된 연잎 하나를 잡아 채 건져내 보았다. 그러나 이미 잎과 줄기, 뿌리까지 누런색으로 변색되어 있었다.

"소용없네. 이미 독성이 줄기와 뿌리 마디마디까지 다 퍼졌을걸."

구명한이 초점 없는 눈동자로 정면을 응시한 채 이야기했다.

"교수님!"

시형이 달려가 구명한을 흔들어 보았다.

"숙종은 불로지를 없애고 그 옆에 애련지를 만든 게 아니었어. 불로초를 수련과 교배하여 7년 만에 연뿌리와 같은 형태로 재배하는 데 성공했던 거지. 그 이후부터 바로 불로지를 애련지로 이름만 바꾸어 불렀다는 걸 아무도 몰랐던 게야."

시형의 추측대로 애련지에 띄워져 있는 수련이 사실은 교잡에 의해 개량된 불로초였던 것이다. 숙종은 정적들에게 불로초의 실체를 노출시키지 않으면서도 두고두고 복용할 수 있는 방도를 연구했고 그 결과 수련의 형태로 연못에

띄어 놓고 즐기는 묘책을 만들어 냈던 것이었다. 숙종이 수련을 사랑하여 애련지와 애련정을 만들었으나 기실 그가 사랑한 것은 연뿌리의 형태를 가장한 불로초였던 것이다.

"그렇다면 둥근 지붕 아래에 있다는 것은?"

시형이 새삼스레 깨달음을 얻은 듯 자문하며 연잎 하나를 건져 내 들어 보았다. 둥근 연잎의 아래로 줄기를 따라 달려 나온 둥글 넙적한 연뿌리에 그들의 시선을 모아졌다.

"아, 둥근 지붕이란 것은 연잎의 모양을 이야기했던 거군요. 연뿌리가 불로초이니 연잎이 곧 불로초의 지붕이었다는 거."

영란도 시형이 건져낸 연잎의 구조를 보며 진실을 깨달은 듯 말을 건넸다.

"그런데 교수님, 저는 우연한 기회에 알게 되었습니다만 교수님께서는 어떻게… 어떻게 이 사실을 알게 되신 겁니까?"

시형은 극심한 화상 이후 연뿌리의 치유 능력을 체험한 후에야 이러한 엄청난 사실을 알게 되었지만 구명한이 알게 된 이유는 무엇이었는지 궁금해 하지 않을 수 없었다.

"그러는 자네는 어떻게 알았나?"

간밤의 사건을 모르는 구명한이 오히려 시형에게 반문했다.

순간 나무 뒤에 있어 모습을 보이지 않았던 프란다스가 소리를 내며 구명한에게 다가와 볼을 핥았다. 어제 저녁 분명 겐조의 총에 맞았었지만 멀쩡한 모습으로 총 맞은 자리가 아물어 있기까지 했다.

"어젯밤에서야 이 연못물을 유난히 좋아하던 이 놈 때문에 알게 되었지. 사실 이미 오래 전부터 이 녀석이 해답을 주고 있었다는 것도 잊고 있었지 뭔가. 이 녀석 나이가 올해로 40을 넘어가고 있다면 믿을 수 있겠나?"

구명한이 연이어 터뜨리는 충격적인 이야기들에 모두 할 말을 잃고 있었다.

"그럼 이 연못의 물이 불로초의 약효를 그대로 우려낸 불로수 그 자체였단 말인가?"

침묵을 지키던 마쓰다가 구명한에게 물었다.

그러나 묻지 않아도 그것은 모두가 알 수 있는 사실이었다. 애련지의 물은 불로초 뿌리의 약효가 그대로 재워져 있는 불로수였고 따로 조제하거나 탕제하지 않고도 복용할 수 있게 한 숙종의 지혜이기도 했다.

마쓰다가 들고 있던 연잎을 내려놓고 안타까운 듯 연못의 물에 손을 대보고 있었다.

"소용없네. 지금은 그마저도 제초제와 살균제가 섞인 독극물일 뿐이야."

마쓰다의 행동을 저지하듯 구명한이 이야기했다.

"교수님, 왜 이런 일을 벌이신 겁니까? 어렵게 찾은 불로초를 무용지물로 만드시다니."

안타까운 것은 시형도 마찬가지였다.

"오랜 기간 우리 선조들이 불로초의 신비를 감추기 위해 많은 노력을 기울여 왔었는데 하루아침에 그 귀중한 노력을 고스란히 왜놈들에게 빼앗겨 대대손손 일제 치하에서 신음하게 한다는 건 있을 수 없는 일 아니겠는가?"

"교수님께서는 청의정 아래 불로초가 없을 것이란 것도 이미 아셨던 듯싶군요."

시형과 구명한의 대화를 들으며 말 못할 마쓰다는 허탈하게 주저앉을 수밖에 없었다.

"물건과 사람의 마음이 한번 만들어진 이후에 잘못된 용처로 흘러간다면 그것이 없었던 상태로 되돌려 놓아야 하는 게 세상의 이치 아니겠는가? 사람이 뜻하는 바가 있으면 찾으려고만 할 게 아니라 앞으로 만들어 가면 되는 것이겠고."

마쓰다를 위로하듯 구명한이 말하자 고개를 끄덕이며 마쓰다도 응수했다.

"염원하는 것이 있으면 찾으려고만 할 게 아니라 만들어 가야 된다. 이건 내가 강의에서 자주 쓰는 말인걸. 자네 말이 맞네. 어떻게 살 것인지는 살피지 않고 얼마나 살 것인지에만 관심을 두고 인위적인 노력을 한다면 그건 자연의 섭리를 벗어나도 한참을 벗어난 일이란 것 사람들은 왜 모르는지."

검은색으로 변색된 수련과 꽃잎들을 바라보며 그렇게 그들은 겐조와 그의 군대가 도착할 때까지 그 자리에 앉아 있었다.

수업이 끝나는 종이 울리자 강의실을 빠져 나오려는 학생들의 행렬이 이어졌다.

시형과 야마토도 다른 학생들과 함께 강의실을 나와 도서관으로 향하다 길 건너편에서 한 손에 책을 든 채 기다리는 영란의 모습을 볼 수 있었다. 영란은 시형을 발견하고 수줍은 듯 미소와 함께 손을 흔들어 주었다.

"오~ 대체 저 낭자는 누구야? 어디서 저런 참한 규수를 점지한 거야?"

역시 야마토가 장난기 어린 말투로 시비를 걸어왔다.

"그건 나중에 말해 줄 테니, 쓸 데 없는 상상들은 말라구."

야마토와 동급생들의 시기 어린 눈빛을 뒤로 한 채 시형이 영란에게 뛰어 왔다.

"두 교수님들은 잘 계신 거죠?"

애련지에서의 사건이 일어나고 벌써 2개월이 지났지만 아직 옥류천에서의 총성이 바로 어제와 같이 느껴지는 시형이었다.

"네. 상심이 크시긴 했지만 다시 예전처럼 안정을 찾으신 것 같아요."

해 맑은 미소와 함께 영란이 그들의 안부를 전했다.

"730부대에서는 자세한 사실을 아직 모르고 있는 것 같더군요. 어차피 알아 봤자 분통만 터질 테지만 말이죠."

"다행이에요. 구 교수님과 시형 씨에게 화가 미칠 수도 있었던 일이니…."

"그렇죠. 우리 오래간만에 덕수 아저씨네 가게에 가서 만두 맛 좀 볼까요?"

화제를 바꾸려는 듯 시형이 말을 돌리며 오후의 데이트를 제안했다.

"그래요. 들렀다가 저희 집에 가서 차 한 잔 하시죠."

일제 강점기였지만 두 청춘에게는 한없이 푸르른 설렘을 가져다주는 가을이었다.

햇살이 들어오는 서재의 책상 앞에 앉은 구명한은 오늘도 열심히 일기를 적어 내려가고 있었다. 오랜 기간 습관처럼 써 온 일기였기 때문에 매일은 아니더라도 생각나는 대로 그때그때의 느낌과 사건들을 기록해 남겨 두고자 하는 것이 그의 철학이기도 했다.

일기장의 마지막 페이지. 끝줄까지 빼곡하게 기록을 마친 구명한은 마침표를 찍고는 길게 숨을 내쉰 다음 일기장을 덮었다. 일기장이라기보다 두꺼운 일기책에 가까운 것이었다. 일기책의 겉표지에는 '甲戌 ~ 癸未 [十年間]'(10년간의 일기)라는 문구가 적혀 있다. 십 년째 써 온 일기장의 완성인 셈이었다.

자리에서 일어난 그는 한 손에는 일기책을 들고 다른 손으로는 지팡이를 짚으며 쩔뚝쩔뚝 집안의 거실 복도로 걸어 나갔다.

어두운 복도를 지나 2층으로 올라가는 계단 아래 공간에 마련된 조그마한 문을 열자 그곳에는 한 사람이 간신히 들어갈 만한 다용도실이 나타나고 다시 그 다용도실의 바닥에 연결된 줄을 찾아 잡아당기자 놀랍게도 지하로 내려가는 계단의 문이 열렸다. 아무도 발견하지 못하는 지하로의 비밀 통로 같은 것이었다.

아무도 없는 집이었지만 주위를 한번 둘러본 후 천천히 계단을 밟으며 아래로 내려가는 구명한의 모습이 조금은 특별한 날처럼 느껴졌다.

계단 아래는 지하이긴 했지만 지상으로 노출된 상단의 작은 창문들을 통해 일정한 빛이 들어오고 있었고 어둡기만 하지는 않았다.

계단을 다 내려온 서복은 힘겨운 걸음으로 조금 걷다 지팡이를 계단 옆에 기대어 놓은 채 더듬더듬 지팡이의 의지 없이 걸어보기 시작했다.

절뚝거리는 걸음걸이가 조금씩조금씩 앞으로 나아가며 정상적인 걸음으로 나아진다 싶더니 젊은 사람 못지않은 힘찬 걸음걸이로 바뀌어졌다. 약간 꾸부정해 보였던 허리도 기지개를 하듯 활짝 펴 보이자 옷매무새마저 중년의 그것처럼 느껴질 정도였다. 걸음을 멈춘 구명한은 한 손에 들었던 일기를 들어 벽에 짜 넣은 듯한 책장의 맨 끝 빈 공간에 꽂아 넣고는 흐뭇한 미소를 지어 보였다. 또 다시 지나온 10년간 삶의 기록에 만족하는 느낌이었다.

구명한이 일기를 꽂아 넣은 일기 옆으로는 그 이전에 썼던 일기들이 연도별로 정렬이 되어 있는 듯 비슷한 두께지만 비교적 낡아 보이는 일기책들이 나란히 꽂혀 있었다. 옆으로 이어져 꽂혀 있는 일기책들. 그런데 이상한 점은 일기책들이 무척 많아 보인다는 점이었다. 빛이 들어오는 시선을 따라 벽에 걸린 선반을 훑어가자면 그 일기책이 수십 권 아니 수백 권은 족히 되어 보일 뿐 아니라 가장 먼 쪽의

일기책은 표지가 오래되고 너덜너덜해져서 손만 대도 부서
질 것만 같았다.

　그리고 맨 끝 아주 낡은 그 일기장의 옆으로는 언뜻 보
면 장신구처럼 보이지만 자세히 보면 손잡이에는 용머리
장식이 되어 있고 칼날은 뱀처럼 구부러진 칼이 놓여 있었
다. 서복의 검. 그것은 과거 조선 숙종 때 서복이 부하들을
모아놓고 하늘을 우러러 높이 들고 서약을 맹세했던 서복
의 검 그것이었다.

　또한 서복의 검을 지나 들어가니 어둑한 지하 공간의
반대편에는 커다란 욕조 하나가 나타났고 욕조 안에는 애
련지에서 본 것과 같은 수련과 연꽃이 싱싱하게 물 위에 떠
있는 모습이 보였다.

　구명한이 바로 서복이었고 서복은 숙종 시대 이후 그토
록 고대하던 불로초를 다시 손에 넣은 것이었다.

　200권이 넘는 10년 일기에 한 권을 더 채워 넣고 돌아
서는 서복의 귀에는 자신이 언젠가 시형에게 이야기했었던
말들이 환청이라도 되는 냥 떠오르며 귓가에 메아리치고
있었다.

　'불로초는 사람을 불사신으로 만드는 약이 아니라 늙음
을 지연시키고 외상이 없을 때는 언제까지고 장수할 수 있
게 도와주는 약이라고 할 수 있지.'

작가 후기

    매년 계절이 바뀔 때면 찾게 되는 창덕궁은 갈 때마다 그 모습과 느낌이 달라지는 왕과 신들의 정원이라고 할 수 있다. 가장 한국적이면서도 가장 완벽하게 자연과 조화를 이루는 창덕궁의 내부는 조선 시대 고궁 중 '유일하게 세계문화유산으로 지정된 궁궐'이라는 의미에 걸맞게 조형물과 조경은 물론이거니와 기왓장 하나에도 나름의 의미와 멋이 존재하는 소중한 우리의 유산이 아닐 수 없다.

    창덕궁의 경이로운 건축물과 선조들의 손 때 묻은 유물들 중에서 유독 작가의 눈에 띄는 것은 언제나 후원으로 향하는 길에 만나볼 수 있는 연대 미상, 작자 미상, 기원 미상의 불로문이었다. 독특한 모양과 건축 양식, 글씨체 그 어느 하나 창덕궁의 그것과 어울리는 것이 없어 보이는 것이었지만 그 나름대로 생성의 시기에는 어떤 중요한 의미와 기능을 했을 것이라는 데는 의심의 여지가 없는 것이었고 그 만큼 관심과 애착이 쏠릴 수밖에 없었다. 작은 단초에서 시작된 이러한 호기심과 궁금증은 숙종 시대에 불로지가 실존했다는 사실과 창덕궁 곳곳에 놓인 불로초 문양의 기와, 숙종의 애련지와 오언절구 등의 흔적들을 접하면서 그것이 단순한 상상력의 공간에서가 아닌 실재하는 역사로서의 불로초를 상징하는 것일지 모른다는 생각에까지 이르게 되었다. 불로장생을 염원하는 절대군주들의 염원과 일련의 사건들을 함께 꿰어 가면서는 진실로 개연성 있는 스토리로 인간 욕망의 최고 결정체인 불로초를, 그리고 불로문이라 명명된 구조물을 오늘에 되살려 조명해 볼 수 있으리라는 생각도 들었다. 더불어 서울, 창덕궁과 후원의 아름다움을 다시 한 번 환기해 볼 수 있다면 더 없이 큰 수확이자 결실이리라.

책을 내기까지는 우여곡절과 함께 작은 결단이 필요했지만 글쓰기에 힘을 불어넣어 준 아내에게 감사하며 준희, 규태, 주원, 주영의 조카들과 가족들 그리고 무엇보다 첫돌을 맞는 아들 시형이에게 2010년을 마감하는 이때를 즈음하여 그간 전하지 못했던 마음과 정성을 담아 이 책을 선사하고자 한다.

불로문의 진실